W0314099

KOWALSKI

Gaby Hauptmann

BELLO, RICCO E CHE RESTI A COLAZIONE

Traduzione di Margherita Belardetti

Bello, ricco e che resti a colazione

Autrice:
Gaby Hauptmann

Titolo dell'edizione originale:
Ran an den Mann

Socio Unico Giangiacomo Feltrinelli Editore s.r.l.
Via Natale Battaglia 12, 20127 Milano (Italy)
Telefono: 02 289981 - Fax: 02 28998327
email: info@kowalskieditore.it - www.kowalskieditore.it

ISBN 978-88-7496-665-3

Impostazione grafica e progetto della copertina:
segnoruvido.comunicazionivisive

Traduzione dal tedesco:
Margherita Belardetti

Finito di stampare nel maggio 2008
presso Grafica Sipiel - Milano

Per Heidi e Gabriela.

Grazie
per essermi state fedeli negli anni
con gioia e lealtà.

Eva non l'aveva nemmeno notato, finché si accorse che quell'uomo la stava spogliando con gli occhi. Il che diminuì ulteriormente il suo interesse. Con una lieve torsione sullo sgabello del bar gli girò le spalle. Bene, che continuasse pure a fissarla. Sentirsi osservata però la disturbava.

Voleva godersi una birretta in santa pace al bar dell'Hotel Maritim, dopo una giornataccia, prima di affrontare figlie e mestieri di casa ancora da sbrigare. A volte ne aveva proprio bisogno: pochi minuti solo per se stessa, lontana da baraonda, caos e sfuriate adolescenziali. In questo modo riusciva a controllare meglio i nervi, a non prendere subito fuoco, persino a sorridere ogni tanto, invece di perdere immediatamente le staffe.

Eva bevve ancora un sorso, e intanto lo sguardo le corse alla parata di bottiglie dietro al bancone e al paio di occhi che la stavano guardando dallo specchio. Ricambiò l'occhiata. Era una sensazione incredibile fissare due occhi isolati dal resto del viso, che era interamente nascosto da due bottiglie di whisky. Erano dei begli occhi. Scuri. Fissi.

Lentamente Eva si girò verso il suo vicino. Ora aveva una faccia, e quegli occhi le sorridevano a distanza ravvicinata.

"Perché fa così?" chiese.

"Così come?" ribatté lui.

Eva tacque. Se non lo sapeva da sé doveva dirglielo lei?

Stava per voltarsi di nuovo, ma l'altro anticipò la sua mossa.

"Lei ha dei bellissimi occhi!" si affrettò a dire.

Eva questa volta lo osservò con una certa attenzione.

Un sorriso sfuggente gli aleggiava a fior di labbra, aveva delle piccole rughe intorno agli occhi scuri e i lineamenti marcati, duri: l'unico elemento morbido erano i capelli che gli ricadevano sulla fronte, ondulati.

Ha bisogno di una visitina dal parrucchiere, pensò Eva.

"Grazie", rispose in automatico.

Tutto sommato non era malaccio. Non esattamente il suo tipo, ma nemmeno doveva esserlo. Era uno sconosciuto al bar, punto e basta.

"Ed è anche una persona profonda!" aggiunse lui.

Profonda?

"Per caso ha frequentato di recente un corso di esoterismo per soli uomini?"

Lui scoppiò a ridere, mostrando una sfilza di denti perfetti.

Potrebbero essere più bianchi, pensò Eva. Peccato.

"Macché", rispose lui. "Era solo un'ipotesi, mi sembrava plausibile!"

"A me no" replicò Eva, e poi, dopo una breve pausa, "ma perlomeno lei è una persona sincera!"

Lui sorrise di nuovo.

"E cos'altro si immagina di me?" chiese Eva, buttandosi indietro i folti capelli castani che le arrivavano alle spalle. Dovrei andarci anch'io dal parrucchiere, pensò. Un nuovo taglio, un nuovo colore... in fin dei conti è primavera.

"Sposata?" sondò lui.

"Esatto!" Almeno sulla carta, pensò Eva, guardandogli le mani. Aveva le dita insolitamente sottili, senza anelli.

"E lei anche!" dichiarò Eva senza esitare.

Lui alzò le mani e le rigirò lentamente allargando le dita. "Non c'è ombra di fede nuziale, come vede."

"Il che non significa proprio niente!" Eva si strinse nelle spalle.

"Per me sì!" replicò l'altro con un sorriso, porgendole la mano. " Mi chiamo Thomas. Thomas Rau."

Lei fece una piccola risata senza rispondere, e si prese un po' di tempo prima di mettere la mano destra nella sua.

"Lo trova divertente?" chiese lui, e Eva notò che gli brillavano gli occhi.

"Noi due non potremmo mai sposarci!" disse, ritraendo la mano.

"Perché?"

"È un tipo troppo suscettibile!" osservò lei.

"È meglio non esserlo, con lei?"

Eva allungò la mano verso il suo boccale e lo vuotò. La birra era amarognola, e tiepida, per giunta. Poi alzò gli occhi verso Thomas e rise di nuovo.

"No, meglio di no!" e rise ancora. "Ma il motivo per cui ridevo è un altro: mi chiamo Eva, Eva Kern*."

"Gran bel nome!" esclamò lui, annuendo. "Nocciolo duro dentro un morbido guscio. Una combinazione perfetta!"

"E come sarebbe il guscio?"

"Graziosissimo!"

Eva cercò con gli occhi il barman. Il che le diede l'opportunità di lanciare un'occhiatina allo specchio. Quel giorno, tanto carina non era. Era approdata a quel bancone sfinita, per niente seducente, con addosso una camicetta che voleva scartare già da un po', e un paio di jeans troppo strizzati.

Era tutto il giorno che non si sentiva a suo agio.

"Battutaccia!" lo rimbeccò.

"Invece è vero!" insistette lui.

"Allora, perché fa così?" tornò a chiedere lei facendo un cenno al barman per avere un'altra birra.

* Kern, in tedesco: "nocciolo", Rau: "duro, ruvido". Da qui il gioco di parole (N.d.T.).

"Ho appena letto *Consigli utili per flirtare al bar* e sto cercando di metterli in pratica."

Eva alzò un sopracciglio. "Non dirà sul serio!" esclamò, chiedendosi se stesse bluffando.

"Cosa dovrei fare allora, secondo lei?" domandò Thomas.

"Scelga lei un argomento... cultura, politica, sport... qualsiasi cosa", rispose Eva. Poi lo guardò diffidente. La stava prendendo in giro?

"Ok, mi lasci riflettere", disse lui.

Eva non si mosse.

Thomas inspirò profondamente, poi si alzò.

Era più alto di quanto avesse immaginato. E aveva le spalle larghe, anche se la camicia era di un celeste troppo acceso per i suoi gusti. Preferiva i toni pastello. Gli dava all'incirca quarant'anni, e in quel momento notò che sul mento aveva un'ombra di barba. Più lo osservava, più le piaceva. O era l'effetto dell'alcol?

"Bene", disse lui. "Ci provo!"

"Forza!"

"Fa ancora sesso o gioca già a golf?"

Ah, ma guarda un pò che personaggio, pensò lei, e fece una smorfia.

"Entrambe le cose! Bocciato!"

Thomas le era subito passato di mente. Caro, sua figlia maggiore, l'aveva chiamata al cellulare per chiederle dove fosse Toni. Toni in realtà si chiamava Antonia, e aveva quattordici anni. Era in piena fase di scoperta del mondo. Maschile, soprattutto. Eva era immediatamente schizzata su dal suo sgabello.

"Hai provato a chiamarla?"

"Ha spento il cellulare, si può essere più scemi?"

"Sicura che non sia in casa?"

"Ma'! Non viviamo mica in un palazzo. In camera sua ci saranno tremila vestiti, ma di lei neanche l'ombra!"

"Dannazione!" erano passate le nove, e a quell'ora le minorenni non se ne stanno fuori casa.

"E le sue amiche?"

"Irraggiungibili!"

"I genitori?"

"Falla finita! Mica voglio rendermi ridicola!"

Caroline aveva ragione. Tutta quell'agitazione era esagerata. Però era meglio andare a dare un'occhiata. Tornare a casa. Thomas Rau fece appena in tempo ad allungarle il suo biglietto da visita che lei era già fuori. Spinse al massimo la sua vecchia Golf finché, davanti alla sua villetta, si imbattè in un gruppo di ragazzi che scorrazzavano in scooter, tra cui anche Toni. Era in forma smagliante, Eva se ne accorse all'istante. Un top troppo corto per la stagione, jeans super trendy e le sneakers che era riuscita a estorcerle dopo un compito di matematica abbastanza decente. Il tutto valorizzato al meglio.

L'espressione di Toni si incupì.

"Buona sera" disse Eva, senza sapere bene come comportarsi davanti a quei quattro ragazzi in sella ai loro scooter, con i caschi appesi con nonchalance allo specchietto retrovisore. Cosa doveva fare? Dare la mano a tutti e quattro e aspettare che si presentassero? Piacere, sono la madre di Toni, e tu? Troppo piccolo-borghese. Anche lei aveva odiato i suoi genitori in occasioni simili. Frugò nella borsa alla ricerca delle chiavi, sentendosi quanto mai goffa.

"Caro è in casa?" chiese, tanto per dire qualcosa.

"Boh... forse", biascicò Toni lanciandole un'occhiata impaziente. Era evidente che moriva dalla voglia di cacciarla via con un gesto.

"Non fare tardi, domani c'è la scuola!" Toni non la degnò di una risposta, come previsto. Sulla soglia di casa si girò, e i quattro ragazzi le fecero un cenno con il capo. Meglio di niente. Era pur sempre da interpretare come un saluto. Magari sua figlia non era poi così priva di buon gusto.

"Venti minuti!" aggiunse, prima di chiudersi la porta alle spalle.

A volte ce l'aveva con se stessa, a volte con la gente, a volte con il suo lavoro e a volte con suo marito. Altre invece era al settimo cielo, ed era felicissima della sua indipendenza: aveva due figlie quasi adulte, colleghe simpatiche e un chilo in meno. Però succedeva di rado.

Eva Kern non si faceva illusioni. Aveva trentotto anni, si era sposata troppo giovane e suo marito, un ingegnere impegnato in progetti di sostegno ai paesi in via di sviluppo, dopo la tragedia dello tsunami risultava disperso in Indonesia. Perlomeno, disperso per lei. Era evidente che non si trattava di una disgrazia, bensì di un nuovo amore. Davanti alle figlie, Eva tentava di salvare a tutti i costi il sacro focolare domestico. Tornerà, vi pensa, vi ha mandato dei regali… diceva, ma quando veniva Natale, la cosa si faceva pesante. Perché mai un padre non può essere presente, se davvero lo vuole? Eva sentiva che lui nel frattempo si era fatto un'altra famiglia e aveva messo una croce sopra a tutti i problemi – soprattutto a quelli legati alla burocrazia e al fisco tedeschi – e di conseguenza, purtroppo, aveva cancellato anche Toni, Caro e lei stessa. Si era fatto una nuova vita.

Lei non ne era capace. Non riusciva a mettere croci sopra a niente. Aveva tutto sulle sue spalle: la casa, ereditata da sua nonna, sempre più bisognosa di riparazioni; una Golf che aveva urgente bisogno di nuovi pneumatici; una madre che a settantaquattro anni aveva strani grilli per il capo; due figlie che a volte la facevano uscire dai gangheri; un lavoro da truccatrice freelance che non le dava certo grandi sicurezze economiche, e lo sfinente tran tran domestico. Non riusciva a stare dietro a tutto. Se faceva il bucato, il giardinetto diventava una giungla. Se strappava le erbacce, il bagno restava sporco. Aveva la costante sensazione di arrivare sempre troppo tardi. Girando per la sua vecchia casa vedeva ovunque cose da fare. Un gradino traballante, una lampadina fulminata, ragnatele giganti in un angolo, e da qualche parte, sicuro come l'oro, un rubinetto perdeva. Nella sua vita c'erano troppi cantieri aperti, e lei stessa era tutta un lavoro in corso.

La sveglia suonò. Era presto ed Eva faticò a raccapezzarsi. Si rigirò nel letto e prese a riflettere. Erano le sei e trentacinque di martedì, doveva svegliare Toni. Toni, la mattina, era più lenta di sua sorella, la diciottenne Caro. E se c'era una cosa che Eva non reggeva era una baruffa mattutina in bagno tra le due sorelle. Acchiappò al volo la vestaglia e uscì in corridoio sul parquet scricchiolante. Lì fuori accese la luce e bussò alla porta di Toni.

"Sono le sei e mezza passate!" esclamò. "Toni, mi senti? Devi alzarti!"

Da quando in famiglia non c'era più un uomo, sua figlia più piccola si chiudeva sempre in camera. Sosteneva che la casa le faceva paura: troppo vecchia, troppo piena di stanze e stanzette dove di sicuro vagava il fantasma della bisnonna. Le aveva voluto tanto bene, certo, ma era pur sempre morta lì dentro.

In cuor suo Eva le dava ragione. Poteva dirsi fortunata, perché con il suo budget non avrebbe mai potuto affittare una villa del genere, ma anche a lei non andava troppo a genio. In cantina ci scendeva sempre e soltanto di giorno, anche se naturalmente non lo avrebbe mai ammesso.

Dalla camera di Toni non proveniva il minimo cenno di vita.

"Antonia, mi senti? Sono le sei e quaranta! Devi alzarti!"

Si udì un fievole "Sì!"

"Antonia! Toni!"

"Mi sono già alzata! Sto prendendo i vestiti!"

Eva rifletté un attimo, poi bussò di nuovo. "Apri la porta, voglio vederti!"

Si sentirono delle proteste, poi la chiave girò nella toppa. Eccola lì, la sua quattordicenne, completamente addormentata, con la faccia da bambina e i capelli tutti dritti in testa. Impossibile che avesse già scelto i vestiti!

"Forza! Tra poco Caro vorrà andare in bagno!"

"Può anche andare di sotto!"

Sotto, accanto alla cucina, c'era un altro bagnetto con la doccia, ma era talmente freddo e poco accogliente – con la sua finestrella con l'inferriata e le piastrelle grigie – che aveva finito per servire da deposito per cibi in scatola e cassette di bibite accatastate.

"Non dire scemenze! Spicciati! Non ho voglia neanch'io di stare qui delle ore in corridoio."

"E allora torna a letto! Me la cavo da sola!"

"Sì, come no!"

Odiava quelle prove di forza mattutine. Ma senza di lei Toni si sarebbe presentata a scuola alla quinta ora. O non si sarebbe presentata affatto...

Eva scese le scale. Dopo la morte della nonna avevano fatto abbattere la parete tra la cucina e il soggiorno e sostituire le finestrelle che davano sul giardino con una porta finestra. Era stato l'ultimo *beau geste* di Gerold, ma tant'è: quella era davvero la stanza più bella della casa. Eva lavò due mele, preparò due panini, uno con la nutella, l'altro con i wurstel, e aggiunse due bibite, pur essendo certa che niente di tutto ciò sarebbe finito nello stomaco delle sue figlie. Era da un pezzo che avrebbe voluto interrompere quel rito, ma l'impulso materno all'accudimento ogni volta glielo impediva.

"Hai due euro?"

Si girò e si ritrovò faccia a faccia con Caro. Era alta e graziosa, mora come lei. Stava sgobbando per la maturità.

"Per fare?" chiese.

"Di certo non dei gran bagordi!"

"Comunque voglio saperlo... e non usare quel tono con me!"

"Oggi abbiamo scuola al pomeriggio, e a mezzogiorno vorrei bermi una cosa fresca. Contenta?"

Eva decise di tornare a letto. La giornata era partita male. Che si arrangiassero un po' da sole, lei aveva solo voglia di tirarsi la coperta fin sugli occhi e dimenticare tutto.

"Sono nella ciotola", le disse mentre usciva.

Sulle scale si imbatté in Toni. Si era preparata con grande cura, evidentemente: un cerchietto nero tra i capelli, alle orecchie una pietruzza rosa brillante, in tono con il ciondolo al collo.

“Scuola o disco?” chiese Eva, senza nessuna intenzione di attaccar briga.

“Domani ci scade l’abbonamento mensile” disse Toni per tutta risposta, dandole il colpo di grazia. Oggi mi concedo una bella giornata di depressione – pensò – e non era affatto improbabile, considerando che non aveva in vista nessun lavoro. Né in tv, né in teatro e nemmeno dai fotografi con cui collaborava ogni tanto. Se continuava così sarebbe dovuta andare a caccia di clienti. Proporsi, bussare a tutte le porte. Cosa che odiava. E che le riusciva malissimo. Era brava a lanciare gli altri, ma quanto a lei, aveva l’animo da crocerossina che non pretende niente, non ha bisogno di niente e quindi non ottiene niente. Si tolse la vestaglia, si buttò sul letto, si tirò la coperta sopra la testa e si giurò che da domani sarebbe passata all’attacco. Domani avrebbe affrontato tutti i problemi: casa, figlie, lavoro, se stessa.

Eva aveva sfruttato la giornata per i lavori di casa. Dopo un tardivo caffè macchiato con tre trasgressive zollette di zucchero si era programmata cucina e bagni. Ripromettendosi di concentrarsi il più possibile, perché le veniva facile perdersi in mille faccende. Una farfallina svolazzante la obbligò a passare in rassegna tutte le cibarie nella credenza. In una confezione aperta di corn flakes trovò il regalino: gettò via il tutto e rifletté sulla prossima mossa da farsi. In fin dei conti non poteva irrorare di insetticida le scorte alimentari. In quel momento squillò il telefono. C'era solo da sperare che non fosse qualcuno che attaccava bottone. E se avesse fatto a meno di rispondere? Be', almeno do un'occhiata al numero, pensò.

La Südwestrundfunk, una delle televisioni per cui lavorava.

Con gesto rapido si tirò indietro i capelli dalla faccia. Era tutta sudata per le performance acrobatiche in cucina. Premette il bottone verde: la sua collega si era fatta male e lei doveva sostituirla in tutta fretta, altrimenti nel talk show moderatore e ospiti non avrebbero avuto la faccia incipriata. Eva scoppiò a ridere. Era un classico delle produzioni televisive. La faccia incipriata!

"Chi è il moderatore?" chiese.

"Jürgen Hörig!"

Ah be', pensò, un uomo: si fa in fretta. "E gli ospiti?"

"Sabine Reitz. Ha appena vinto un premio."

"Che premio?"

"Che ne so. C'è bisogno di saperlo per incipriarle il naso?"

Tipica risposta maschile. Eva pensò a come ribattere, ma non le venne in mente niente. "D'accordo, arrivo" si limitò a dire. Poi guardò l'ora. Dal suo quartiere alla sede della tv ci volevano venti minuti. O anche quaranta, a seconda del traffico:

doveva attraversare tutta la città, e in caso di code non c'erano scappatoie. Le tornarono in mente i ragazzi del giorno prima: forse si sarebbe dovuta convertire all'uso dello scooter, con quello si va dappertutto e poi si risparmia.

In ogni caso doveva sbrigarsi.

Di fronte a quella verità le tornarono tutte le energie. Che strano, appena si ha qualcosa da fare tutto il resto perde di importanza. Che se la vedessero senza di lei, le farfalline!

Fece una rapida doccia, si infilò dei jeans e una maglietta bianca, scarabocchiò un biglietto per le sue figlie, afferrò il borsone con i trucchi e si chiuse la porta di casa alle spalle.

Il sole che splendeva allegro era ingannevole: faceva ancora un freddo cane. Eva aprì di nuovo la porta e prese una giacca dall'appendiabiti. Doveva essere grata alla collega: grazie a quel piccolo incidente le offriva la possibilità di risanare un po' il suo misero budget… Piccolo incidente? Ma cosa si era fatta? Solo allora le venne in mente di non averglielo nemmeno chiesto.

Alle diciotto e quarantacinque iniziò il talk show. Eva era arrivata in tempo per farsi una chiacchieratina in corridoio, sistemarsi al suo posto e aprire il bauletto dei trucchi. Diede un'occhiata alla scaletta che qualcuno della direzione le aveva messo sul tavolo. Niente di speciale. Tra poco sarebbe arrivato il moderatore, un tipo piacevole, sempre di buon umore e per giunta senza pretese. Con lui, in effetti, era solo questione di un po' di cipria.

Il locale aveva due postazioni per il trucco con i caratteristici grandi specchi, le luci sfolgoranti e poltrone dagli alti braccioli. Le ampie finestre rendevano l'ambiente luminoso e gradevole. A una parete erano appese un'infinità di foto con gli autografi di autentiche star, di future star, di ex star e di starlette sfiorite. Alcune erano del tempo che fu, e mostravano facce giovanissime dai sorrisi smaglianti. Gli uomini avevano un debole per le pose meditabonde – con il mento appoggiato alle nocche –, le donne preferivano buttare indietro i capelli sorridendo. Alcuni erano già morti.

Eva distolse gli occhi.

In quel momento entrò Jürgen Hörig, si accomodò sulla poltrona davanti alla sua borsa dei trucchi e, mentre lei gli faceva un make-up classico da ripresa televisiva, si misero a parlare del più e del meno. Eva gli chiese chi fosse Sabine Reitz, perché preferiva sapere chi aveva davanti. La signora aveva vinto un premio per la sua attività di designer. Interessante, in ogni caso. Il concetto di "designer", così come quello di "stilista", era piuttosto oscuro: a uno saltava in testa un'idea, le dava forma, ed ecco, in quattro e quattr'otto, venir fuori una seggiola, un abito, uno yacht. Era un altro mondo: più vasto, più brillante del suo. Eva si perse nel suo film mentale, e intanto preparò i bigodini e la piastra per stirare i capelli, caso mai potessero servire. Era pronta a ogni evenienza.

Alla vista della donna, introdotta dal direttore della produzione, Eva esitò: "Sabine Reitz?"

La donna annuì, si passò una mano tra i capelli – dritti come spaghetti, eccessivamente lunghi e scalati in mille modi – e si sedette senza aggiungere altro sulla poltrona di Eva. Era magra e pallida, e non aveva assolutamente niente a che spartire con Donatella Versace o Giorgio Armani.

"Piacere, Eva Kern", si presentò Eva, cercando di scacciare dalla testa tutti i falsi stereotipi riguardanti il mondo del design.

La donna fece un cenno col capo e si guardò allo specchio. Di nuovo quel modo di guardarsi nello specchio, e in quell'istante le tornò in mente Thomas Rau. Aveva occhi scuri, intensi, dallo sguardo perennemente divertito. Questi invece erano di un celeste smorto, e guardinghi.

"Desidera qualcosa in particolare?" chiese Eva, mentre osservava il tessuto del suo blazer: a righe sottili verde chiaro e arancione, molto fitto. Chissà che spasso per i cameraman! Non veniva detto espressamente nei contratti di evitare capi di vestiario a quadrettini o dalle tinte che "sparano"?

"Marrone scuro" disse la donna con voce inaspettatamente energica. "Ombretto marrone scuro e riccioli fitti!"

"Marrone scuro?" Eva era stupefatta. "Con gli occhi chiari come i suoi?"

"Esatto. Dà più risalto agli occhi!"

Eva le guardò le ciglia e le sopracciglia chiare. Le palpebre marrone scuro le avrebbero schiacciato il viso.

"Non sarà un trucco troppo pesante?" ci riprovò Eva: in fin dei conti ci teneva a renderla più carina, e a evitare disastri. Non le piaceva essere costretta a far male il suo mestiere "su esplicita richiesta". Qualsiasi spettatore, redattore o regista avrebbe pensato che era un'incapace.

"A me piace così!"

Bingo! Be', fatti suoi... Eva aprì lo scomparto con le differenti sfumature di ombretti. Andava molto fiera del suo bauletto del trucco: quando aveva sborsato 370 euro le era parso carissimo, ma era organizzato in modo talmente professionale che di rado le mancava qualcosa. Bastava aprire i vari scomparti e vani per trovare tutto l'occorrente, ordinato per colore o sequenza d'uso.

Adesso, però, fissava a occhi sbarrati i diversi alloggiamenti per gli ombretti. Quelli in fondo a destra erano vuoti! Tutte le tonalità di marrone – dal beige al terra bruciata – erano sparite, comprese matite e mascara.

Eva fu costretta a tirare un profondo respiro. Ti ammazzo, pensò, senza sapere bene chi intendesse: Toni o Caro? O entrambe?

In questo momento quel pensiero, però, non le era di alcun aiuto. Un paio di occhi chiari la fissavano dallo specchio. Eva cercò di sorridere, con le guance in fiamme.

"Facciamo prima i capelli!" propose con gentilezza. "La messa in piega prende abbastanza tempo. Intanto lei può rilassarsi un po', e poi passiamo al make-up."

La donna nello specchio annuì, appoggiò la testa allo schienale e chiuse gli occhi. Eva espirò lentamente l'aria trattenuta nei polmoni, frizionò la chioma inumidita e giurò a se stessa che quella storia avrebbe avuto conseguenze pesanti, chiunque fosse la colpevole: minimo una settimana di divieto di uscire la sera!

Prese ad arrotolare le ciocche sottili sui bigodini, consapevole che il risultato sarebbe stato orribile, e poi, con una scusa, andò in cerca di qualche collega con un armamentario da trucco completo.

Prima ancora di vederla sentì la risata di Regine. La trovava una donna insopportabile: starnazzava sempre a voce altissima e si comportava con tale disinvoltura con gli uomini che a Eva veniva la nausea alla vista di tutti quei palpeggiamenti e moine. Ma era molto gettonata e lavorava in produzioni per cui altri facevano la fila. Le malelingue sostenevano che non andasse troppo per il sottile con le sue moine, pur di ottenere quello che voleva, ma Eva non ne voleva sapere niente.

Adesso però non aveva alternative.

Regine si atteggiò a supercomprensiva, inalberò le tette tornite, sculettò, si chinò sul suo beauty case quanto bastava per mostrare il decolleté all'uomo che aveva di fronte e poi, con lo sguardo di quel tale addosso, si raddrizzò con le mani piene di accessori per il trucco.

"Dovrebbero bastare per quella signora" disse con un sorrisino. Aveva un viso grazioso, ma troppo fasullo per i gusti di Eva. Persino le labbra erano troppo gonfie.

"Grazie mille" fece Eva, e aggiunse: "A buon rendere!"

"Non c'è problema", replicò Regine in tono sdolcinato. "Ci vediamo alla mensa!"

Nel tornare a casa Eva si chiese se fosse il caso di fare un salto al Maritim a dare un'occhiata al bar. Magari... ma no! Quel tizio era stato arrogante e stupido, e poi lei non correva dietro agli uomini. Le tornò in mente il suo biglietto da visita. Non l'aveva neanche guardato, il giorno prima. E chi le diceva, poi, che fosse di Stoccarda? Parlava un ottimo tedesco, con voce piena e gradevole, e una pronuncia perfetta.

Falla finita!, si intimò, per richiamarsi all'ordine. Sono quasi le nove, e hai due figlie, con cui adesso hai pure una bella gatta da pelare! Anzi, più d'una!

Con quello che costano, i cosmetici! E che figuraccia: una truccatrice senza strumenti del mestiere! Una roba che non sta né in cielo né in terra!

Ma la rabbia le stava già passando, anzi. All'altezza della Gaustrasse le sfuggì un sorriso, e al primo semaforo rosso scoppiò in una gran risata.

Erano andate a sgraffignarle proprio le sfumature del marrone! Da non crederci! E quella designer così comandina, con i riccioli che non volevano saperne di fissarsi... aveva dato la colpa a lei per non essere stata trasformata in una seconda Cindy Crawford... sembrava una gallina spennacchiata, non le aveva detto neanche mezza parola gentile. Aveva vinto un premio, quella cretina, per una pentola dove si potevano stufare, lessare o arrostire asparagi, pesce e quant'altro. A Eva pareva una boiata assoluta. Non esisteva già da un pezzo, una roba simile? Lei forse non era aggiornatissima, però si ricordava che sua nonna usava già delle pentole così, che ai tempi si chiamavano tegami.

Davanti a casa, frenò. Di nuovo uno scooter. Questa volta solo uno. Nessuno in giro e le finestre tutte buie, il che la insospettì. Mise la sua Golf in garage: ci stava appena appena, tanto era zeppo di bici, tagliaerba e ciarpame vario. Ci sarebbe voluto qualcuno con la passione dell'ordine, dei repulisti e delle raccolte differenziate, ma non c'era, punto e basta. Ogni tanto le veniva un afflato, ma tutte le volte che si buttava piena di zelo e di ardore su cartoni e cassette si perdeva in mille dettagli, e alla fine richiudeva gli scatoloni e li risospingeva dove li aveva presi. Aveva un'indole da collezionista. Triste ma vero.

Caro invece era un tipo che, detto fatto, aveva il distacco facile. Prima di comprarsi qualcosa di nuovo faceva spazio alla grande nel suo armadio. A volte si dava direttamente al baratto nei negozi di seconda mano.

Toni era l'esatto contrario. Aveva perso da un pezzo il controllo della situazione. Ammassava le sue cose in un angolo e poi, quando cercava qualcosa, ribaltava tutto nell'angolo opposto. Era una casinista nata.

Ma anche una casinista nata, a quattordici anni, non può certo andare con il primo che passa. Eva salì i tre gradini di pietra che portavano all'ingresso, e cercò tentoni la serratura con la chiave. La luce non funzionava da tempo immemorabile: c'è da dire, però, che la lampada era di quelle complicate, e per sostituire una lampadina ci volevano la scala e il cacciavite. Non che lei non sapesse farlo. Sapeva anche cambiare uno pneumatico e fare i buchi nel muro con il trapano. Solo che si scordava sempre di quella stupida lampadina. Di giorno non le veniva in mente, e di notte era fuori tempo massimo.

"Toni!" gridò appena ebbe richiuso la porta e acceso la luce in anticamera. Sotto l'appendiabiti, una sull'altra, c'erano le scarpe di Toni, e lì accanto un altro paio, più grandi. Sneakers di pelle bianche a righe nere. Eva si fermò un attimo. Per lo meno era un tipo ordinato. Chissà se ripiegava anche i boxer? In due salti era già su per le scale.

"Toni!" gridò di nuovo e, non ricevendo risposta, emise un fischio acuto fra le dita. Lo faceva solo quando il barometro segnava tempesta. E in certe situazioni era l'unico modo per farsi notare dalle sue figlie. Come in quel caso.

Sentì una porta aprirsi piano. "Dai, mamma! Zitta! Lo spaventi!"

"Cosa?" Eva si bloccò, come impietrita. E certo, era proprio quello che voleva!

Toni comparve in cima alle scale. Indossava i pantaloni grigi della tuta, un top aderente, e teneva un dito davanti alle labbra. "Vieni su! Ma fai piano!"

Eva non riusciva a immaginare cosa la aspettasse. Era crollato a dormire in camera di sua figlia, la prima volta, quel bel tomo? Era mai possibile? Doveva decidersi a parlare di contraccettivi con Toni. Se soltanto avesse saputo da che parte cominciare! Forse era meglio riservare quell'incombenza a Caro, tanto con sua madre Toni si sarebbe rifiutata.

Sua figlia aveva un sorriso radioso, la pelle luminosa di un rosa tenero, l'espressione dolce, quasi infantile, e nell'insieme ricordava un bambino a Natale.

Eva si fermò davanti a lei, in ansia. Cosa mai l'aspettava?

Toni, con un "Guarda!" così acuto da sembrare il falsetto di Regine, aprì lentamente la porta della sua camera. Un gigantesco cumulo di fieno sommergeva ogni cosa.

"Cosa diavolo succede?" Eva era sinceramente sconcertata. Sua figlia si era messa in testa di farlo in un pagliaio?

"Shhh! È così cariiiino!"

Eva era pronta a negarlo, tuttavia lanciò un'occhiata verso il letto dove, in posa solenne, ma pur sempre vestito da capo a piedi, c'era un ragazzo di circa diciassette anni che lei non aveva mai visto e che le fece un piccolo cenno col capo, senza muoversi.

"Non è carino, mamma? Eh..."

Eva guardò sua figlia che non stava nella pelle, e per un attimo si chiese se avesse tutte le rotelle a posto. In quel momento qualcosa di scuro schizzò verso di lei. Toni si precipitò in camera e si gettò per terra, Eva arretrò di un passo.

Il ragazzo sorrise. Toni teneva in braccio qualcosa che si dibatteva e che lei, tutta fiera, presentò come "Saltapicchio".

"Salta che?" chiese Eva, mentre la sua ragione si rifiutava di credere che tutto ciò fosse vero.

"Saltapicchio" ripetè sua figlia pazientemente, ed Eva si accorse che teneva in braccio un coniglietto con le orecchie basse.

"Me l'ha regalato Sven! Che sballo!"

"Già, sai che sballo!" le fece eco Eva, entrando con passo deciso nella stanza. C'era puzza di stalla.

"Sei fuori di zucca?" gli chiese Eva senza troppi fronzoli, ma Sven non sembrò colpito. Rimase seduto, scosse gentilmente il capo e si limitò a dire:

"No, solo che l'abbiamo visto, Toni lo voleva e io gliel'ho comprato."

"Toni lo voleva..." fece Eva, senza sapere neanche lei perché sentisse il bisogno di ripetere tutto. Perché quello stronzo di Gerold l'aveva lasciata sola in un simile casino? Gli augurò d'imbattersi in svariati coccodrilli pronti ad azzannarlo alla gola. Come minimo. "Ma *io* invece non lo voglio" disse, avvertendo da sé quanto suonava moscio. "E trovo che prima di portare a casa qualche animale sia il caso di parlarne con i genitori!"

"Papà non c'è!" ribatté Toni.

"Non importa. In ogni caso, questa bestia deve sparire! Riportala indietro!"

"Nel negozio?" Toni aveva un tono indignatissimo. "E poi chi lo comprerà? Ma se sei *tu* quella che predica sempre il senso di responsabilità! Chi può sapere che fine farà il mio coniglietto!"

"Troverà un'altra padroncina che gli vorrà bene!"

"Ma anch'io gli voglio bene! È assurdo!"

Non si era lamentata, l'insegnante di tedesco di Toni, che era incapace di argomentare? Come mai aveva un voto così basso?

"Avreste dovuto chiedermi il permesso!"

"Non eri a casa, come sempre!"

"Questa sceneggiata puoi risparmiartela. Ci sono eccome, anche troppo!"

"Ma avevi il cellulare spento!"

"Potevate anche aspettare fino a domani!"

"Noi sì, ma il coniglietto no. Guardalo, come è conciato!"

Eva non aveva nessuna voglia di guardarlo. Si conosceva: se lo guardava, era fatta.

Eppure lo guardò. Era un coniglietto nero con una macchiolina bianca sopra il naso. Era veramente carino. Ma tutti i cuccioli sono carini.

"È troppo piccolo... ha bisogno della madre... quanto ha?"

"Nel negozio ci hanno detto che è il momento giusto: a questa età la madre lo rifiuta."

Eva non ci credeva. Era solo questione di affari, mica di istinto materno.

"Prendilo un momento!"

E prima di rendersene conto si ritrovò con il coniglietto in braccio. Toni la fissava speranzosa, il ragazzo seduto sul letto sorrideva.

"Mi fanno pena le bestie in casa!"

"Rendiamo sicuro il giardino, a prova di fuga" disse Sven.

Ah, bene: si esprimeva al plurale?

Eva sospirò. "Ci vuole una gabbia per stanotte!"

"Ci pensiamo noi!"

"Chi lo curerà, gli darà l'erba, gli pulirà la gabbia?"

"Ma è evidente, mami!" E nel giro di un secondo Toni le saltò al collo, il coniglietto balzò a terra e si nascose nel mucchio di fieno, e sua figlia l'aveva avuta di nuovo vinta alla grande.

"Un animale da solo patisce" aggiunse Eva, ma in un bisbiglio.

Insieme a Saltapicchio anche Sven divenne di casa. Sulle prime Eva quasi non notò i cambiamenti striscianti, ma a lungo andare la cosa divenne lampante. Sven faceva visita ogni giorno al suo coniglietto. E di quando in quando dimenticava anche qualcosa, così che il giorno dopo era costretto a tornare. Finché un suo amico esperto di conigli sentenziò che Saltapicchio era una femmina.

Toni, tra grandi risate, organizzò subito una specie di festa di battesimo all'insegna di patatine e coca cola e cambiò il nome al coniglio: non più Saltapicchio, ma Saltarella. Eva rimase a guardare Toni e i suoi amici in giardino e notò come era affettuosa con Sven.

Quando Toni entrò in cucina a prendere una coca Eva le andò incontro: "Ti piace davvero così tanto?" le chiese, con tutte le cautele.

Toni fece un sorriso radioso, limitandosi a dire: "Ma dai, mamma!"

Ma dai, mamma? Doveva agire in fretta! Doveva cogliere al volo l'occasione giusta.

Quella stessa sera fece la posta a Caro, per beccarla in un momento in cui Toni non fosse nelle vicinanze. L'occasione si presentò dopo cena perché, come sempre, Toni se la filò ancora con il boccone in gola.

Eva radunò i piatti, mentre Caro era ancora seduta a tavola, indecisa. Le si leggeva chiaramente in faccia che avrebbe gradito togliere il disturbo anche lei.

"Puoi andartene subito, se solo rispondi a una domanda", attaccò Eva.

"*Posso* andarmene? Vorrei ben vedere, Toni se ne è *già* andata!"

"D'accordo, d'accordo" la tranquillizzò Eva. "Ma tu sai com'è la storia con Sven?"

Caro pizzicò l'ultimo cetriolino dal piatto vuoto e lo addentò con aria beata. Lo masticò e alzò lentamente lo sguardo. "Che storia vuoi che sia?" rispose con aria candida. "Vanno a letto insieme... È normale, no?"

"Normale?" Eva era senza fiato. "Ha quattordici anni! E sa già... sa già tutto?"

"Oddio, mamma!"

Non se l'era già sentito dire, quel giorno?

"Oddio mamma! Cosa, oddio mamma? E se resta incinta? Prende la pillola? E se la prende, quale? E da che ginecologo è andata? È una roba da pazzi che io non venga mai informata di niente!"

"È andata da una dottoressa con un'amica. Le ha spiegato tutto bene!"

Eva passò dalle mille paure alla rassegnazione. La sua figlia quattordicenne con lei non parlava. Preferiva confidarsi con un'amica, andare di nascosto dal ginecologo. Non c'era altro da dire.

Per lei era un dispiacere.

"Grazie!" disse e guardò fuori, in giardino, dove Saltarella saltellava di qua e di là. Non è giusto che quella coniglietta stia da sola, pensò Eva. E non è giusto che io non venga mai informata di niente. Dopotutto aveva trentotto anni. Le sue figlie la prendevano per una vecchia decrepita? Una nonnetta arteriosclerotica cui era meglio non raccontare niente?

Imbruniva. Bisognava mettere la coniglietta nella gabbia. Eva aprì il frigo, prese una bottiglia di birra, se ne versò un bicchiere e si lasciò cadere su una sedia.

Vita dura.

Quando fantasticava sul modo in cui le sue figlie sarebbero diventate grandi, se lo immaginava come una cosa magnifica. Fantasticava di sedere a un tavolo con loro, a scherzare, ridere, parlare di argomenti seri: la scuola, i compagni, i prof, i primi amori. Niente di tutto ciò. Caro se l'era sbrigata da sola. I suoi problemi adolescenziali non erano stati particolarmente evidenti, ma forse, in quegli anni, lei era troppo presa dalla faccenda di Gerold per accorgersene. Un uomo fatto, un padre di famiglia con una posizione che all'improvviso cambia rotta non è una bazzecola. Soprattutto quando agisce subdolamente.

Un'ombra la fece trasalire. Qualcuno era sgusciato via in giardino. Il giardino non era poi così grande, la tipica dimensione da orto, come si usava una volta. Un paio di aiuole, un orticello, un albero di mele. A sopravvivere era stato solo l'albero di mele. Persino la piccola serra, che sua nonna usava ancora, non esisteva più. A lei piaceva il prato, un bel prato sgombro, facile da curare. Una siepe vicino allo steccato, forsizie, roselline selvatiche, crisantemi, lupini, ortensie e un'intera fila di margherite, di cui andava matta. Sì, le margherite bianche erano il suo fiore preferito. Le piacevano anche le rose e la speronella, ma poi, quando vedeva delle margherite, trovava che fossero più belle. Insieme ai papaveri.

Fuori si sentì un rumore. Eva saltò su e accese la luce in giardino. Fortunatamente, almeno quella funzionava! La coniglietta schizzava come un razzo di qua e di là per il prato, spiccava dei gran salti, piroettava su se stessa... sarebbe stato uno spettacolo avvincente, non ci fosse stato un predatore dal pelo fulvo. Una volpe! Roba da non credere... In mezzo all'abitato!

Eva spalancò la porta finestra e si precipitò in giardino. La volpe, che era incredibilmente grossa, si arrestò di botto e prese a osservarla. Per un attimo Eva si chiese se non fosse sul punto di attaccarla... e benché avesse paura, trovò che aveva degli occhi affascinanti. Sprizzavano scintille color ambra. Esprimevano una saggezza antica. Così almeno sembrò a Eva, ma poi si ricordò che quella stava per papparsi Saltarella. Senza troppi complimenti. Fece un passo in avanti. La volpe restò immobile, poi si girò e, senza distogliere gli occhi da lei, sparì alla chetichella, così come era arrivata.

Eva sentì solo in quel momento che il cuore le batteva a mille. Bum bum, le faceva sotto le costole. Allo stesso tempo pensò a Saltarella. Chissà come stava?

"Saltarella!" chiamò, camminando sul prato. "Saltarellina!" Ma la coniglietta era nera, e il giardino, al di fuori del cerchio della lampada, anche. Impossibile ritrovarla adesso! E se fosse stata ferita?

Poi la vide. Rannicchiata, appiattita contro la rete del recinto.

A Eva vennero le lacrime agli occhi dal sollievo. Si sedette per terra e appoggiò una mano su quel corpicino tremante. Dopo la prima volta non l'aveva più presa in braccio.

Adesso sì.

Non si rese conto del tempo che passava, mentre stava così seduta nel giardino con Saltarella in braccio. Aveva i jeans bagnati fradici sul sedere e, dopo la prima agitazione, adesso moriva di freddo. Ma sentiva anche una grande pace. Guardava la sua casa, le stanze illuminate e aveva l'impressione di essere un asteroide caduto dal cielo. È possibile dare un nuovo senso alla vita? In quel momento era certa di sì.

Il giorno dopo, di mattina, Eva portò Saltarella al ricovero degli animali. Aveva un impegno di lavoro alla sera, le sue figlie erano a scuola, e si sentiva in dovere di mantenere la promessa sussurrata la sera prima all'orecchio di Saltarella.

"Dunque, desidera un maschio?" le chiese la signora che stava in ufficio. Sul divano alle sue spalle c'era un pastore tedesco sfatto dagli anni, e al suo fianco un barboncino obeso.

"Un maschio? Io volevo un coniglio!"

"Un coniglio maschio, intendevo!"

"Ah!"

Perché le veniva in mente Gerold, in quel momento?

"Sì, allora: un maschio."

"Bene! Lo vuole castrato?"

Eva sollevò la scatola in cui aveva sistemato Saltarella. "Ho portato la nostra coniglietta. Devono piacersi, ma di altri coniglietti non ne vorrei."

"Quindi: castrato."

Eva annuì.

"Ragion per cui, non un maschio!"

"Un coniglietto di sesso maschile, castrato, che vada d'accordo con la nostra Saltarella!"

"Benissimo, sarà fatto!"

Eva se l'aspettava, era quello che temeva. Tutti quei cani nelle gabbie, gatti, criceti e conigli... le veniva male. Non doveva guardare troppo. Ecco che già un cane di taglia media e pelo bianco e nero si stava strusciando con aria implorante contro le sbarre della gabbia.

"Posso?" chiese Eva, tendendo la mano.

"Certo! È un border collie, un cane di razza. Amante dei bambini, attento, intelligente, un vero cane da guardia."

Un vero cane da guardia forse sarebbe stato meglio di un coniglio maschio. Buono solo a zompare di qui e di là mentre arrivava la volpe. Almeno il collie avrebbe vigilato.

"Come mai un cane così bello finisce qui?"

"Per le solite ragioni. I padroni si stufano, o la spesa è troppo alta, la casa troppo piccola, il cane abbaia troppo, il mangime è troppo caro, le ferie troppo lunghe."

Eva si girò. Le sue figlie avevano sempre desiderato un cane. Lei si era sempre opposta. A Gerold gli animali non piacevano, per lui erano solo sinonimo di responsabilità e lavoro.

"Cosa dovrebbe imparare per poter stare con noi?"

"Niente, sa fare già tutto: è stato addestrato. Gliel'ho detto: un cane di razza. A prenderlo da un allevatore costa un sacco di quattrini." La donna la squadrò. "Semmai è lei che deve imparare. Ma ci sono delle scuole. E dei libri."

Libri. Niente male.

Eva si chinò, il cane allungò il muso esile e le leccò le dita attraverso la rete.

"Quanto costa?" chiese, sentendosi la gola secca.

Tornò a casa con il cane sul sedile posteriore e la coniglietta nella scatola. Perché, non ne avevi abbastanza di guai?, si disse, ma ormai era troppo tardi, ormai aveva rimpiazzato il marito con un cane. Fortuna che non c'erano psicologhe nelle vicinanze, non le andava di sentire commenti.

Eva restò un attimo seduta in macchina, davanti casa. Il collie stava disteso sul sedile di dietro, con il muso appoggiato alle zampe anteriori e la studiava con un occhio solo.

"Su!" disse Eva e si sporse prudentemente all'indietro. Avvicinare il dorso della mano al naso del cane era una nozione imparata fin dall'infanzia. Il cane la annusò entusiasta. E se gli saltava in testa di morderla? Non pensarci nemmeno! si disse. Lui ha trovato una casa, tu un amico. Saltarella era senza compagno, ma c'era da augurarsi che prima o poi l'avrebbe perdonata.

A essere salutata per prima da sonori latrati fu Toni, sulla porta di casa. "E questo, cosa significa?" chiese.

"È il nostro cane. Si chiama Flash ed è un border-collie."

"Che figata!" E senza aggiungere altro si inginocchiò e fece subito amicizia con Flash.

Eva trovò che andava troppo per le spicce. In fin dei conti era lei l'eroina di quella giornata.

Ma dopo un secondo Toni le gettò le braccia al collo. "Mamma! Sei grande! Stupendo! Ho sempre desiderato così tanto avere un cane!"

Era fuori di sé dalla gioia, gli occhi le brillavano febbrilmente. L'abbracciò e la baciò di nuovo, poi si buttò ancora per terra e il cane si mise a saltare qua e là, scodinzolando all'impazzata, pronto a giocare.

Si misero a pazziare per casa, Eva intanto riportò la coniglietta in giardino e andò a farsi un caffè.

"Gli ho fatto vedere tutto!" gridò Toni, senza fiato, piombando come un razzo in cucina dalle scale, seguita alle calcagna da Flash, che continuava a saltarle addosso e ad abbaiare festoso.

"Sarà meglio allora che gli facciamo fare la conoscenza di Saltarella, con tutte le precauzioni del caso," propose Eva. "Giusto perché non succeda che ce la porti trionfante per cena."

"Ma è un cane da guardia, l'hai detto tu, mica da caccia!"

"Magari anche i cani da guardia hanno l'istinto della caccia, che ne so!"

"Tu tieni Flash, io vado a prendere Saltarella."

Eva aprì la porta della veranda e si sedette insieme a Flash sul gradino che portava in giardino.

"Cuccia!" disse, e Flash si accucciò all'istante vicino a lei e la guardò pieno di aspettative con i suoi occhi color nocciola. Erano praticamente alti uguali. Sarà stato un esperimento troppo azzardato? Da qualche parte aveva sentito che bisogna essere sempre un po' più in alto del cane. Il cane che può guardare l'uomo dall'alto si sente subito superiore. Pazienza, pensò, vediamo cosa succede.

Toni cercava di acchiappare Saltarella, che si faceva piuttosto pregare. Flash seguiva la scena con interesse.

Eva osservò sua figlia. Era ben fatta, non molto alta, ma snella e muscolosa, con un bel seno, piccolo, che sapeva mettere in risalto con il reggiseno giusto. I capelli folti le ricadevano scalati sulle spalle. Era l'unica in famiglia a essere bionda naturale. Era un'eredità paterna, mentre gli occhi verdi e le labbra carnose venivano da lei. E si abbronzava facilmente, il che, per una bionda, è raro.

Caro era più alta e più magra, aveva un fisico asciutto e nervoso: in confronto a Toni sembrava una ballerina. Anche lei si abbronzava facilmente, ma aveva i capelli scuri di sua madre e gli occhi azzurri di suo padre, la bocca più sottile e il naso più lungo di Toni, che in effetti aveva una specie di virgola all'insù. Caro era una bellezza classica, anche se non ne voleva sentire parlare. Niente profilo greco, preferiva essere moderna.

Eva grattò il collo a Flash. È incredibile come possono essere diverse due sorelle. Anche di carattere. Toni era sfegatata. Nessun albero era troppo alto per lei, nessuna montagna troppo ripida, nessun mare troppo freddo. Doveva sempre provare tutto. Caro invece soppesava sempre il pro e il contro. Prima che riuscisse a decidersi, Toni aveva già finito.

Strano. Né lei né Gerold amavano particolarmente il pericolo. Lei tendeva alla prudenza, anche se, a volte, si lasciava trascinare in qualche avventura... Guardò il cane e scoppiò a ridere. Forse era molto più simile a sua figlia di quanto pensasse.

Toni aveva bloccato Saltarella, che continuava ad agitare le zampe di dietro, ma una volta in braccio si calmò.

“Ah, era ora!” esclamò Eva, sperando di fare la cosa giusta. Non aveva manuali da consultare. “Tengo fermo Flash, e lasciamo che si annusino a vicenda.”

Lo bloccò con un braccio intorno al collo e, per precauzione, con l’altra mano gli serrò il muso, ma Flash non pareva avere la minima intenzione di aggredire la coniglietta. Scodinzolava con forza. Ma i cani non scodinzolano forse dalla tensione anche poco prima di saltare addosso a qualcuno? O almeno, quando scavano in una tana di topi. Però Saltarella non era affatto impaurita. Forse per inesperienza, ma fiutava con gusto. Naso di cane contro naso di coniglio, pensò Eva. “Peccato che non abbiamo la macchina fotografica!”

“Non avremmo neanche una mano libera” disse Toni, che stava accovacciata davanti a lei e accarezzava Saltarella per tranquillizzarla. Poi la coniglietta si liberò con un gran balzo e corse via. All’impazzata per il prato, saltando talmente da rischiare di cappottare.

Flash scodinzolò con brio rinnovato, ma restò fermo, da bravo.

Tutti e tre rimasero a fissare la coniglietta scatenata.

“Se pensi che c’è gente che rinchiude vita natural durante conigli e lepri in gabbie poco più grandi di loro…” Eva grattò il collo al cane. “È una vera e propria tortura non potersi mai stiracchiare, non poter mai correre, mai saltare all’aria aperta. I muscoli, i tendini si rattrappiscono, la voglia di vivere passa... Conosci la poesia di Rilke, *La pantera*?"

Toni annuì. "*Del va e vieni delle sbarre è stanco l'occhio, tanto che nulla più trattiene. Mille sbarre soltanto ovunque vede e nessun mondo dietro mille sbarre*" attaccò a recitare Toni. "*Molle ritmo di passi che flessuosi e forti girano in minima circonferenza, è una danza di forze intorno a un centro ove stordito un gran volere dorme.*"

Lanciò un'occhiata a sua madre. "*Solo dalle pupille il velo a volte s'alza muto. Un'immagine vi penetra, scorre la quiete tesa delle membra e nel cuore si smorza.*"

Per un momento calò il silenzio. Flash scodinzolava, e Saltarella si era rintanata in uno dei buchi che scavava con passione.

"Bellissima!" disse alla fine Eva. "Quando l'hai imparata, Toni?"

"Quando? Piuttosto perché..." Toni era sempre davanti a lei, accovacciata. "E il perché è uno solo: vale per tutti i vitellini incatenati, per tutte le tartarughe nel terrario, e per tutte le galline da uova. Il mondo pullula di 'pantere' come questa."

"Mi fa venire in mente il ricovero per animali dove ho trovato Flash", disse Eva con un sospiro. "Se gli esseri umani avessero un comportamento responsabile nei confronti dei loro animali, simili posti non esisterebbero!"

"E da noi va ancora bene" aggiunse Toni, abbracciandosi le ginocchia. "In altri paesi mettono insieme cani e gatti e li uccidono. Senza che nessuno abbia niente da ridire."

Eva fissò sua figlia. Magari in futuro avrebbe avuto lei la volontà e la forza per fare qualcosa contro quella situazione.

"A volte vorrei tanto essere Sailor Moon!" disse Toni. "Darei io una bella mossa alla gente!"

Eva scoppiò a ridere. A volte era proprio ancora una bambina.

Di pomeriggio doveva lavorare in televisione e, avendo fatto tesoro dell'esperienza degli ombretti marroni mancanti, esaminò prima di uscire tutta la sua attrezzatura. Stavolta mancava la piastra lisciacapelli. C'era da uscir matti! Già per la storia dell'ombretto si erano date la colpa a vicenda, e di prove certe non ce n'erano, perché il corpo del reato si trovava nel bagno di tutte e due.

Inviò un sms durissimo a entrambe. La risposta di Toni fu: "Cosa vieni a scocciare me? Io non ne so niente" e di Caro: "All'ultima ora ho il compito di chimica. Pesante. Mi vieni a prendere?" Eva ne sapeva quanto prima, la piastra lisciacapelli era introvabile, e per giunta le toccava passare a prendere Caro a scuola.

All'inizio l'idea di quella deviazione le pesava, ma poi, finito il lavoro, non le sembrò così male. In quel modo sarebbe stata un po' a quattr'occhi con la figlia maggiore, e avrebbe potuto parlarle.

Naturalmente, le cose andarono diversamente. Al parcheggio, insieme a Caro, c'erano tre sue compagne, che avevano deciso di venire tutte a casa loro. Eva si chiese se aveva abbastanza pizze nel congelatore, e se si sarebbero accontentate di bere acqua. Le sarebbe piaciuto scambiare due chiacchiere, ma non riusciva a inserirsi. Quelle quattro parlavano tra loro troppo in fretta e freneticamente, e poi lei doveva concentrarsi sul traffico. Solo davanti a casa riuscì a dire la novità di Flash.

Le ci vollero diversi minuti prima di ottenere l'attenzione di tutte e quattro, ma alla fine proruppero in un urlo di gioia. Caro era al settimo cielo. E le sue amichette pure. Eva era soddisfatta. Le sue figlie erano felici, e stavano vivendo un bel periodo insieme.

Non era sempre così, e sapeva benissimo che, soprattutto con Toni, gli sbalzi d'umore erano all'ordine del giorno. Era in piena adolescenza, e nei momenti in cui non si poteva soffrire aveva dei veri tracolli d'umore. La sua misura era colma, ed erano guai per tutti. Da quel punto di vista Sven poteva dirsi fortunato: per lui Toni provava solo emozioni superlative.

Speriamo che adesso non scoppino delle gelosie, pensò Eva. Caro si era precipitata giù dalla macchina e si frugava eccitata in tasca alla ricerca delle chiavi di casa. Eva la seguì con le altre. Si sentiva già Flash abbaiare, dentro casa, e prima che Caro riuscisse ad aprire, la porta si spalancò. Toni teneva Flash per il collare e fece le presentazioni. Eva rimpianse un'altra volta di non avere la macchina fotografica. Tutte quelle ragazze, il cane che scodinzolava amichevolmente, le facce delle sue figlie. Sarebbe stata una foto da appendere ingrandita in camera da letto.

Si ritrovarono di nuovo in giardino.

"Credi che possa lasciar libero Flash?" chiese Caro, che lo teneva per il collare e osservava Saltarella avvicinarsi prudentemente. Sembrava affascinata dalla grossa coda che spazzava il prato e ci saltò sopra. Flash restò un attimo fermo, poi balzò su e rimase a guardare la coniglietta in fuga.

"Direi che per oggi può bastare!" disse Eva, reprimendo uno sbadiglio. "Io vado", disse rivolta alla combriccola. "Non fate troppo tardi!"

"Sì, sì", rispose Toni, e dal suo sguardo Eva capì quanto parlava sul serio. Caro era già maggiorenne e si limitò ad annuire. Mancava poco alle dieci ma, nel fine settimana, era l'ora in cui cominciavano a carburare per le loro folli notti in discoteca.

Domani devo andare in un negozio di animali a procurarmi tutto quello di cui un quadrupede come Flash ha bisogno, pensò Eva salendo le scale. Si tolse le scarpe, assaporando il piacere di camminare a piedi nudi sul parquet caldo, andò in bagno, si accorse che il suo letto era ancora sfatto e aprì la finestra. Si sdraiò respirando a pieni polmoni e ascoltò i rumori della notte fino a scivolare nel sonno, persa in dolci pensieri..

La svegliò di soprassalto un urlo di dolore, cui seguirono strilli prolungati che potevano venire solo da sua figlia, e un furioso abbaiare. Senza la minima idea di cosa stesse accadendo, Eva si alzò di scatto dal letto e corse lungo il corridoio.

"Mamma!" era il grido che risuonava per tutta la casa, ed Eva si precipitò giù dalle scale in camicia da notte. Dabasso Sven, lungo disteso sul pavimento, si teneva ambo le mani contratte sopra l'inguine e Toni aveva placcato il cane, che continuava ad abbaiare con veemenza.

"Sven!" Eva si inginocchiò vicino a lui. "Cosa diavolo è successo?"

"Il cane lo ha aggredito!" sbottò Toni.

"Ma cosa ci fai qui a quest'ora, Sven?" chiese Eva.

"Gli avevo dato le mie chiavi" rispose Toni al suo posto.

"Ahi, che male!" gemette Sven.

"In che punto ti ha morso?" domandò Eva, benché la cosa fosse lampante. "Manca niente all'appello?"

"Mamma!" escalmò Toni, ma Sven si limitò a guardarla.

"Già, e adesso?" fece Eva, ma Sven non pareva molto deciso. Fece una smorfia per il dolore, e per un attimo Eva si chiese se non fosse il caso di chiamare un'ambulanza. Ma poi ci ripensò.

"Tieni fermo il cane!" ordinò a Toni. "Mi metto addosso qualcosa e andiamo in ospedale!"

Corse su per le scale, chiedendosi dove fosse finita Caro. Impossibile che dormisse, con tutta quella baraonda. Non era in casa?

Cosa diavolo facevano le sue figlie di notte?

Nella sala d'aspetto del pronto soccorso Sven si sedette di schianto, con un gemito, sulla prima seggiola che trovò.

Eva lanciò un'occhiata a sua figlia. O era effettivamente grave, o Sven era un cacasotto. In ogni caso il loro cane si era dimostrato un cane da guardia con i fiocchi. In fondo aveva fatto bene: non ci si intrufola di notte in casa d'altri. Un sorrisino comparve sulle sue labbra: con Flash anche la cantina, di colpo, non le faceva più paura.

Entrò in fretta un'infermiera e comunicò alla giovane donna che sedeva accanto a loro con la fronte insanguinata che tra poco sarebbe toccato a lei. Ancora un attimo di pazienza. Lo stesso disse anche a Eva. Eva annuì e guardò l'orologio. Mezzanotte passata, doveva dare una lavata di capo a sua figlia... che novità erano quelle?

"C'è solo da sperare che tu domani non abbia un compito in classe", le disse.

"Mamma! Che importanza ha, adesso?"

Eva fece una smorfia. "Non sei lì lì per farti bocciare?"

"Non sono andata a scuola prima? Quindi ho un anno per recuperare!"

"Ma devi avere una buona media per poter andare al liceo!"

"Ti pare importante, adesso?"

Sì, a Eva pareva importante. Anche se era notte fonda e il cane aveva morsicato Sven. "Ne va del tuo futuro", disse.

Toni tacque. Eva non era tanto sicura che avesse ben capito la serietà dell'argomento. Confidava sempre nel fatto che le cose, alla fine, girassero a suo favore. Peccato che i professori avessero le loro idee, che non sempre coincidevano con quelle di Toni.

Eva sospirò.

"Andrà tutto a posto", la tranquillizzò Sven.

Eva lo guardò. Teneva sempre entrambe le mani sul cavallo.

"Me lo auguro", disse Eva e cercò di abbozzare un sorriso, che le rimase a mezza strada. Incredula fissò la porta.

Era appena entrato un uomo a passo spedito, diretto difilato verso la giovane donna.

"Cos'hai combinato?" le chiese, e lei fece un sorrisetto stentato.

"Pedalavo un po' di fretta... ma grazie di essere venuto! Sei un tesoro!"

"Ma figurati!"

Si sedette accanto a lei. Quando alzò gli occhi, il suo sguardo incrociò quello di Eva.

"Chi si vede!" esclamò, alzandosi di nuovo.

"Già!"

L'uomo si avvicinò e le porse la mano.

Eva gliela strinse, ma restò seduta. Si sentiva osservata.

"Posso presentarle mia figlia? Antonia, questo è Thomas Rau. E lui è Sven, il suo ragazzo. Il nostro cane l'ha morso."

"Oh!" Thomas guardò dove Sven teneva le mani e fece una smorfia. "Vita dura in casa vostra, direi!"

"Vi conoscevate già?" chiese la giovane donna.

A quel punto a Eva sarebbe piaciuto sapere chi fosse, ma proprio in quel momento venne chiamata.

Thomas la raggiunse e le mise un braccio intorno alle spalle.

"Vuole accompagnare sua moglie?" chiese l'infermiera.

Lui si limitò a scuotere il capo. "Non è mia moglie", disse, ed Eva ebbe la sensazione che lo dicesse per lei. "Aspetto qui."

"E come mai vi conoscete?" chiese Toni, incuriosita.

"Ci siamo incontrati in un bar", disse Thomas, provocando un "Oh!" stupefatto da parte di Toni.

Eva ci pensò un attimo, ma non aggiunse niente. Invece chiese: "E chi è quella ragazza?"

Lui le lanciò un'occhiata divertita. Sorrideva con la bocca e con gli occhi. In effetti, era un gran bell'uomo, non se lo ricordava così bello. Indossava una polo rossa, jeans e mocassini. Aveva buon gusto ed era molto curato.

"È la mia vicina", disse. "È una gran casinista, e io ogni tanto gioco a fare l'angelo custode, quando ne combina una delle sue. In cambio lei cura le mie piante quando io non ci sono."

"Le sue piante?" Un uomo che ama le piante per lei era inconcepibile. Si immaginò un appartamento stracolmo di verde e di vasi, una vera giungla.

"Sì, sulla mia terrazza sul tetto."

Aha. Superattico, quindi. Non una villetta nel verde, come lei. Era un topo di città.

"Qui a Stoccarda?"

"Ma mamma!"

Stava facendo troppe domande? Guardò sua figlia, che le lanciò un'occhiata di biasimo.

"Tocca a Sven!"

Era vero. L'infermiera si era affacciata alla porta e gli faceva cenno di entrare.

Eva stava per alzarsi, ma Toni la respinse con sdegno: "Non vorrai mica entrare!" ed Eva tornò a sedersi.

Mentre sua figlia accompagnava dentro Sven, Eva scosse la testa.

"Perché non c'è suo marito? Lui sarebbe potuto entrare."

Thomas Rau si era seduto di fronte a lei, e parlava chino in avanti.

"Mio marito..." Eva pensò di bluffare, ma a che pro? "Mio marito è sparito per colpa dello tsunami", disse seccamente.

"Oh, che cosa terribile!" Thomas sembrava colpito. "Mi spiace!"

Suo malgrado Eva scoppiò a ridere, e lui aggrottò la fronte.

"No, non è come pensa! Era là per lavoro, e ha pensato bene di cambiare famiglia!" Fece una pausa, riflettè un attimo e poi annuì decisa. "Sì, è andata così!"

"E l'ha abbandonata qui con una figlia?"

"Io comunque non lo avrei seguito!" rispose Eva alzando le spalle. "E poi di figlie ne ho due, Toni e una più grande."

"Hmmm..." Lui sembrava rassicurato. "Tsunami, cane che morde... molto interessante. Da voi non ci si annoia davvero!"

Eva non commentò.

"Come eravamo rimasti la volta scorsa?" chiese Thomas dopo un po'.

"Lei ha tentato un'avance originale chiedendomi se facevo ancora sesso o mi ero data al golf!"

"Giusto!" ridacchiò. "E lei mi ha risposto: entrambe le cose!"

"Esatto!"

Si guardarono. Dritto negli occhi. Quelli di Thomas erano veramente belli. Profondi. Scuri e pieni di calore. Diversissimi da quelli di Gerold, che ogni volta le ricordavano un gelido laghetto alpino.

"Perché, lei non gioca a golf?" chiese.

"Come no? Certo!" rispose lui. "È uno sport per tutti, uno sport di massa!"

"Come il sesso, appunto", replicò lei, curiosa della sua prossima battuta.

"Non era poi così grave!" esclamò una voce dalla porta, ed entrambi sussultarono. "Solo tre punti!" La giovane donna fece il suo ingresso con un cerotto sulla fronte e un sorriso cordiale sulle labbra.

Thomas si alzò. "Bene!" disse. "Dov'è la tua bici?"

"È rimasta in strada. Mi ha accompagnato qui un passante."

"Allora andiamo a prenderla!"

Thomas sorrise a Eva. "Ha ancora il mio biglietto da visita?" le chiese.

"Credo di sì."

"Be', allora ne faccia uso!" disse Thomas, porgendole la mano.

Avrebbe voluto replicargli con una frasetta secca e distaccata. Ma lui se ne era già andato.

Anche Sven sopravvisse alla medicazione. Flash lo aveva pizzicato dritto nei testicoli, e il medico aveva diagnosticato una lieve contusione. "Tieni a riposo la parte, adesso!" era stato il suo consiglio, insieme a quello di farsi amico prima il cane, la prossima volta...

A Toni pareva una battuta del cavolo, a Eva, invece, azzeccatissima.

Il mattino dopo Eva sedeva da sola al tavolo di cucina, le sue figlie erano già uscite, Flash aveva vuotato la sua scodella in due secondi. "Abbuffati di meno!" lo sgridò lei, mentre la coniglietta mangiava in giardino un mazzetto di denti di leone. La sua nuova famiglia… chi l'avrebbe mai detto solo pochi giorni prima? Eva sorrise felice. Aveva un appuntamento di lavoro il pomeriggio, quindi aveva tempo per fare una bella passeggiata con Flash. Si diede un pizzico sulle cosce: forse sarebbe stato il caso di fare anche un po' di jogging. Stava un po' rammollendosi. Di punto in bianco Eva si sfilò la T-shirt e si osservò nello specchio del guardaroba, l'unico intero della casa… Per i suoi trentotto anni, non era poi male. Era soddisfatta della sua silhouette. Era una via di mezzo tra le sue figlie, non così esile come Caro, e nemmeno così muscolosa come Toni. Il suo corpo era più morbido, più femminile. Sollevò un po' il seno destro. Così era più bello rispetto a quello sinistro, ma lei aveva il seno grosso e pesante che per questo tendeva verso il basso. Anche la sua pancia lasciava a desiderare. Si tormentò un po' l'ombelico, che non era più rotondo e teso, ma aveva una piccola piega di sotto. Be', in fin dei conti aveva messo al mondo due bambine, per la pelle era uno sforzo di estensione immane. Si girò su un fianco e tirò indietro la pancia. Il sedere era bello tondo. Era la cosa che le era sempre piaciuta di più del suo fisico. Un bel culetto sodo, una certezza cui aggrapparsi nei giorni bui. Sogghignò. Le cosce non erano più toniche come qualche anno prima. Erano disseminate di piccole fossette piuttosto deturpanti.

"Al diavolo anche la cellulite!" esclamò, e decise di guardare da un'altra parte. Che senso aveva farsi un cruccio per cose che tanto non poteva cambiare? Doveva pensare piuttosto ad andare dal pedicure, considerati i suoi nuovi sandali con la zeppa, che davanti avevano solo due fascette. Erano bianchi, e ci sarebbe stata bene una french-pedicure.

Stava tornando, tutta nuda e soddisfatta, al suo caffè quando squillò il telefono. Flash, che se ne stava sdraiato davanti alla porta finestra fissando Saltarella, saltò su subito scodinzolando e Eva guardò il display. La chiamata era dalla televisione. E va bene...

La responsabile del trucco doveva distribuire i compiti per un lungometraggio che sarebbe stato girato in Austria, per la durata di sei settimane. L'attrice protagonista aveva chiesto di lei.

"Cosa?" Eva dovette sedersi. "Perché proprio di me?"

"Che ne so. Il mio ruolo è solo organizzativo. L'inizio delle riprese è il 15 maggio. Ma devo saperlo molto prima!"

"Va bene, ci penso un attimo... Un momento, ma chi è la protagonista? Com'è la trama? E in che parte dell'Austria viene girato il lungometraggio?"

"Un film per famiglie girato a Linz. La protagonista si chiama Katrin Fischer."

"Katrin Fischer? Non mi dice niente!"

"È la sua prima parte importante. Viene dal teatro."

Aha. Poteva essere benissimo. Eva a volte lavorava anche per il teatro. Lavorava ovunque ci fosse bisogno di una truccatrice. Era la disponibilità fatta persona.

"Grazie!" disse, e riattaccò.

Che colpo di fortuna! E che frustrazione! Naturalmente non avrebbe mai potuto filarsela per sei settimane, lasciando sole le sue figlie. E chi avrebbe badato al cane? E alla coniglietta?

Si sedette sulla prima sedia che le capitò a tiro e osservò dall'alto in basso le pieghe delle sua pancia. Due rotolini. Due rotolini di troppo. Ma fortunatamente, essendo abbronzata, era una vista sopportabile.

Scostò all'indietro la sedia. "Dai, Flash, andiamo a fare jogging!"

Era una faticaccia, molto più di quanto pensasse. Accidenti, era in pessima forma. Dopo i primi trecento metri stava già pensando di smettere. Flash, che per prudenza teneva al guinzaglio, spiccava grandi salti per farle coraggio, ma Eva, vedendosi davanti la salita verso la Bismarckturm, si chiese perché mai non era andata al Bärensee. Lì avrebbe avuto meno da faticare, e alla fine avrebbe potuto premiarsi con un affogato al caffè nel Bärenschloessle. Cercò di distrarsi pensando alle sei settimane. Era il tipo di lavoro che aveva sempre sognato. Sei settimane ad assistere alle riprese di un film. Sei settimane a curare una persona, una sola, a ritoccarla, a farla bella, a trasformarla, in un modo o nell'altro: per questo aveva frequentato il corso di formazione, non per mettere i bigodini agli ospiti di qualche talk show!

Eva correva, correva, e quando di colpo si ritrovò vicino alla possente Bismarckturm, quasi non ci credeva: ce l'aveva fatta! Appoggiò una mano sulla pietra, a mo' di saluto, e si lasciò cadere di schianto sul largo basamento. Flash si accucciò davanti a lei, cercò il suo sguardo e prese a spazzare il terreno scodinzolando. Evidentemente non gli andava quella fiacca, non approvava che si fosse seduta. Giusto, dopo la corsa ci voleva un po' di stretching. Eva si rialzò, si stirò e si allungò, ma si rese conto di non ricordarsi più bene gli esercizi. Corse ancora un po' con Flash sul prato, e quando trovò un bastoncino, decise di affrontare il rischio di lasciarlo libero. In realtà non era un gran rischio, come vide subito: Flash era talmente impegnato a trovare il suo bastoncino e a riportarglielo che Eva si dimenticò di tutto il resto. Correva di qua e di là, faceva grandi lanci, chiamava Flash, scappava via. Quando tornò a sedersi sul basamento era completamente senza fiato, ma felice.

A Flash venne l'idea di portarle tutti i bastoncini che trovava. Li allineava bene ordinati uno accanto all'altro, ed Eva quasi si aspettava che li disponesse in ordine di grandezza. Lanciò un'occhiata all'orologio e fece un salto.

Per l'appuntamento di lavoro aveva tutto il tempo, ma in definitiva aveva anche una casa. Caro sarebbe rimasta a studiare da una compagna, e Toni aveva scuola fino alle cinque, ma doveva ancora fare la spesa, e la montagna di biancheria da lavare era ormai alta fino al soffitto. Era sua figlia minore a farla ammattire con la fissa di cambiarsi tre volte al giorno, buttando tutto quello che si toglieva di dosso nel cestone dei panni da lavare.

"Su, Flash, andiamo!" Flash saltò su, prese i suoi legnetti tra i denti e la guardò. Eva ebbe la netta sensazione che le sorridesse, ma forse era lei che cominciava a umanizzarlo troppo.

"Bravo, sei proprio bravo!" lo lodò, e gli mise il guinzaglio.

Ridiscesero insieme per la stessa via. Già solo quella vista meravigliosa valeva la faticaccia. Che poi, a ben vedere, non era stata così terribile, anche perché... già, buona idea! Evelyne abitava da quelle parti. L'aveva conosciuta a scuola, ma Evelyne, appena diplomata, aveva sposato una delle sue prime conquiste. Luis, ai tempi, recitava in un musical ed Evelyne si era scatenata a mettere in pratica con lui le sue idee finché, all'improvviso, era rimasta incinta. Luis, rampollo di una famiglia molto in vista di Stoccarda, già messa a dura prova dalla sua scelta professionale, per la prima volta in vita sua si era arreso e aveva proposto a Evelyne di sposarlo perché, in fin dei conti, un po' di ordine ci vuole. La coppia poi aveva messo al mondo un'altra figlia, che aveva la stessa età di Toni.

Eva tirò fuori il cellulare e chiamò. Evelyne non pareva molto entusiasta, ma appena sentì che Eva avrebbe portato il suo nuovo amico, si lasciò prendere dalla curiosità.

"Be', non è proprio il momento ideale", disse, "ma possiamo berci un bicchiere di prosecco!"

"Ah, così mi piace!" Eva affrettò il passo. "Stappa pure la bottiglia!"

Evelyne, da brava borghese, viveva in una bella villa in un quartiere residenziale. Eva spinse il cancello di ferro battuto e percorse, insieme a Flash, il vialetto di ghiaia che conduceva alla villa. Sperava con tutto il cuore che Evelyne non guardasse dalla finestra, altrimenti la sorpresa sarebbe andata a farsi friggere. Stava già per suonare il campanello, quando la porta si aprì da sé. Evelyne aveva aperto da dentro... Eva guardò Flash, che la ricambiò con uno sguardo speranzoso. Per tutto il percorso era stato attento a non perdere neanche un bastoncino, ed Eva si chiedeva cosa avesse in mente di farci.

"Vieni!" disse una voce dall'interno. Eva entrò. In anticamera c'era Evelyne con un turbante bianco sulla testa e degli enormi occhiali da sole sul naso. Flash puntò dritto verso di lei e lasciò cadere ai suoi piedi un bastoncino dopo l'altro. Evelyne lo fissava come se fosse piovuto dalla luna.

"Omaggio della casa!" esclamò Eva, scoppiando a ridere davanti alla faccia dell'altra.

"E io che pensavo che avessi finalmente rimorchiato un maschio!"

"È un maschio anche lui!" Eva era di ottimo umore. La sua vita all'improvviso aveva il vento in poppa.

"Intendevo un bipede, uno che regala diamanti, mica bastoncini!"

"È Toni ad averne uno così... anche se, al posto dei diamanti, regala conigli..."

"Ah, quella Toni!" Evelyne sospirò, come se avesse davanti agli occhi un'immagine riprovevole. "Ma adesso entra, su!"

A Eva quella casa piaceva da matti. Aveva un certo non so che, era accogliente, calda. Dava l'impressione che le sue pareti, nel corso degli anni, non avessero mai visto niente di brutto. E ancora oggi sembrava moderna. Aveva stanze ampie e spaziose, con i pavimenti di pietra e pochi mobili. Lì Eva si sentiva sempre leggera, libera da ogni zavorra, libera da tutti i pesi, reali e simbolici. Dal soggiorno luminoso si accedeva, attraverso porte finestre che d'estate si potevano oscurare, nel giardino, dove scintillava una piscina dalle forme arrotondate. I figli di Evelyne avevano avuto un'infanzia da sogno, e a quel pensiero a volte Eva sentiva una stretta al cuore. Non tanto per sé, perché non poteva permettersi niente di simile, quanto perché le sarebbe piaciuto offrire di più alle sue figlie.

"Ci mettiamo in giardino?" Sotto un ombrellone c'era un tavolino con delle sedie foderate di bianco. Il secchiello da cui spuntava la bottiglia di spumante e le due coppe avevano un aspetto particolarmente invitante.

Eva annuì entusiasta. "Buona idea!" Il pavimento era ricoperto di piastrelle di cotto rosso, ed Eva si sfilò le scarpe da jogging. All'inizio provò il pavimento con l'alluce, poi ci appoggiò tutto il piede. Il cotto emanava calore. "Com'è bello, qui da te!" disse, lasciandosi cadere su una delle sedie. "Ti sei già tuffata in piscina?"

Evelyne prese la bottiglia e scosse la testa. "Non è ancora calda abbastanza. Aspetto che il sole sia più forte".

Non aveva neanche finito di dirlo, che qualcuno si tuffò con tale slancio nella piscina da spruzzarle entrambe da capo a piedi e farle saltar su dalle sedie. In mezzo alla piscina, Flash nuotava con la testa ben dritta.

"Oh mamma!" esclamò Eva, senza sapere se fosse il caso di fischiare per richiamarlo, o di lasciarlo nuotare in pace. Lanciò un'occhiata verso Evelyne, che dallo spavento si era tolta gli occhiali da sole. Accidenti, aveva due occhi neri. Eva distolse subito lo sguardo. Doveva chiederle qualcosa? Era il risultato di una concreta divergenza di opinioni con Luis?

Nel frattempo Flash era arrivato accanto alla scaletta. Saltò su tutto pimpante e le venne vicino scodinzolando, bagnato fradicio. Com'è magro, pensò Eva, mentre Evelyne strillava: "Cosa diavolo fa?" Flash si stava scrollando con tanta forza che il pelo gli sbatteva sul corpo scheletrico e schizzava in giro una gran quantità d'acqua. Che andava a finire soprattutto sui bicchieri e sulle fodere bianche delle sedie.

"Meno male che era pulito", disse Eva facendo una smorfia.

A giudicare dall'espressione della sua faccia, Evelyne sembrava voler ricacciare Flash in acqua, ma poi all'improvviso scoppiò a ridere e si sedette di peso sulla sua seggiola bagnata.

"È il tuo tipo", disse, e poi, indicando i bicchieri sgocciolanti: "Sai dove trovarne di puliti!"

Eva li prese e si alzò, ma non riuscì a convincere Flash a non seguirla, bagnato com'era, per tutta la casa.

Evelyne fece finta di niente. In fin dei conti, non le importava affatto se sporcava. Lei aveva la donna delle pulizie.

Eva tornò e appoggiò i bicchieri sul tavolo con un sospiro. "Scusa!" disse, mentre Evelyne versava lo spumante.

Evelyne si limitò a scrollare le spalle, poi levò la sua coppa per un brindisi. "C'è di peggio nella vita!" esclamò.

"I tuoi occhi neri?" scappò detto a Eva, che se ne pentì immediatamente.

Evelyne sfiorò il suo bicchiere senza fare una piega, bevve un lungo sorso, si appoggiò allo schienale della sedia e si tolse gli occhiali. "È un ricordino che mi ha lasciato Susanne!"

"Hai allungato le mani su suo marito?"

"Che marito?" Evelyne la fissava perplessa, poi scoppiò a ridere. "Macché marito. Mi ha stirato le palpebre!"

"Cosa?"

"Sì, perdiana! Avevo delle pieghe sulle palpebre che le facevano sembrare cadenti... le hai anche tu, un pochino, dopo guardati allo specchio. Mi davano fastidio, e Susanne me le ha tolte con le radiofrequenze."

"Con le radiofrequenze? Punto e basta?"

"Punto e basta!"

"Incredibile!"

"È chirurgo plastico!"

"Ah! E perché hai un turbante in testa?"

Eva ormai faceva la sfacciata.

"Una maschera di bellezza. Poi sciacquo via. Te l'avevo detto che non capiti nel momento giusto!"

Eva bevve un sorso. Maschere di bellezza e stiramento delle palpebre. Evelyne, in un certo senso, viveva in un altro mondo.

"E tu dove hai raccattato il tuo nuovo partner?"

Eva era contenta di cambiare argomento. Raccontò della coniglietta e dell'idea che le era venuta di trovarle un compagno.

Evelyne rideva, finché non sentì che Flash aveva azzannato l'intruso, di notte.

"Viene in casa di notte? Il ragazzo di Toni dorme da voi?"

Eva bevve un altro sorso e cominciò a sentire gli effetti dell'alcol. E certo, aveva corso un sacco ed era a stomaco vuoto.

"È il suo primo ragazzo, è il tipo migliore che potesse capitarle. Immaginati invece un rozzo che se la svergina e poi la molla subito. Sai che trauma! Sono una coppia fantastica, per casa non si sente altro che: 'Tesooooro!'"

Evelyne arricciò il naso scettica. "Ciò non toglie", disse, "che abbia solo quattordici anni!" Denise, sua figlia, aveva la stessa età. Non c'era da stupirsi, quindi, che Evelyne si preoccupasse. Se aveva preso dalla madre, ne aveva ben donde.

Eva scoppiò a ridere. Evelyne era stata una vera mangiatrice d'uomini. Prima di recitare la parte della donna fedele con Luis, aveva compiuto vere stragi. "Caccia grossa", la chiamava. Eva grattò il collo a Flash, che era di nuovo asciutto, e si chiese se fosse il caso di dirlo a Evelyne. Meglio di no.

"Io sono più contenta se stanno in casa", disse. "Tanto, impedirglielo non si può, e alla fine altrimenti vanno a cacciarsi chissà dove. O credi che tua figlia sia diversa?"

"In casa nostra di ragazzi non ne entrano."

"Ma solo perché Luis teme la concorrenza."

Evelyne non commentò.

"Se vuoi, interpretala pure così", rincarò Eva, "ho delle figlie femmine e quindi mi girano per casa dei bei ragazzi. A domicilio, per così dire!"

"Cercati un uomo piuttosto!"

Eva ammutolì.

Evelyne fece un gesto come per giustificarsi. "Scusami! Ho detto una stupidaggine!"

"Neanche tanto. Sai cosa mi ha detto poco fa una delle mie figlie?"

L'altra si strinse nelle spalle.

"Erano andate sabato sera in non so che discoteca. Mi hanno confidato il motto della serata."

"Forza, sputa il rospo!"

"*Acchiappa il maschio!*"

Evelyne scoppiò a ridere. "Non male", disse. "E tu? Hai seguito il consiglio?"

Eva sospirò. "Con le ragazze in casa... e poi non è così facile..."

Evelyne la interruppe con un gesto impaziente della mano. "Gerold è un pezzo di merda, e le tue figlie hanno capito da tempo cosa è successo: cosa credi, mica sono sceme! E con il loro motto hanno perfettamente ragione! Se non avessi già Luis, parteciperei anch'io!"

"Che dici? All'operazione *Acchiappa il maschio*?"

Evelyne diede un'occhiata intorno e si chinò un po' in avanti: "Certo, come ai bei tempi!"

Scoppiarono entrambe a ridere. Eva era stupefatta dalla schiettezza dell'amica.

Dunque, Evelyne non aveva del tutto rimosso il suo passato, anche se adesso faceva tanto la virtuosa. Ma... quanto ad acchiappare il maschio: che dire? Eva non aveva le idee chiare in proposito. Lo voleva davvero, un uomo? Non ne aveva piene le scatole? E doveva sottoporsi di nuovo a tutto quello stress solo per una lampadina e due faccende da sistemare in casa? D'altro canto non era mica necessario prendersi ancora in casa un uomo. Bastava un incontro ogni tanto. *Just for fun*, appunto. Anche se fare di quando in quando colazione in due non è poi male. Dopo una notte di fuoco. Ma avercela, una notte di fuoco!

Guardò l'orologio e le venne un colpo. "Accidenti, devo andare!"

"Talk show?" Evelyne sollevò di nuovo la bottiglia e accennò al bicchiere di Eva, vuoto.

"Sì. No!" disse Eva. "Sì, è un talk show, no, basta spumante, grazie!"

"Non dimenticarti, nel tuo marasma di impegni, la nostra festa di primavera!"

"Festa di primavera?" Eva si era già alzata, e Flash la seguì.

"Al golf, darling. Non hai sempre voluto giocare?"

Se ne era completamente scordata. "Ah, già!" pensò, e fece una smorfia.

In quello stesso istante le venne in mente Thomas. Sesso o golf? Tutti e due!

Al lavoro le frullava in testa continuamente la faccenda del lungometraggio. Forse avrebbe dovuto chiedere consiglio a Evelyne. Magari avrebbe avuto qualcosa da suggerirle. Una vice-mamma per sei settimane, casalinga e domatrice di animali... Facile: se ne incontrano a ogni angolo! SOS Tata, come in televisione!

Non riusciva a concentrarsi su quello che faceva, ma era un tale lavoro di routine che le sue mani si muovevano automaticamente. Chissà se succede lo stesso ai pianisti, pensò... Le mani suonano Beethoven, mentre la testa è rimasta dall'amante? Le tornò in mente di nuovo Thomas. Stava uscendo di zucca? Non le piaceva neanche un po'! Almeno, non tanto. Anzi, così così. Però, forse... Si rivide davanti i suoi occhi, le sue mani, e mentre lasciava gli studi televisivi frugò nella borsa in cerca del suo biglietto da visita. Le ci volle un po', perché i recessi della sua borsa vivevano di vita propria, ma quando raggiunse la macchina ce l'aveva fatta. THOMAS RAU, CONSULENTE AZIENDALE. Consulente aziendale? Per lei non era un vero mestiere. Ma come, uno va in un'azienda e dice: scusate un po', adesso vi faccio consulenza io. Licenziate un po' di gente, così accrescerete il profitto. Dipingete la facciata di verde, dà speranza. Un mucchio di cazzate. E quel Thomas, un vero bluff.

Rimise in borsa il biglietto da visita. E poi, cos'altro le aveva detto? Nella sala d'aspetto del pronto soccorso, dopo averle chiesto se aveva ancora il suo biglietto da visita, se ne era uscito con quell'arrogante: "Be', allora ne faccia uso!" Farne uso? Chi si credeva di essere quello? Lei poteva farne tranquillamente a meno.

Meglio stracciarlo. Quella sera stessa.

Toni era ancora in palestra, ma Caro era già tornata. La musica rimbombava per tutta la casa, e quando Eva lanciò un saluto al piano di sopra, si sentì una porta sbattere. Santo cielo... era al limite dello stress. Dov'era il cane? Di certo non le era venuto incontro per salutarla, il che era strano. Eva non si tolse neanche la giacca e andò direttamente in cucina. La porta finestra era spalancata, e lasciava penetrare l'aria umida della sera. Imbruniva. A Eva tornò subito in mente la scena della volpe. Uscì in giardino e si guardò intorno. Niente cane, niente coniglietta.

"Saltarella!" chiamò con voce flautata, andando di cespuglio in cespuglio e perlustrando tutto il muro della casa. Niente. Il cuore le andava a mille. Forse erano saltati oltre il recinto, sia il cane che la coniglietta? O forse il cane aveva dato la caccia alla coniglietta? Le sarebbe toccato mettere un annuncio per denunciare la scomparsa dei due animali, il giorno dopo?

In quel quartiere c'erano molte villette come la loro, appollaiate sul declivio, idilliache con i loro giardinetti fioriti e le siepi, e più in là iniziava il bosco. La strada era piuttosto trafficata e portava al castello, lo Schloss Solitude. Era meglio che non si figurasse nemmeno cosa poteva succedere, in quei paraggi, a una coniglietta inseguita da un cane. E tanto meno a un automobilista che cercasse di scansare di colpo quel duo. C'era una responsabilità civile per i conigli? Per i cani, di sicuro. Per questo doveva darsi da fare subito, il mattino dopo. Forse era tutto scritto in quel contratto che aveva firmato, senza leggerlo, nel ricovero per animali.

E perché quella dannata porta era aperta? Le prese una tale furia che si precipitò verso la camera di Caroline. Bussò e, non ottenendo subito risposta, entrò.

Sua figlia maggiore era seduta per terra con la schiena contro il letto e teneva in braccio Flash, che scodinzolò brevemente a mo' di saluto, senza scomporsi più di tanto.

"Caro!" esclamò Eva fuori di sé. "Mi hai fatto prendere un colpo! Di sotto, la porta del giardino spalancata... Pensavo che Flash..."

Nel sentire il suo nome, Flash scodinzolò più forte, e solo allora Eva si accorse che Caro aveva la faccia inondata di lacrime.

"Oddio santo", disse. "Che cosa è successo?"

"Niente!"

"Come, niente? È evidente che qualcosa è successo!"

"Niente!"

Eva rifletté un attimo. Poi si avvicinò a sua figlia e le si accovacciò accanto. "Posso fare qualcosa per te? Cosa c'è?"

"Non c'è niente!"

Caro non la guardava, teneva gli occhi bassi. Aveva i capelli arruffati.

"È successo qualcosa a scuola?"

"No!"

"Con un ragazzo?"

"Non cercare di indovinare!"

"Se non mi dici niente, non posso fare niente!"

"Mamma!"

Eva sospirò. Per consolare un bambino piccolo basta prenderlo in braccio, ma cosa si fa con una diciottenne?

"Posso almeno portarti qualcosa da bere o da mangiare?"

Caro non si mosse. "Non voglio niente. Voglio solo stare da sola!"

Era evidente.

Eva si alzò. Avrebbe potuto chiamare Hanna, un'amica di Caro. Ma Caro senz'altro se la sarebbe presa. Tornò lentamente verso la porta e si girò, ma solo Flash la guardava. Di nuovo in cucina, si sentì oppressa. Perché tutto si complicava, crescendo? Si sedette su una seggiola e guardò fuori. E perché lei, come madre, era così tagliata fuori? Di certo ci sono degli adolescenti che parlano di tutto con i genitori, chiedono consiglio, raccontano i fatti loro – grandi o piccoli che siano. Dove aveva sbagliato, per essere sempre così all'oscuro di tutto? Forse Caro aveva il ragazzo? Eva non avrebbe saputo dirlo. Certo non l'aveva mai portato a casa. Ma dove andava a cacciarsi quando diceva di essere in giro con le amiche? Dov'era, per esempio, quando Flash aveva morso Sven?

Ah, a proposito… dov'era finita la coniglietta? Eva si accorse che continuava a fissare un unico punto, sempre lo stesso, e decise che doveva darsi una mossa. Doveva trovare Saltarella. Sarebbe stato triste, se fosse scomparsa davvero. Di nuovo corse da un angolo all'altro del giardino, guardò sotto i cespugli, persino nella gabbia dove dormiva Saltarella, ma dove non entrava mai di sua spontanea volontà. Alla fine si arrese. A quel punto Toni si affacciò alla porta finestra, ma neanche lei e Sven riuscirono a far niente. Saltarella era scomparsa.

Ora aveva un secondo motivo di lutto in casa, e dopo che nemmeno Toni ebbe fortuna con Caro nel tentativo di darle una mano, Eva andò a letto. A volte, pensò rattristata, sarebbe proprio bello avere un compagno... Per condividere i crucci, chiedere consiglio, parlare del più e del meno. D'altro canto, Gerold non le sarebbe stato di grande aiuto: gli animali non gli piacevano e nelle vesti di consolatore non lo vedeva proprio. Eva accese il televisore, il suo piccolo lusso in camera da letto, e cercò di pensare ad altro.

La svegliò un urlo. Tra un po' ci farò il callo, pensò mentre si alzava. Ma stavolta veniva dal televisore: un bel film dell'orrore di primo mattino, tanto per cominciare bene la giornata. Spense con il telecomando e si lasciò cadere di nuovo sul letto. Non c'era niente di meglio che svegliarsi troppo presto e sapere di poter sprofondare di nuovo voluttuosamente nel sonno.

Eva sorrise, aggiustò il cuscino e si inabissò nel gorgo di un nuovo sogno. Il sogno arrivò, le tirò i piedi, si arrampicò per tutto il suo corpo e le aprì una nuova finestra nella testa.

Era seduta al buio sulla passerella di una darsena, e aspettava. Piccole onde battevano contro i piloni d'attracco, la luna si rifletteva nel mare e, tranne lo sciabordio delle onde e qualche raro grido di uccello, non si sentiva niente. Aspettava e sapeva che prima o poi sarebbe dovuta andare a prendere la barca nella darsena, se lui non arrivava. Sperava che sarebbe venuto, altrimenti sarebbe dovuta entrare nella darsena, e non voleva. Aveva paura del buio, della passerella traballante, dei ragni e dell'acqua scura. Restò seduta, per quanto tempo, non sapeva, ma a un certo punto capì che doveva alzarsi. Si avviò lentamente verso l'edificio, che le si profilava davanti come un'ombra immensa. Un'enorme porta la inghiottì. Tutt'intorno, solo lo sciabordio delle onde. La passerella ondeggiava, ma lei proseguì. La barca lì dentro era la sua unica salvezza. Doveva solo entrare, slegarla, sedersi e partire. Tastò con prudenza la porticina laterale. Il legno era ruvido. Un vecchio catenaccio penzolava appeso a una vite, lo tirò, e la porta si aprì. Fu investita da una zaffata di odore di muffa ma non arretrò. Varcò la soglia e riuscì a scorgere nell'oscurità i contorni della barca, che ondeggiava piano lì davanti. Non badò alle ragnatele e al legno marcio che le sue mani sfioravano, nel tentativo di trovare un appiglio. Avanzò, passo dopo passo, cercando di mettere i piedi al sicuro e di non dare ascolto al timore che le assi potessero cedere, facendola precipitare nell'acqua nera. Nel momento in cui si chinò verso la barca per cercare a tentoni la cima, qualcosa le svolazzò sulla testa e lei gridò, perdendo l'equilibrio.

Eva fece un salto nel letto, e sentì un fruscìo. Era ancora senza fiato e così sprofondata nel suo sogno che le ci volle un po' prima di calmarsi. Era buio, tutt'intorno, ma non c'era acqua. Era a casa, nel suo letto. Cos'era stato a venirle addosso? O era successo nel sogno?

Con dita tremanti cercò l'interruttore. Come aveva potuto fare un sogno del genere? Cosa c'entrava lei con il mare e con le barche? Faticava a calmare il batticuore. Fece per prendere la bottiglia d'acqua sul comodino, ma sentì qualcosa di peloso e urlò. Un'ombra guizzò raso terra, e di colpo capì. Saltarella si era persa in camera sua.

Eva ebbe bisogno ancora di un momento per riprendersi. "Nonna, la prossima volta non me la fai più", disse alla fine ad alta voce. Perché quando si riconosce uno spirito bisogna parlargli.

Era una sensazione piuttosto strana fare colazione allo stesso tavolo con la propria figlia quattordicenne e il suo fidanzatino. Toni quel giorno andava a scuola alla seconda ora, e Sven si era subito aggregato. Bigiando o meno, Eva non voleva neanche saperlo. Aveva messo in forno un paio di brioche da scongelare, e apparecchiato la tavola alla svelta. Sperava di riuscire a dire al volo due parole a Caro, ma era già sparita senza dare nell'occhio, e così Eva rimase da sola con i suoi pensieri. Aveva l'animo oppresso da quello che stava succedendo alla figlia maggiore. Cosa facevano le altre madri quando le figlie avevano dei problemi e non volevano parlarne? Sprofondata nei suoi pensieri, imburrò generosamente una tartina e ci fece colare sopra il miele. Fluiva giù liscio dal cucchiaio, come un filo sottile color oro. Eva ci disegnò un reticolo. Poi alzò gli occhi, e lo sguardo le cadde su Sven, che aveva a sua volta nel piatto una tartina imburrata.

"Vuoi del miele?" gli chiese Eva, porgendogli il barattolo.

Toni scosse decisa la testa. "A Sven non piace il miele."

Eva si aspettava che l'altro reagisse, ma Sven non fece una piega. "Davvero?"

"Se ti dico di no!" rispose Toni.

"Ti spiacerebbe permettere a Sven di rispondere in prima persona?"

Ma Sven si limitò a sorridere gentilmente e non fece obiezioni.

"Sei peggio di me!" disse Eva, rivolta a sua figlia. Lei non aveva mai oppresso così Gerold. Da chi aveva preso Toni?

Per un po' parlarono del più e del meno, poi Eva non riuscì più a trattenersi.

"Non sai davvero niente di quello che sta succedendo a Caro?" indagò quando vide che Toni stava guardando l'ora. Tra poco sarebbero usciti.

“È convinta che il suo tipo la tradisca. Ma è una nevrotica, e poi non ha proprio idea di come si trattino gli uomini. Sbaglia tutto!”

Toni si alzò decisa, ed Eva appoggiò la sua tazza sul tavolo.

“Sbaglia tutto?” ripeté, incredula.

“Sì, ha preso da te”, e picchiettò un dito sull’orologio, davanti agli occhi di Sven. “Dobbiamo andare! Ah, mamma, prima che mi dimentichi, la signora Funk ti vuole parlare, dice che sto troppo poco a scuola.”

“Troppo poco... dove?”

“Chiamala. Secondo me mi scambia con qualcun altro.”

Adesso si alzò anche Eva. “Come fa a scambiarti con qualcun altro, è la tua professoressa! E poi, cosa significa che stai troppo poco a scuola? Dove stai, allora?”

“Io *sto* a scuola. È lei che è fusa.”

E con ciò si congedarono entrambi, e sgommarono via sul motorino, lasciando Eva sola al tavolo della cucina.

Si sedette di nuovo. Finì il suo caffè e si chiese che fine avesse fatto Flash. Di solito al mattino si piazzava subito davanti alla porta finestra, scodinzolando e sperando di riuscire ad adocchiare Saltarella. Già, e dov’era Saltarella? Non l’aveva più rivista dopo il contatto ravvicinato di quella notte, che doveva averla spaventata almeno quanto lei. Era fuggita per il corridoio. Poteva essere ovunque. Eva si augurava che non le fosse successo niente.

La casa era silenziosa. La luce del giorno aveva una tonalità argentea. Era la metà di aprile. Il giorno prima, da Evelyne, sembrava già il trionfo della-primavera, adesso invece non ce n'era più traccia: il tempo non prometteva affatto bene.

Avanti, Eva, ripigliati, la vita è bella, hai due figlie in buona salute e devi essere felice! Si versò ancora una tazza di caffè e cercò di fare un po' di introspezione: era veramente felice? No di certo. Ma nemmeno veramente infelice. Cosa avrebbe fatto di diverso, se finalmente avesse vinto una cifra pazzesca al superenalotto? Avrebbe cambiato le gomme alla sua Golf, avrebbe fatto una vacanza memorabile con le sue figlie nei mari del Sud e un tour di shopping nei negozi del centro, dove Evelyne faceva sempre acquisti, e per una volta avrebbe voluto farli anche lei. Ma forse avrebbe potuto farlo anche senza essere milionaria: non aveva bisogno del superenalotto, se la cavava benissimo da sola, pensò. In quel momento squillò il telefono.

La televisione? Volevano già sapere se aveva deciso per l'Austria? No, era troppo presto per telefonate di lavoro, dormivano ancora tutti.

"Buongiorno, volevo sapere come stai." Già dal tono si capiva che sua madre era sul piede di guerra.

"Oh, grazie, bene. C'è sempre un gran daffare, qui. E tu come stai?"

"Grazie dell'interessamento!"

E certo, sua madre ce l'aveva con lei perché era da giorni che non si faceva viva.

"Mamma, qui c'è sempre un finimondo, non puoi neanche immaginare!"

"Eh già, nessuno mi racconta più niente..."

Oh accidenti! A volte Eva la sopportava bene, altre no. Oggi no.

"Allora passa di qui e vieni a rendertene conto tu stessa. Abbiamo un cane! Pensa un po'!"

"Rovinerà il parquet. Le unghie del cane graffiano il legno, ma tu hai voluto a ogni costo il parquet, io invece avrei messo la moquette..."

Eva la interruppe. "Sì, sì, mamma, lo so. Pensa piuttosto a essere contenta per noi che abbiamo un cane."

"Per me sarebbe troppo. Ormai io non riesco più a star dietro a niente. La figlia della dottoressa König..."

"La signora König non è una dottoressa, e sua figlia è una vedova benestante senza figli. Ha tempo da vendere."

"Sì..."

Eva temeva che adesso avrebbe dovuto sorbirsi la solfa delle sue possibilità mancate. Doveva assolutamente chiudere la conversazione nel modo più cortese possibile.

"Prenditi una domestica, puoi permettertelo!"

"L'ultima passava il tempo a cincischiare, e si teneva ben lontana dallo sporco. C'era una macchia sui pensili, e l'ho ritrovata tale e quale... Quella macchia è sopravvissuta a tutte le sue visite!"

"Sì, mamma. Vuoi che veniamo a prenderti, domenica prossima?"

"Vediamo come sto, domenica prossima."

"Starai benissimo."

Finalmente si era calmata. Eva riattaccò.

Dopo quella telefonata le ci voleva un'altra tazza di caffè. Tre tazze di caffè erano un'esagerazione, ma era l'unico modo per mandar giù la rabbia. Sua sorella viveva a Lubecca, non muoveva un dito per sua madre, ma quando, una volta all'anno, veniva in visita, era l'eroina della situazione. Quella che fa tutto giusto, che provvede a ogni cosa, che ha sposato l'uomo perfetto, che abita nel quartiere più chic e ha due figli maschi, belli e forti, che studiano nel collegio più elitario. Lei invece era quella mollata dal marito, che vivacchiava nella stamberga ereditata dalla nonna, con un cane pulcioso. Che poi il magnifico genero se la facesse con la segretaria, non importava. Si sa, gli uomini sono uomini...

Eva si alzò. Aveva bisogno di distrarsi in qualche modo. Dare una bella pulita a bagno e cucina, e passare lo straccio sui pavimenti. Così avrebbe stanato Saltarella e Flash.

La porta di Caro era solo accostata, ed Eva sbirciò dentro. Restò bloccata sulla soglia: Flash, sdraiato su un fianco, stava nel centro della stanza. Girò appena la testa, la fissò attentamente, ma non si mosse neanche di mezzo millimetro. Eva non credeva ai suoi occhi. La macchia scura sulla sua pancia, che si confondeva con il pelo, in realtà non apparteneva a Flash: era Saltarella. Che dormiva come un cucciolo di cane, nel tepore della stretta di quel gigante, e pareva sprofondata nel sonno. Non si muoveva, e nemmeno Flash. Agitava solo la coda per salutare, piano piano, come se temesse di mettere in fuga, con un movimento improvviso, quella piccola creatura.

Eva si sentì commossa fino alle lacrime. E lei che stava a preoccuparsi, a cercare di mediare, mentre quei due si erano trovati in gran segreto. Come avevano fatto? Saltarella era stata così coraggiosa da avvicinarsi a quel grande cane? Oppure era stato Flash a darle un segnale?

Non avrebbe mai potuto saperlo, ma era una cosa stupenda. Un sogno.

Eva arretrò in punta di piedi e andò a prendere la sua macchina digitale. Quella sera alle sue figlie avrebbe fatto trovare sul letto l'ingrandimento della foto, come segno di benvenuto. A quella vista chiunque si sarebbe sentito di buon umore, non ci sono pene d'amore che tengano!

Fece le pulizie in quattro e quattr'otto, come le capitava di rado. Quando stava per andare a fare la doccia, Flash e Saltarella uscirono senza alcuna fretta dalla camera di Caro. Flash davanti, Saltarella dietro.

"Ehi, chi si vede!" disse Eva, accovacciandosi. Cane e coniglietta si fermarono davanti a lei ed Eva con una mano grattò il collo a Flash, con l'altra accarezzò Saltarella, che si appiattì sul pavimento. "Adesso fate colazione da bravi. E di certo avrete anche bisogno di fare un salto in giardino... Poi, vedremo!"

La giornata aveva preso una piega magnifica. Eva avrebbe voluto chiamare sua madre per dirle quanto può essere bella la vita. Ma per sua madre i conigli erano una iattura. Conigli e talpe si meritano solo di venire sterminati. Era una convinzione ereditata dal marito, che era stato head-greenkeeper nel rinomato Golf Club Solitude, e quindi responsabile della manutenzione del verde. Alla vista di un coniglio diventava una furia, anche se, normalmente, era un uomo mite e pacifico.

Quando era piccola, Eva pensava che il suo fosse un lavoro stupendo. Andava matta per le grandi distese del campo da golf, le piaceva quando suo padre la portava con sé, nella solitudine del mattino, a fare i suoi controlli a bordo della golfcart. Il golf era parte integrante della sua infanzia, come per altri andare in bicicletta o giocare nei parchi. Era naturale per lei, sin da piccola, fare il caddie, tirare trolley, porgere mazze, appianare le asperità del terreno dopo un colpo e poi, alla fine, giocare. Era stata, fin da subito, una delle migliori del club, anche se giocava solo per il gusto di farlo, e non per ambizione. Giocava come se fosse la cosa più naturale del mondo, senza pensarci.

Adesso, invece, ci pensò. Era in bagno davanti allo specchio e si stava truccando con l'eyeliner. Evelyne si era fatta tatuare una linea permanente sulle palpebre, così si risparmiava quel numero ogni mattina, ma costava un sacco di soldi, e poi la spaventava il fatto che fosse indelebile. Stessa identica paura aveva avuto al momento del sì in municipio. Avesse dato ascolto al cuore!

Una macchia nera, densa, le colò sotto l'occhio. Ah, truccatrice provetta, si disse, adesso vedi un po' di riparare il danno!

Era il guaio minore. Il guaio vero che l'assillava era la festa di primavera al Golf Club: al mattino una partitella tra soci del club, in apertura di stagione, visto che non tutti i giocatori amavano frequentare il golf d'inverno, e alla sera un ballo da favola, con le signore in lungo e i cavalieri in smoking.

Chissà se Thomas stava bene in smoking.

Ne era più che certa.

Senza pensarci due volte, prese la borsa, tirò fuori il biglietto da visita e afferrò il telefono. Lanciò un'occhiata all'orologio: erano le undici passate. A quell'ora anche un signorino, un consulente d'azienda poteva essere sveglio. Fece un gran respiro e compose il numero.

Lo lasciò squillare un po' di volte, e stava per riattaccare, quando una vigorosa voce maschile disse: "Eva Kern, che bella sorpresa. Non ci speravo quasi più!"

Il primo impulso di Eva fu quello di buttar giù, tanto si era spaventata. Poi si controllò: "Aha, il signore mi ha già messo in memoria!"

"In memoria? Ma cosa dice?" seguì una breve risata. "Io l'ho nel cuore!"

Eva non seppe cosa rispondere.

"Non credo neanche a mezza parola", disse. "Lei punta solo a portarmi a letto, e basta!"

"Be', anche a questo, è vero", ammise lui.

Porca miseria, pensare che di solito lei era così brillante!

"Ma oltre che nel sesso è bravo anche a golf, ha detto!"

"Certo! In cosa posso servirla?"

Era veramente un tipo impossibile. Eva non riusciva a capire se i suoi modi la infastidivano o le piacevano. Era talmente diretto da confonderla. Ma almeno lo era! Non è da tutti.

"Prima voglio vedere come gioca a golf. E come balla. È lì che si vede se un uomo è davvero bravo a letto, o fa solo finta!"

"Ah, ma davvero?" Dal suo tono, più che una domanda pareva un'osservazione sarcastica. "E perché?"

"Sensazioni di pelle. Inventiva. Fantasia. Il modo in cui ti tiene. Se ti pesta i piedi. Se suda subito, se ha un cattivo odore, se sa tenere il tempo, se ti sputacchia nell'orecchio, se è rigido, se ha le mani mollicce, se..."

"D'accordo, d'accordo. Balliamo!"

"Ma prima giochiamo a golf!"

"Possiamo anche farne a meno, e ballare subito."

"No, c'è la festa di primavera del mio Golf Club, e se vogliamo andarci insieme, prima dobbiamo giocare. Se no, che figura si fa? Ce l'ha uno smoking?"

"Monopetto o doppiopetto?"

"Scherzate sempre voi consulenti aziendali?"

"Sì!"

"Bene, è quel che temevo!"

"Ma guadagniamo un sacco di soldi!"

"I soldi non fanno la felicità!"

"Ma non c'è felicità senza soldi!"

"Proverbio scemo!"

"È vero! Quand'è la festa?"

Thomas Rau chiuse la comunicazione e restò un attimo pensieroso in piedi davanti alla sua macchina. In che guaio si era cacciato? Una festa al Golf Club? Apertura della stagione golfistica? Ma se lui non sapeva neanche da che parte si comincia, a giocare a golf!

Quella sera, al bar, si era solo immaginato una serata piacevole. Aveva un po' bluffato, per alzare la sua quotazione. Se sapeva giocare a golf? Eccome! Fare lo sci d'acqua? Fin da bambino! Lanciarsi con il parapendio? Un gioco da ragazzi. Sbruffonate del genere sono destinate a durare lo spazio di una notte. Ma adesso era fatta. Aveva rischiato troppo e aveva perso.

Giocare a golf!

Poteva anche, semplicemente, lasciar perdere. Chiamarla e dirle che era stato tutto uno stupido scherzo. Che in quel bar gli era parsa molto carina e attraente, anzi uno sballo, e che rivedersi al pronto soccorso era stato un puro caso. E di questo in effetti, si era trattato. Ma non solo. Lui ne era stato felicissimo. Gli piacevano i suoi occhi vivaci, i capelli castani tendenti al rossiccio, quell'aria sbarazzina, la sua bocca rossa e ben disegnata... e non solo quei tratti esteriori. Ancora di più gli piaceva il suo modo di fare, la battuta pronta e il piglio risoluto. Era una che prendeva il toro per le corna.

Peccato che adesso non si sentisse più per niente un toro. Eva voleva giocare a golf. Di certo era una campionessa dell'alta borghesia di Stoccarda, una di casa a ogni party di beneficenza e a ogni appuntamento mondano. Quante storie! Si disse. Era un tipo così alla mano che probabilmente veniva da una buona famiglia di antiche tradizioni. Educata al basso profilo, come ogni rampollo dell'alta società cittadina.

Fosse come fosse, voleva giocare a golf. E lui non era capace!

Thomas se ne stava lì in piedi, come una statua. Eppure aveva un appuntamento di lavoro molto promettente. Doveva assolutamente concentrarsi sul lavoro, pensare alle cose importanti.

Una volta in sala riunioni, stupì l'amministratore delegato chiedendogli, d'acchito, mentre gli stringeva la mano:

"Lei sa giocare a golf?"

"No", rispose l'altro.

"Nemmeno io! Dunque abbiamo già qualcosa in comune!"

Un'ora più tardi era in un'agenzia turistica. Non era stato particolarmente brillante all'incontro di lavoro, ma da che Eva lo aveva chiamato aveva in testa solo quella donna. Aveva gli ormoni impazziti, o che altro? Eva non era nemmeno la fine del mondo. Aveva un fondoschiena sexy e una faccia interessante, ok, ma non era possibile che cadesse innamorato cotto della prima che gli faceva gli occhi dolci al bar.

Aveva appena compiuto quarant'anni, e aveva deciso di non accollarsi più pesi. Niente moglie, niente cani, niente famiglia. Voleva rispondere solo di se stesso, della sua società e della sua auto, il che, gli pareva, era più che sufficiente. Di tanto in tanto una piccola avventura, a volte anche qualcosa di più serio, ma – per carità! – niente colazione *tête-a-tête*! E niente risvegli accanto a una che non si ha nessuna voglia di vedere, né coccole dopo il sesso. Odiava le smancerie fasulle dopo l'atto. Gli veniva male a ripensare a quella ragazza che se ne era andata, per poi ripresentarsi al mattino con pane e uova. Stupidamente le aveva aperto, si erano seduti uno di fronte all'altra, senza avere niente da dirsi, e per giunta l'uovo alla coque era gelatinoso. Odiava le uova alla coque gelatinose. E il pane affettato male. Se una donna non sa tagliare il pane, evita di prendertela in moglie, gli diceva sua nonna. Lei era una maestra nel tagliare il pane, ma lui non aveva mai avuto l'occasione di dare retta al suo consiglio. Di donne che affettassero il pane in casa non ne aveva mai avute.

Quando si accorse che la giovane impiegata dell'agenzia turistica lo osservava Thomas si rese conto che stava fissando come uno scemo un poster di Ibiza.

"Posso fare qualcosa per lei?" chiese la ragazza.

"Io..." Gli ci volle un attimo, prima di raccapezzarsi. "Be', sì, vorrei un corso accelerato di golf. Vale a dire che in cinque giorni devo diventare un vero campione!"

"Aha!" La ragazza lo squadrò da capo a piedi. Thomas non si sentì in imbarazzo. Indossava un completo impeccabile, di gran taglio, la camicia e la cravatta giuste. La sua statura faceva sempre colpo, e le donne per lo più trovavano che aveva uno sguardo profondo. Adesso quel suo sguardo lo puntò dritto negli occhi della ragazza, che sembrò andare in confusione. O dipendeva dalla sua richiesta?

"Bene", disse lei, e si girò. Poteva avere al massimo vent'anni. Chissà se aveva idea di come muoversi, pensò Thomas, augurandosi di non essere incappato in una pivellina.

"Ho un'offerta magnifica per un'urgenza come la sua! Il Golfhotel Vivenda Mirandella, che si trova a Lagos, in Algarve: un posto splendido! Vola fino a Faro, prende un'auto a noleggio, percorre ottanta chilometri su un'autostrada appena costruita ed è già arrivato nel suo hotel! Riceverà un trattamento squisito, imparerà a giocare su uno dei tanti campi da golf a disposizione e nel giro di cinque giorni sarà così bravo che, al suo atterraggio qui, sarà un campione!"

"Perbacco!" Thomas era esterrefatto. "E quando si parte?"

L'altra sorrise. "Devo controllare che ci siano voli liberi, e disponibilità in albergo. Ma ho idea che possa già fare i bagagli!"

Sparì in un'altra stanza e Thomas tirò fuori il cellulare.

"Il dieci maggio, ha detto?" chiese, quando Eva rispose.

"Esatto, il dieci maggio. Festa della primavera."

"Mancano ancora due settimane e più... e per tutto questo tempo non mi vuole vedere?"

"Non mi risulta di aver detto niente di simile!"

"Bene, sono già più tranquillo. D'altro canto nei prossimi giorni sarò in viaggio per lavoro, volevo solo essere sicuro che nel frattempo lei non cambiasse idea."

"Io non cambio idea."

"Promesso?"

"Promesso!"

Eva chiuse la conversazione e guardò il display pensierosa. Che storia strana era? Ma non importava. Comunque fosse, aveva un partner per la festa al golf. Grandioso! Tutti sarebbero rimasti di stucco... sentiva già i commenti: Ma come? Di già?!

*

Irena Funk le stava dicendo delle cose che non avrebbe mai voluto sentire. Antonia era un'allieva molto sveglia, ma purtroppo sempre indaffarata con la sua amica Theresa, e insieme disturbavano spesso. Aveva già provato a separarle, ma a quel punto si erano messe a comunicare con i bigliettini. Per giunta aveva l'abitudine di arrivare spesso in ritardo, nel qual caso, invece di andare a sedersi decisa al suo posto, cominciava a creare confusione e a chiedere a destra e a sinistra fogli o penne.

Eva, seduta davanti alla professoressa Funk nell'aula insegnanti, stentava a credere a quello che sentiva.

"Arriva tardi a scuola?" chiese. "Ma di casa esce sempre puntuale!"

"Si ferma a chiacchierare nel cortile, flirta un po', va a comprarsi qualcosa da sgranocchiare, e così perde un sacco di tempo."

Eva era senza parole. "È vero, è una gran casinista", disse dopo un attimo di riflessione. "Ma potrebbe anche fare diversamente. Quando vuole, è svelta e determinata."

"Peccato che le manchi la volontà!"

Mancanza di volontà. Quella era la novità del giorno. Sua figlia aveva altre mille cose in testa. Flirtava in cortile. Sicuramente le pareva una cosa provocante, davanti a tutti. Doveva assolutamente parlarle.

"I voti sono in linea con questo andazzo", proseguì la professoressa Funk. Aveva la stessa età di Eva e non sembrava covare intenzioni aggressive verso Toni, ma nell'insieme la situazione era sgradevole.

"Vale a dire?"

"Spesso non fa i compiti di casa. Ogni tre volte che dimentica di farli, vale come un quattro in orale. Così finisce per rovinarsi la media, specie se si aggiunge una certa trascuratezza in altri ambiti... come le relazioni e i progetti di gruppo, attività per preparare le quali gli allievi hanno tempo a sufficienza."

"E Toni, invece?"

"Fa tutto all'ultimo minuto, per cui fa tutto male."

È uguale a me, pensò Eva. Buon Dio, perché non le hai inculcato la determinazione di suo padre? Lui puntava sempre dritto alla meta, benché a volte fosse la meta sbagliata.

"È all'ultimo anno, in dirittura d'arrivo. Se ha intenzione di proseguire gli studi, deve darsi una regolata e mettersi a studiare. Può farcela benissimo, se solo lo vuole."

A Eva martellò in testa quella frase per tutto il tragitto di ritorno. Può farcela, se solo lo vuole. Glielo diceva sempre anche sua madre. Sua madre aveva sposato un greenkeeper, ai tempi era ancora un mestiere esotico. A ben pensarci, somigliava al mestiere di giardiniere. Di un giardiniere che cura il campo da golf e poi, se è bravo, diventa head-greenkeeper e ha sotto di sé altri giardinieri. E tuttavia, grazie al marito, sua madre era entrata in contatto con l'alta società, seppure marginalmente.

Se però sua figlia avesse sposato un uomo della *crème* di Stoccarda, ne avrebbe fatto parte di diritto. Eva invece si era innamorata di un "terzomondista", come chiamava Gerold, e l'altra figlia si era eclissata a Lubecca. Il sogno di tutta la sua vita non si era avverato, e quando suo marito era morto, lei, che non sapeva giocare a golf, non aveva avuto più nessun pretesto per sedere sulla magnifica terrazza del Golf Club.

Sua madre aveva settantaquattro anni e un fisico invidiabile. Da che era vedova, Eva non desiderava altro che si innamorasse di nuovo. Un marito, un impegno, un motivo di gioia o anche di rabbia l'avrebbe indotta a sentirsi un po' meno al centro del mondo. Così invece il suo mondo si limitava alle piccole cose del suo immediato circondario, tra cui figurava anche, e soprattutto, Eva.

Eva si ripromise di affrontare Toni quel pomeriggio, per parlare del suo futuro. Qualche piano in testa doveva pur averlo. Anche se non aveva in mente di proseguire gli studi, doveva assolutamente trovarsi, quanto prima, un posto da apprendista. Ma dove? Non riusciva a immaginarsi in alcun modo Toni che impararava un mestiere, eppure non era da escludersi che ci avesse già pensato.

Ancora non era arrivata a casa, quando Tom la chiamò al cellulare. Tom faceva il fotografo a Stoccarda, e a volte aveva bisogno di lei, se doveva fare un servizio con dei modelli. Stavolta si trattava di un prospetto pubblicitario per un hotel, e una coppia di modelli doveva presentare i vari spazi: camera da letto, roof garden, zona benessere, ristorante, bar. Non era un'idea originalissima, ma i manager dell'hotel avevano deciso così, e Tom eseguiva gli ordini, punto e basta.

Eva era contenta comunque. Il compenso non era stratosferico, ma avrebbe comunque contribuito all'acquisto dei nuovi pneumatici. L'unico guaio era che doveva andarci subito. Eva pensò a Flash e Saltarella che scorrazzavano in giardino, e alle sue figlie, con cui aveva urgenza di parlare – specie con la maggiore – e alla televisione, dove doveva presentarsi puntuale… eppure invertì la marcia decisa. Dopo tutto si trattava solo di un colloquio preliminare: il direttore dell'hotel voleva vedere la coppia di modelli e definire la giusta location in presenza di entrambi. Eva capiva benissimo che doveva essere saltato qualcuno all'ultimo minuto e che lei avrebbe fatto da tappabuchi, ma non le importava niente. Qualsiasi lavoro le arrivasse era contenta, sia programmato con largo anticipo sia piovuto dal cielo all'ultimo momento.

Doveva andare all'Hotel Amélie, un cinque stelle dove non aveva mai messo piede, e questo la incuriosiva. Si era già completamente scordata della professoressa Funk e stava pensando se fosse vestita in modo adeguato, quando Tom le venne incontro nella hall. Indossava come sempre un giubbotto di pelle nera e i jeans, si era rasato a spazzola i suoi quattro capelli in croce, era abbronzantissimo e piuttosto belloccio. Aveva l'aria del creativo, dell'artista. Chissà come mai non aveva mai avuto una storia con lui, pensò Eva, avanzando con passo elastico. Doveva dare l'idea di una donna dinamica.

"Sei bellissima!" le disse lui a mo' di saluto, baciandola sulle guance. In effetti si era messa un po' in tiro per il colloquio a scuola, non le andava di avere l'aspetto della madre squattrinata, abbandonata dal marito, da dio e dagli uomini, costretta ad allevare da sola le sue figlie... Per cui aveva scelto un blazer blu scuro, i jeans e dei mocassini comprati in un outlet a prezzo stracciato. Si sentiva a suo agio, e a quanto pareva aveva un'aria molto professionale anche per Tom.

"Ti sei travestita benissimo!" disse Tom, annuendo in segno di approvazione. "Questa gente, in effetti, è molto conservatrice! Complimenti, sei una vera professionista!"

Eva non ribatté. Da una parte non avrebbe saputo cosa dire, dall'altra si sentiva offesa. Il buon gusto le diceva che il suo blazer blu aveva ragione di esistere quanto le mèches violette dell'assistente di Tom. Ognuno ha il suo stile.

"Ciao, Jeanette!" fece Eva, ricevendo per tutta risposta un cenno del capo, molto cool. Jeanette si teneva sempre discretamente in disparte. Non parlava mai molto, ed Eva non sapeva se era perché non aveva niente da dire o perché trovava tutti noiosissimi.

Tom la precedette nell'ascensore, pigiò con gesto deciso il bottone del terzo piano e, appena le porte si furono richiuse, rivolse un sorrisetto a Eva con una strana espressione.

"Mi sa che tu hai qualche santo in paradiso", disse, mentre Jeanette la fissava con i suoi occhi azzurri.

"Cosa?"

"Qualcuno che ti protegge!" Tom si strinse nelle spalle. "O che vuole qualcosa in cambio da te..."

Eva restò di stucco. Prima che riuscisse a biascicare: "Ma che razza di idee ti vengono?" le porte dell'ascensore si erano riaperte.

"È molto semplice", replicò Tom. La spessa moquette e gli arazzi alle pareti attutivano il suono delle sue parole, ed Eva dovette prestare molta attenzione. "Avevo un'altra truccatrice, scusa se te lo dico, ma mi sono state fatte pressioni perché prendessi te!"

"Pressioni?" Eva gli correva dietro. Jeanette seguiva a dieci passi. "E da chi?"

Tom rallentò il passo, evidentemente erano quasi arrivati. Fece una smorfia e disse: "Per parlarci chiaro: stamattina mi hanno detto di chiamarti. Ordini superiori, a quanto pare."

Eva si fermò di botto. Il cuore le batteva all'impazzata e aveva la sensazione che tutto il sangue le fosse defluito dal viso.

"Pressioni? Ordini superiori?" Lo guardava con gli occhi sbarrati. "E tu non mi avresti voluto?" Girò sui tacchi. "Me ne vado subito!"

"No!" Tom la afferrò per una spalla. "Non puoi farlo! Cerca di capire: questo lavoro, che è anche il *mio* lavoro, dipende da te!"

Eva non riusciva a capacitarsi. Cosa diavolo poteva significare tutto ciò?

Erano fermi davanti a una porta bianca a doppio battente, ai lati della quale c'erano dei fiori sistemati in due vasi molto alti. Iris, pensò Eva, benché, in quel momento, non le interessasse un granché. Dove andranno a prenderli, in aprile?

"Allora, vogliamo entrare?" chiese Tom, ed Eva annuì. Si ravviò i capelli con gesto istintivo, rammaricandosi di non essersi data una controllatina allo specchio di un bagno... Un po' di rossetto non le avrebbe fatto male, e nemmeno un po' di ombretto, ma ormai era troppo tardi, era ora di entrare in scena. Pazienza.

Tom bussò e aprì la porta. Quattro persone, in piedi nella stanza, si voltarono verso di loro.

Eva, a fianco di Tom, vide che i due uomini e le due donne avevano interrotto la conversazione per venire incontro a loro.

"Siamo davvero lieti che abbiate trovato tempo per noi", attaccò a dire un signore in un elegante abito grigio, che Eva valutò di poco più giovane di lei. Si presentò come capo ufficio stampa dell'hotel, nonché responsabile marketing. Quindi fece le presentazioni del direttore, della executive manager e della grafica.

Eva annuì e si presentò a sua volta: Eva Kern, truccatrice, collaborava con la Südwestrundfunk, con diversi teatri e numerosi fotografi.

Tutti e quattro annuirono, come se lo sapessero già da un pezzo e non ci fosse bisogno di dirlo.

"Dunque, diamo un'occhiata al progetto della signora Mayer, e poi passiamo subito alla realizzazione!"

Il tipo dell'ufficio stampa era un chiacchierone e a Eva diede subito ai nervi. Voleva sempre essere al centro dell'attenzione e di certo non era un'aquila. Gli uomini troppo eleganti e con troppo gel sui capelli suscitavano immediatamente tutta la sua diffidenza. Si sentivano strafighi, si davano un sacco d'arie e già solo per quello perdevano la capacità di giudizio.

Ma il progetto grafico era eccellente, e quando poi entrarono i due modelli, Eva si sentì quanto mai motivata. La ragazza non era di una bellezza dirompente, aveva una faccia asimmetrica, ma un fascino attuale in linea con lo "spirito dei tempi". Il suo partner aveva un sorriso un po' sfacciato e ricordava vagamente Tom Cruise. Le piacevano entrambi. Un po' meno le piaceva il modo in cui le era stato dato quel lavoro, ma al momento non aveva possibilità di scoprire cosa c'era sotto. Avrebbe forse dovuto chiedere delucidazioni a quel bellimbusto dell'ufficio stampa che si dava tutte quelle arie? Avrebbe di certo alzato un sopracciglio e lanciato un'occhiatina a Tom. Eva decise di stare con le orecchie ben aperte. Prima o poi qualcuno si sarebbe tradito.

Nel tragitto verso la televisione superò se stessa nell'arte di mandare sms. Minacciò Toni di terribili conseguenze se non fosse andata a letto presto e non avesse fatto i compiti, e pregò Caro di occuparsi degli animali di casa. Arrivò agli studi televisivi trafelata e con non pochi sensi di colpa, e solo allora si accorse di essersi dimenticata la valigetta dei trucchi.

Prima di addormentarsi, quella sera, ringraziò in cuor suo la collega Doris per averla salvata prestandole i suoi attrezzi, ringraziò sua figlia Caro per aver sbrigato tutte le faccende con grande attenzione e si ripromise nel modo più assoluto di parlare con Toni il giorno dopo. Di certo non era solo la scuola, c'era ben altro, ma lei non sapeva cosa.

Il cellulare squillò, ma Eva lo sentì solo quando ormai taceva. Lo prese mezza addormentata e vide che il display segnava "sconosciuto". Le sue figlie erano in casa, quindi non era sicuramente niente di importante. Lanciò un'occhiata alla sveglia, constatò soddisfatta che aveva ancora mezz'ora prima di doversi alzare e sprofondò di nuovo nel sonno, ma il cellulare riprese a suonare. Maledizione, avrebbe dovuto spegnerlo!

Fece per afferrarlo, ma il telefono cadde a terra, senza smettere di suonare. Con uno sforzo che la svegliò del tutto, Eva lo ripescò e se lo portò all'orecchio. Segreteria telefonica. Oddio, ci mancava. Schiacciò il tasto dell'ascolto.

Thomas Rau le augurava un'ottima giornata. Era in viaggio per lavoro, ma si sarebbe fatto vivo immediatamente appena rimesso piede sul suolo natio. Senza dubbio avrebbero avuto molto da dirsi prima del grande party al Golf Club. "La penso", concludeva.

Ed era vero. A notte fonda, all'aeroporto di Stoccarda, Thomas beveva un caffè e si chiedeva cosa diavolo gli stesse capitando. Solo per un'assurda festicciola al Golf Club partiva per il Portogallo e si sottoponeva a un corso full-immersion... era completamente uscito di zucca? Sarà stata colpa della crisi di mezza età? Perché non aveva semplicemente detto che lui non ne sapeva un bel niente di golf? Che a lui la parola "Golf" evocava solo un tipo di macchina? Che per lui i giocatori di golf erano dei vecchi pachidermi sedentari che se ne vanno in giro per il mondo con il fazzoletto nel taschino e dei modi da matusalemme? Perché si era reso ridicolo? Finì di bere il caffè, ma continuava a non capacitarsi, e lo stesso fu tre ore dopo quando, con venticinque gradi e un cielo blu cobalto, prese la sua Panda verde mela e, con la cartina sul sedile accanto, partì. Algarve, si disse, e sia! Ho sempre voluto andarci, mettiamola così. Non c'entra con questioni né di donne né di rituali virili. Io sono più che conscio di quello che non so fare. Per esempio, non so fare il muratore. Tutti quelli che mi conoscono lo sanno. Tirar su una parete, far passare i fili, tagliare la moquette, mettere le piastrelle... tutta roba che mi è estranea. E non me ne vergogno. Ho forse frequentato un corso per carpentieri? No. O per idraulici? Io odio i cessi intasati. Ho forse mai finto di essere un architetto in incognito? No. Ho sempre detto subito che al massimo so appendere un quadro, punto e basta. Non ho neppure mai detto a una donna che le avrei fatto bella la terrazza. Niente impianto di irrigazione e niente pollice verde. Le mie piante hanno bisogno di poche cure. Sopravvivono proprio per questo. Niente musica classica per addormentarsi, niente coccole. Ho sempre detto anche che non voglio nessuna donna che venga a portare in casa mia le sue piantine... che dio me ne guardi! E adesso eccomi qui che vado a Lagos, senza neanche sapere perché.

Percorreva l'ampia carreggiata dell'autostrada che va da Faro a Lagos e non smetteva di stupirsi. L'autostrada era nuovissima, e costruita con gran dispendio di mezzi. Si spera – pensò Thomas – che non siano stati spesi quattrini della Comunità europea, visto che nella regione il turismo è più che florido. Al pensiero dell'ultima rata delle tasse schiacciò l'acceleratore. Se devo pagare, pensò, almeno voglio godermi un po' i miei soldi.

In quattro e quattr'otto si ritrovò a Lagos. Secondo la cartina doveva prima costeggiare il porto, poi girare intorno a un'antica fortezza e svoltare a sinistra. Il percorso terminava in corrispondenza di una rotonda, segnalata con un bollino. Thomas si orientò a meraviglia e si sentì un eroe. Gli mancava solo di scoprire l'insegna dell'hotel. E una volta sistemato, se la sarebbe spassata per cinque giorni senza muovere un dito. Sole, riposo, buon vino, pesce fresco... altro che mazze da golf! Sì, proprio così. Thomas era soddisfatto di quella decisione. Era venuto in Portogallo, ma restava fedele a se stesso. Niente follie per una donna!

L'hotel era una costruzione in stile *hacienda* e la signora alla reception parlava tedesco. Perfetto. Thomas diede i documenti, si sentì dire che "Barry" lo aspettava quel pomeriggio stesso per il corso preliminare di golf e decise di rimuovere quella notizia scolandosi il drink di benvenuto sulla terrazza dell'hotel. Appena ci mise piede, la bellezza del panorama lo colpì. Il mare sotto di lui era sconfinato, profondo e scintillante, così turchese da sembrare finto. Thomas rimase lì, interdetto, con gli occhi strizzati per la troppa luce. Poi si avviò, tra i tavolini coperti da tovaglie bianche, verso la scalinata di pietra, guardata a vista da due robuste palme. La scalinata portava a un vialetto che conduceva alla spiaggia, ritagliata a ridosso della costa rocciosa che si perdeva all'infinito, nell'orizzonte caliginoso. Già quella vista valeva il viaggio. Thomas optò per un cocktail alla frutta leggermente alcolico e poi si piazzò, in estasi, davanti a quello scenario magnifico, assaporando la sensazione del vento che gli agitava la T-shirt. E pensando a Eva.

Perché diavolo, in quel momento, doveva pensare a Eva?

Se la immaginò correre su per quella scalinata, diretta verso di lui. Il vento le avrebbe gonfiato il vestito e scompigliato i capelli. Thomas ebbe un'erezione.

Oddio santo, pensò, e si sedette al tavolino più vicino. Doveva pensare subito ad altro. Barry? Quel nome glielo fece ammosciare immediatamente. Barry gli avrebbe messo in mano una mazza da golf nella calura pomeridiana, e gli sarebbe toccato esibirsi nelle stesse contorsioni che trovava così ridicole fatte da altri. Sembrava quasi che stessero facendosela addosso, a rischio di rompersi il bacino, o peggio ancora una gamba. Voleva vederlo, quel Barry, prima di sottoporsi a una simile tortura.

Quando entrò nella sua camera, ci trovò già il bagaglio. Thomas si guardò attorno. Era una camera con un soppalco: sopra c'era il letto, sotto un piccolo tavolo e la porta che dava sul giardino. Lo stile moresco gli piaceva. Il letto era grande, come un letto col baldacchino, ma aveva un'aria più rustica e virile, non leziosa. Il copriletto era di lino pesante, e dava l'idea di profumare di bucato. Ogni cosa era robusta e genuina, il mobilio di legno scuro a casa gli sarebbe sembrato fuori posto, qui invece era perfetto.

Thomas si buttò sul letto, felice della piacevole sensazione del lino contro la guancia. Pochi minuti dopo dormiva.

Lo svegliò un doppio *bip*. Gli ci volle un po' prima di raccapezzarsi. Poi si scrollò di dosso il sonno profondo e cercò di capire dov'era. Con gesto automatico afferrò il cellulare. Erano le due, era arrivato un sms: "Grazie. Sto cercando di mettere in pratica i suoi consigli e di spassarmela. Eva".

In realtà Eva non aveva programmi particolarmente attraenti. Di certo – pensò – lui ne ha di migliori. Per quella giornata libera si era prefissa una gita al Bärenschlössle. Era da una vita che non ci andava, e insieme a Flash sarebbe stato piacevolissimo fare jogging passando vicino ai tre laghetti. Le tornarono in mente il mosto che aveva bevuto una volta al Bärenschlössle e persino gli affettati con l'insalata russa, e le venne l'acquolina in bocca.

Per essere le due del pomeriggio di un venerdì, il parcheggio era pieno di macchine. Possibile? Avevano tutti l'orario flessibile? Erano tutti studenti? O casalinghe? Da dove arrivava tutta quella gente?

Flash saltò fuori dalla Golf, in preda all'impazienza. Capiva che sarebbe stato un giro divertente e non riusciva a trattenersi mentre Eva gli allacciava il collare. Poi, finalmente, partì.

La strada all'inizio era larga e asfaltata, passava in mezzo a due laghi e poi piegava a sinistra, diventando un sentiero che si snodava proprio a pelo dell'acqua ed era magnifico e morbido per correre, anche se pieno di radici. Purtroppo però quella non era l'ora giusta per fare jogging, a quanto pareva. Appena Eva prendeva il ritmo, arrivava qualcuno da dietro più veloce, o un intero gruppo dalla parte opposta, o delle mountainbike. Dopo essere stata costretta a variare più e più volte andatura e a strattonare Flash un po' a destra e un po' a sinistra per evitare la gente, giurò che avrebbe scritto una lettera di protesta. "Corsia a senso unico al Bärensee", l'avrebbe intitolata, ed era così sprofondata nel suo rimuginare che arrivò alla meta prima del previsto. Flash era deluso. Vero è che neanche a lui era piaciuto venire strattonato di qua e di là, ma era pur sempre meglio che starsene accucciato sotto un tavolo.

"Ci fermiamo per poco", gli promise Eva, e gli lasciò fare due tuffi nel lago per rinfrescarsi, anche se non era sicura che fosse permesso. In effetti, di cani in acqua non ce n'erano. Non fare troppo la perbenista, si disse in tono di rimprovero, ma era stata educata così. Se una cosa non si può fare, non si fa e basta!

Salì per la scaletta di pietra, passò accanto alla balaustra della terrazza e scelse un tavolino piuttosto indietro. Da lì si godeva la vista migliore sul lago, e soprattutto un sacco di sole. Eva ordinò un bicchiere di mosto e un tagliere di insalata russa e affettati, sentendosi quanto mai appagata. Aveva fatto jogging, era lì con il suo cane e poteva benissimo concedersi uno spuntino.

Al tavolino accanto sedevano due ciclisti in tenuta sportiva piuttosto eccentrica. Entrambi non erano più dei ragazzini, ma erano molto su di giri. Endorfina, diagnosticò Eva guardandoli di sottecchi. A quanto pare, l'ormone che rende felici non premia solo chi fa jogging, ma anche i ciclisti.

"Ha veramente un bel cane!" esclamò uno dei due, facendole un cenno di approvazione. Eva ci era abituata: con un cane è facile che tutti attacchino discorso. Ma in quel momento non aveva la minima voglia di essere abbordata, specialmente da quei tizi. Due fisici atletici in tenuta sportiva erano ancora ammissibili, ma non due panzoni strizzati come salsicciotti in tutine gialle e viola.

"Sì, ma morde", rispose, sperando di finirla lì.

"Con una padroncina così bella bisogna stare in guardia!" osservò l'altro, compiaciuto. "E anche dal suo cane!"

Eva bevve un sorso di mosto e annuì con un gesto vago, sperando che la piantassero.

"Lei non ha per niente l'aspetto di una che fa jogging", incalzò il primo. Aveva i pochi capelli pettinati all'indietro, di una tinta gialliccia.

"No?" chiese Eva stupita. Cos'aveva che non andava?

"Le donne che corrono hanno le gambe belle e slanciate come lei, è vero ma la parte bassa del viso cadente. Forse per i contraccolpi. Gli angoli della bocca vanno all'ingiù, le guance pure... la tipica faccia da cocker. È logico: a ogni passo la forza di gravità tira giù la pelle!"

Per dare la dimostrazione di quanto affermava si mise a saltellare sulla seggiola, tirandosi verso il basso le guanciotte paffute. Flash saltò su e si mise ad abbaiare furioso. D'istinto Eva si toccò le guance.

"Che assurdità!" disse.

"Non sono per niente assurdità," replicò l'altro. "Ha mai visto uno che corre con l'aria felice? Tutti hanno lo sguardo fisso, cupo."

In effetti, Eva doveva ammettere che qualcosa di vero c'era. Forse per molti fare jogging era diventato un dovere, come il coito di sabato prima della spesa.

"A noi due comunque piace", affermò Eva, ingollando quanto aveva sul piatto.

"Si vede!" intervenne l'altro, che era un po' più giovane, ma ugualmente con l'aria da fesso. "Chi ha buon appetito, sa anche apprezzare la vita!"

Speriamo che si fermi qui e non ci metta anche qualche battuta sconcia, pensò Eva. Non era capace di rispondere male, ma quando è troppo, è troppo.

Per fortuna i due si alzarono, le fecero un cenno di saluto e il più giovane disse: "Magari capiterà che ci rivediamo. Me lo auguro!"

Eva si sforzò di assumere un tono cordiale mentre diceva: "Buon rientro!" e poi restò a fissare quei due che si facevano largo a fatica tra i tavolini, diretti alla scala. Deretani troppo piatti, gambette troppo secche e storte. Le tute attillate mettevano in risalto ogni pecca del fisico, esaltata ulteriormente dai colori. Com'è possibile conciarsi in quel modo?

Eva abbassò lo sguardo e stirò con una mano la sua T-shirt nera con la banda laterale argentata. Be', non era originalissima, lungo la strada ne aveva viste parecchie così, ma almeno era decente. Evidentemente i patiti dello jogging compravano tutti l'abbigliamento sportivo nello stesso negozio.

Scolò tutto il suo mosto in un colpo solo e guardò Flash, accucciato davanti a lei, che si mise subito a scodinzolare. "Su, bello mio, adesso cerchiamoci un'altra strada. Senza ciclisti e senza gente che corre, una strada tutta per noi!" Sentì a malapena il segnale del suo cellulare e lo tirò fuori velocemente: sarà Toni – pensò – che cerca di evitare l'incontro con me con qualche misera scusa.

"Beata lei", lesse. "Io ho un meeting piuttosto rognoso che mi aspetta. Cercherò di pensare ad altro..."

Thomas schiacciò il tasto invio, dopo aver riletto un'ultima volta il messaggio, e poi rimise in tasca il cellulare. Non aveva neanche mentito troppo: stava per andare al campo pratica.

Alla reception gli avevano raccomandato di essere puntuale. Barry lo aspettava.

"Come faccio a riconoscerlo?" aveva chiesto.

"Sarà lui a riconoscere lei", era stata la risposta.

Aha. Probabilmente tutti i principianti si aggiravano spaesati allo stesso modo.

Il posto era bello, del resto l'aveva sentito dire spesso da molti giocatori di golf che i campi in Portogallo sono superlativi.

Una stradina tortuosa attraversava la vasta area del golf: a sinistra, su un pendio, c'erano i bungalow, in affitto o in vendita, e a destra si estendevano i fairway, tenuti alla perfezione, per quanto ne capiva Thomas, che notò anche come il percorso non fosse del tutto pianeggiante. Accidenti, pensò, speriamo che anche i principianti usufruiscano della golfcart. Se devo farmi tutto il percorso a piedi, sarà una tale faticaccia che non avrò la forza di fare nient'altro...

C'era una freccia che indicava il campo pratica. Thomas parcheggiò la sua utilitaria, la chiuse e si avviò. Nei pressi c'erano delle cabine aperte, verdi, tutte allineate. Bello. Ma a che scopo?

Thomas rimase lì, perplesso. Davanti alle cabine c'era uno spiazzo enorme, con l'erba rasata al massimo, su cui erano sparse un'infinità di palle da golf. Un uomo andava avanti e indietro con uno strano veicolo, una via di mezzo tra un trattore e uno spazzaneve, raccogliendo le palle. Sentì un *plong, plong* provenire dall'interno di due cabine, e vide numerose palle schizzare via, o girare a trottola, accompagnate da robuste imprecazioni.

Thomas restò lì impalato a guardare le palline schizzare fuori dalle cabine. Con una catapulta tradizionale come quella inventata un tempo dai romani le palline sarebbero filate via a meraviglia. Così uno si risparmiava di colpirle con la mazza. Bella idea, da brevetto!

Dal trattore qualcuno lo salutò con una mano. Thomas si guardò attorno. No, salutavano proprio lui, non c'era nessun altro.

Thomas ricambiò il saluto.

Aha. Ecco che arriva il nostro uomo. Barry, in effetti, stava arrivando. Thomas rimase stupito dalla sua stazza: come, si poteva giocare a golf anche con parecchi chili di troppo?

Ma Barry si avvicinava a passo così agile che Thomas mise da parte i suoi pregiudizi. E poi, era risaputo che i ciccioni sono simpatici, il che, nella sua situazione, poteva tornargli comodo. Lui voleva solo un maestro che gli insegnasse a giocare a golf, non aveva bisogno di un fanatico.

"Hi, I'm Barry!"

Parlava in inglese. Non se l'aspettava. Come avrebbe fatto a capire la terminologia golfistica in inglese, se non la conosceva neanche nella sua lingua?

"Hi!" rispose, stringendogli la mano. "I'm Thomas and a complete beginner!" Ecco, di più non sapeva cosa dire.

Barry fece un sorrisetto. Era un bell'uomo, anche se forse un po' troppo il tipo rossiccio anglosassone o irlandese, ed era più giovane di quanto non sembrasse da lontano.

"Ok! Don't worry! Parlo anche un po' la sua lingua. Everybody is a beginner at some point. Oh, mi scusi, torno subito!"

E se ne andò. Thomas lo guardò allontanarsi. Barry non indossava pantaloni a mezza gamba a quadrettini... strano, perché si era immaginato che tutti i giocatori di golf li portassero? Indossava invece dei pantaloni di lino chiari e una polo rosa. L'abbigliamento classico del non golfista.

Quando Barry fu di ritorno, Thomas capì che adesso faceva sul serio. Teneva in mano due mazze. Per prima cosa, Thomas dovette imparare come si tiene correttamente in mano quell'attrezzo. Non sarà poi così difficile, pensò, ma poi gli parve che Barry gli stesse spezzando le dita, una dopo l'altra. In qualche modo quell'impugnatura non era fatta per la sua mano, il mignolo della mano destra andava a finire sull'indice della sinistra, e tutto si ingarbugliava.

Barry gli fece un complimento, e Thomas decise di accontentarsi. Aveva capito una sola cosa: mai mollare la mazza. E comunque, non sarebbe mai riuscito a rendere naturale quell'assurda presa anchilosata.

Barry lo sospinse in una cabina e gli mise una pallina davanti ai piedi. Bene, non pareva una cosa complicata. La palla era sopraelevata, poggiava su un supporto di plastica che si chiama tee, come gli disse Barry.

"Form a triangle", gli ordinò Barry, mostrandogli come fare. E subito il suo fisico corpulento scattò in maniera sorprendente.

Thomas cercò di capire cosa faceva Barry sia con le braccia sia con le gambe, poi si concentrò solo sulle sue braccia. Che le gambe stessero come volevano, per il momento! Un po' larghe, come aveva detto Barry, ma non tese. Per le braccia, invece, era tutta un'altra faccenda. Il triangolo formato da spalle-mazza-braccia, come lo intendeva Barry, con lui, chissà perché, non funzionava, e quando, tanto per provarci, fece un tiro, tracciò un solco per terra e la pallina rimase dov'era.

"Too early", gli spiegò Barry e ricominciò da capo. "Braccio sinistro diritto", disse, "verso il fianco destro... braccio sinistro sempre teso... formare una L con il polso, e poi dare il colpo, ma piano, senza sforzo... così, cool, assolutamente senza sprecare energia. Girare spalle e busto, ma non fare lo swing con tutto il corpo. Occhi fissi alla palla... guardare solo dopo il colpo dov'è andata a finire. Leggeeeero... leggeeeero, quite easy."

Al punto del "quite easy" Thomas aveva la T-shirt incollata addosso dal sudore, e non vedeva l'ora di bersi una birra. Barry era d'accordo, la mezz'ora era passata, ma l'allievo successivo era già pronto. Aveva un'aria da scemo, tal quale a Thomas, il che gli diede coraggio.

"Peccato!" disse Thomas, ma Barry gli fece un cenno, come a dire: pazienza!

"Se ha voglia di assaggiare la cucina portoghese genuina, non il rancio da turisti, venga a mangiare con noi stasera!"

Thomas non aveva la minima idea di come fosse la cucina portoghese genuina. Ma non voleva fare di nuovo la figura del pivello.

"Volentieri!" rispose. "A che ora? Dove?"

"Venga in macchina con noi, ci troviamo alle otto in albergo."

La prospettiva non era male. In realtà, aveva già fame. Ma quando si ritrovò in hotel, l'idea non gli parve più così brillante. Il menu era oltremodo invitante e, visto che era la prima sera, avrebbe potuto benissimo cenare sulla terrazza dell'albergo. Si fece comunque portare la birra che desiderava tanto, e prese il cellulare. Oh, guarda, alcune chiamate senza risposta e qualche sms. Uno da Eva. Lo aprì per primo.

"Come va il meeting?" diceva. "Anch'io tra poco ho un meeting, con mia figlia. Mi auguro fruttuoso e non deprimente!"

Toni vedeva le cose in maniera diametralmente opposta. Non flirtava assolutamente nel cortile della scuola: sarebbe stato puerile! Evidentemente la scambiavano per un'altra. Non arrivava quasi mai in ritardo e, quando capitava, si scusava, andava al suo posto veloce e silenziosa e si metteva subito a lavorare. Macché chiedere in giro fogli e penne, lei aveva sempre tutto! E poi, a proposito: "Domani sera", disse, "vengono Theresa, Valerie e Maxi a guardare un dvd. Sven è occupato in non so che storia con la sua famiglia... comunque anche in quattro è uno sballo, visto che poi tu non ci sei, e Caro è sempre in giro..."

"Come sarebbe a dire, io non ci sono?" chiese Eva.

"Non volevi andare con Inga a vedere *Elisabeth* e poi a bere qualcosa?"

Eva fece un profondo respiro. Del film si era completamente scordata. E sì, era vero: l'amicizia con Inga risaliva ai tempi con Gerold, e di certo adesso ce l'aveva su con lei perché non si faceva viva da un sacco. Il marito era in viaggio di lavoro, per cui sarebbe stato il momento ideale per vedersi. Ma adesso Eva aveva ben altro da fare.

Guardò sua figlia. Toni si era legata i capelli a coda di cavallo, e con il suo maglione oversize aveva l'aria più innocente del mondo.

"Hai pulito la gabbia di Saltarella?" Qualcosa in cambio doveva pur ottenerla.

"Lo faccio sabato, promesso!"

"E cosa devo dire ai tuoi insegnanti? Che hanno tutti le traveggole?"

"No, semplicemente vivono in un'altra dimensione!"

Ci sono tante dimensioni nella vita, Eva lo sapeva benissimo. E subito le tornò in mente una cosa che la riguardava da vicino: aveva un protettore, qualcuno che le aveva procurato un lavoro redditizio, senza che lei sapesse a chi doveva dire grazie. Ma voleva assolutamente scoprirlo. Aveva già lasciato tre messaggi sulla segreteria di Tom, ma ancora non l'aveva richiamata. Forse non voleva, o non poteva, dirglielo?

"Hai altro da dirmi?" chiese sua figlia, pronta ad alzarsi. Erano sedute al tavolo di cucina, e fissavano Flash e Saltarella che scavavano insieme buche in giardino. Eva scosse la testa: non aveva altro da dirle.

"Che fine ha fatto quel tipo che abbiamo incontrato in ospedale?"

All'improvviso, si erano scambiate le parti. Toni si era alzata, aveva rimesso la sedia sotto il tavolo e stava lì, accanto a lei. Eva si aspettava che aggiungesse: "Hai una storia con lui?"

"Cosa intendi?" chiese con l'aria di cadere dalle nuvole.

"Boh... lo conosci da molto?"

"No! Come ha detto lui, ci siamo incontrati per caso in un bar."

"Non avrei mai pensato che tu andassi da sola per locali!" Toni sogghignò. "Settimana prossima sei in televisione?"

"Da quando ti interessi al mio lavoro?"

"Dovrò ben conoscere gli impegni settimanali di mia madre!"

"Aha!" Eva si alzò, per farsi un caffè. "No, per settimana prossima non mi hanno chiamato. In compenso lavoro per Tom, per un dépliant pubblicitario di un hotel."

"Figo!" Ciò detto, Toni se ne andò.

Eva la guardò allontanarsi. Era vero interesse, quello che le aveva dimostrato, o solo il tentativo di riconciliarsi con lei? Non avrebbe saputo dirlo con certezza. Con sua figlia minore aveva sempre l'impressione che agisse con un secondo fine.

Eva fece la schiuma al latte, la aggiunse con il cucchiaio al caffè, ci spolverò sopra un po' di cacao e si sedette di nuovo. Aveva una buona mezz'ora, prima di rimettersi in moto. Certo, avrebbe anche potuto mettere il bucato nell'asciugatrice, ma preferiva godersi quella piccola pausa.

Eva, si disse, cosa vuoi farne della tua vita? Le tue figlie ormai hanno quattordici e diciotto anni. Non sono maschi, quindi non sognano di stare attaccati alle gonnelle di mamma, e tra pochi anni andranno via di casa. Ma avranno ancora bisogno di soldi, per l'università, o per il periodo di praticantato. E tu di soldi non ne hai. Non abbastanza, comunque. Devi fare qualcosa. E se fai qualcosa per le tue figlie, devi farlo anche per te. Già, ma cosa?

Cos'altro poteva fare una trentottenne, se non essere grata alla sorta di avere bene o male un mestiere? Di lavorare abbastanza spesso per una televisione e a volte per qualche teatro? Cosa voleva fare, starsene lì seduta anche a cinquant'anni a fissare Flash e Saltarella (Saltarella di sicuro non più) e a bere un caffè, in attesa di un lavoro? E che dire delle vacanze? Le sarebbe tanto piaciuto fare un viaggio con le sue figlie! Ma non se lo poteva permettere. Al massimo, semmai, da sola. A visitare una città. Una qualsiasi. Praga in pullman? L'avrebbe desiderato ancora, a cinquant'anni? Forse no.

Si guardò attorno. La sua cucina era graziosa. Ogni cosa era pensata, studiata, in armonia con il resto. Il forno a microonde nascosto, l'armadietto delle medicine e soprattutto la sua macchina del caffè espresso italiana, di cui una volta andava tanto fiera. Finalmente un buon caffè appena macinato, bastava premere un bottone! Tutto, nella sua casetta, parlava della sua vita agiata di un tempo. Ma adesso, se solo si rompeva qualcosa, o un mobile doveva essere restaurato, era nei guai.

Poteva un padre tagliare la corda, piantando in asso moglie e figlie? Della serie: è stato bello... Poteva un essere umano sparire così, di punto in bianco, dall'esistenza degli altri, senza conseguenze?

Fino a quel momento era sempre stata zitta, per non far pesare troppo la situazione sulle sue figlie. Ma non era ora che si battesse per i suoi diritti? E che diritti aveva, se suo marito era all'estero? Scomparso senza lasciare tracce?

Spinse da parte all'improvviso la tazza di caffè e prese le Pagine Gialle. Avvocati. Una lista infinita. Dove doveva cercare? Probabilmente sotto "diritto di famiglia".

Chiuse gli occhi e puntò il dito alla cieca sulla pagina. Poi prese il telefono e compose il numero sotto il suo dito. Non aveva la minima idea di quello che doveva dire. Ma sentire abbaiare un cane all'altro capo del filo la rincuorò. Se c'erano dei cani in studio, l'atmosfera non doveva essere poi così seriosa.

Tuttavia, le rispose una voce seria di giovane donna, che le chiese cosa desiderasse. Desiderava, disse Eva, divorziare da un marito sparito nel nulla, e regolare finalmente la questione finanziaria. Ottenne un appuntamento prima di quanto pensasse, ma si fece ridare nome e indirizzo prima di riattaccare. Non vorrei mai, pensò Eva, non sapere più chi ho chiamato. Wilhelmplatz, Stuttgart Mitte, impossibile sbagliarsi.

Chissà perché si sentì subito meglio. Come quando finalmente si appende un quadro che impicciava da tempo: trapano, tassello, vite, fatto! Finalmente a posto!

Eva si alzò e andò in bagno. Era evidente che l'ultima a passare di lì era stata Toni: la piastra lisciacapelli era ancora inserita nella presa, e il lavandino era tappezzato di capelli biondi. Eva prese un pezzo di carta igienica e li raccolse. Toni aveva l'argento vivo addosso. Come le sarebbe piaciuto uscire una volta con le sue figlie. Magari per andare al ristorante italiano. O da qualsiasi altra parte, bastava essere servite e non dover pensare a niente. Giusto per passare una serata spensierata, a ridere e dire sciocchezze.

Pensò a Caro. Era la maggiore, quella più assennata. Ma forse adesso era Caro ad avere bisogno di lei, molto più di Toni, che alzava sempre un gran polverone, ma in realtà se la cavava benissimo. Domani sarebbe andata a vedere *Elisabeth*, ma quella sera, venerdì, forse, chissà...

sarebbe riuscita a parlare un po' con Caro. Eva controllò la sua valigetta dei trucchi, si legò i capelli e si fece un make-up leggero. Visto che abbelliva la gente per mestiere, doveva avere un aspetto curato anche lei, altrimenti non sarebbe stata credibile.

Mentre andava in garage tentò di nuovo di raggiungere Tom. Stavolta ebbe fortuna e, benché fosse stretta coi tempi, si fermò lì in piedi, accanto alla sua Golf.

"Tom, adesso dimmi per favore chi è il mio misterioso protettore. Quel tizio dell'ufficio stampa sicuramente no, e nemmeno la direttrice dell'hotel... non ne avrebbero motivo. Chi ti ha chiamato allora?"

Tom scoppiò a ridere. "Invece è stato proprio il tizio dell'ufficio stampa. Mi ha detto: "ordini superiori." Chi volesse intendere, non so. Ma tieni conto che l'hotel fa parte di una catena. Non chiedermi però chi sia il proprietario, lo ignoro!"

"D'accordo!" Eva non era per niente soddisfatta, ma ormai non poteva cambiare le cose. E non sapeva neanche come comportarsi nel prossimo futuro. Chiedere al tizio dell'ufficio stampa sarebbe stata una caduta di stile, e poi non tutti i raccomandati sono di prima scelta: magari quello gliel'avrebbe fatto notare.

Uscì dal garage, si mise in strada e si ritrovò nella fortunatissima circostanza di avere davanti il suo vicino ottantenne. Era un'ottima persona, ma in auto un disastro. Soprattutto nelle viuzze strette del quartiere. A ogni macchina parcheggiata sul ciglio della strada si bloccava, specie se all'orizzonte si profilava la minaccia di una macchina in senso opposto. Eva guardò l'orologio e restò senza fiato. Era in ritardo spaventoso, ma non aveva nessuna possibilità di sorpassare il suo vicino, che guidava solennemente la sua Audi 100, fiero della targhetta dorata della motorizzazione civile attestante venti anni di guida senza incidenti.

È logico che non abbia incidenti, pensò Eva, la sua macchina si muove solo per effetto della rotazione terrestre. Nello specchietto retrovisore vide già diverse auto dietro di lei, e un motociclista che si apprestava a superare la coda. È evidente, in questo modo è facilissimo campare vent'anni senza incidenti. Tutti gli altri automobilisti crepano di rabbia, ma lui tira avanti tranquillo e beato.

Eva arrivò in effetti in ritardo, ma pur sempre appena prima del moderatore. In corridoio incontrò Regine, che le lanciò uno sguardo d'intesa. Che nervi, proprio Regine! Una volta veniva al lavoro senza ombretto marrone, un'altra in un ritardo increscioso. Prima o poi le avrebbero fatto qualche osservazione.

Mentre si sistemava al suo posto, le tornò di nuovo in mente il lungometraggio. Doveva decidere se accettare o rifiutare. L'idea di stare sei settimane in Austria, dedicandosi a un unico progetto, era talmente allettante che le provocò un senso di vuoto allo stomaco. Se diceva di no non poteva più tornare indietro. E allora, addio bel sogno...

Scaldò l'arricciacapelli. Era attesa un'attrice che recitava in quel momento nel primo teatro di Stoccarda la parte di Alexandra Ivanovna nella *Famiglia di Ivanov* di Platonov, ma nessuno sapeva se Anna Windmüller avesse i capelli lunghi o corti. A ogni modo Eva era contenta lo stesso, perché le attrici di teatro le sembravano sempre molto interessanti. Non come le starlette, che sgomitano per una particina in qualche serial tv e poi spariscono dalla scena, no... professioniste serie, che sapevano quello che facevano.

Guardò l'ora. L'orologio era un regalo di sua madre che si era stancata di doverla aspettare e dunque non le importava che sua figlia avesse trent'anni e non quattordici. Sua madre... Era il caso che chiedesse a lei? Sei settimane con le sue figlie, con un cane e una coniglietta?

Aveva i suoi dubbi, ma valeva la pena di provarci. In fin dei conti si trattava di un vero film, e già si vedeva sua madre raccontare dal panettiere che sua figlia era nel cast di una produzione hollywoodiana.

Ma le sue figlie avrebbero resistito sei settimane con la nonna? Sua madre aveva idee tutte sue sull'ordine e sulla disciplina. Avrebbe spedito a letto Caro alle dieci, e Sven al massimo avrebbe potuto sussurrare "buona notte" a Toni di là del cancello. A tavola si mangia quel che c'è, e al posto della coca cola va benissimo l'acqua del rubinetto.

Magari avrebbe fatto bene a tutti!

Solo; le manie di sua madre alla lunga potevano diventare fastidiose, come quella di perdere sempre qualcosa e di accusare di furto tutti i presenti. Lo sapeva per esperienza.

Eva si diede un'occhiata allo specchio. Stava bene, aveva un aspetto fresco, giovane. Peccato che Thomas non mi veda adesso, pensò. E subito, come per una trasmissione di pensiero, arrivò il segnale di un messaggino. C'era da augurarsi che le sue figlie non avessero combinato qualche guaio.

Era Thomas. "Il mio meeting è stato una faticaccia, ma è tutto ok", scriveva. "E lei è uscita viva dal suo? Un collega mi porta a cena, speriamo che non sia solo una buona forchetta, ma anche un buongustaio. La penso. T."

In effetti Thomas, considerata la stazza del suo maestro di golf, il sospetto lo nutriva davvero. Non tutte le persone ben piazzate sono dei palati raffinati. C'è chi si abboffa e chi degusta. Se a invitarti a cena è un amante delle abbuffate, bisogna stare in guardia. Sarà di certo un'orgia di patatine fritte, carni grasse e intingoli. Sperava tanto che Barry appartenesse alla seconda categoria, che fosse un buongustaio che ha messo su chili per amore della buona tavola.

Andarono nel centro di Lagos. L'auto di Barry era di piccola cilindrata come la sua e, in effetti,

Thomas aveva l'impressione che da quelle parti circolassero un'infinità incredibile di utilitarie, tutte coloratissime. La sua era di un brutto verde mela, questa era celeste. Un celeste baby, intonato alla camicia di Barry. Ciononostante, all'interno era sorprendentemente spaziosa. Per lo meno, abbastanza da non finire addosso a Barry, che guidava sportivo per le viuzze, e alla fine svoltò in una strada costeggiata da un lato da una recinzione di assi, dall'altro da casette modeste. Il manto stradale, più che d'asfalto, era coperto di buche e di ghiaino. Non c'erano né lampioni, né marciapiede. Sono proprio un tedesco, pensò Thomas, sto a badare ai lampioni! Proprio un borghesuccio tedesco fatto e finito. Eppure, nonostante questa ammissione, non potè fare a meno di irrigidirsi quando Barry frenò di colpo accanto alla palizzata. Thomas occhieggiò in giro, ma non riuscì a vedere nesun ristorante tra le casette dal tetto piatto. Una aveva la porta aperta con intorno delle seggiole di plastica dai colori sbiaditi. Di là dalla porta si intravedevano alcune slot maschine. D'istinto Thomas mise la mano sul suo Maurice Lacroix, l'orologio che si era regalato l'anno prima e che intendeva tenersi per un bel po' di anni ancora.

Non fare lo scemo, si disse, Barry è un maestro di golf, un professionista, non ti porterà certo in un covo di ladroni. Ma Barry, in effetti, si accingeva a sgusciare faticosamente fuori dalla piccola utilitaria.

"Vedrai che sorpresa!" gli disse, ma non era per forza una frase che promettesse bene: sorpresi si può essere per molti motivi.

Ma cos'altro poteva fare? Thomas scese con tutte le cautele dall'auto e stava per attraversare la strada, quando una Golf Cabrio svoltò a velocità sostenuta e si bloccò di botto a due passi da loro, sollevando un gran nuvolone di polvere.

"Oh, Charly! Sempre questa porcheria, the same trash!" esclamò Barry tossendo e rifugiandosi nell'atrio della casa, dove restò ad aspettare. Un tipo piccoletto e abbronzatissimo, con due catenone d'oro al collo e una camicia toppo sbottonata sbucò fuori rapido dalla Golf, e stava per aprire la portiera davanti, ma una giovane donna, snella e dalla folta capigliatura nera, l'aveva già aperta. A occhio e croce, pensò Thomas, tra i due corre una differenza di età di circa quarant'anni. Sembra più la nipote che la figlia. Non sapeva cosa fare. Erano amici di Barry, evidentemente, si vede che cenavano tutti insieme. Osservò l'uomo, che finalmente era riuscito a condurre sotto braccio la sua compagna verso la porta, il che peraltro era necessario, visto che lei aveva un paio di sandali con dei tacchi tali da rischiare una slogatura, su quel ghiaino. Su su sopra i sandali per un bel pezzo non c'era niente – le gambe le aveva belle, Thomas dovette ammetterlo – e poi veniva l'orlo di un vestitino nero, di certo una cosuccia firmata, che lasciava parecchio scoperto anche il seno rigoglioso. Cento per cento, era un regalo di quel bellone attempato, che invece si piaceva vestito di bianco dalla testa ai piedi. L'effetto contrasto era garantito dalla pelle abbronzata e dalle catene d'oro al petto e al polso. Be', pensò Thomas, allora anche tra i portoghesi ci sono i play-boy stagionati che non conoscono limite alla decenza.

Thomas attraversò lentamente la strada, seguendo quei due che non lo avevano degnato di un'occhiata. E se avessero parlato tutta la sera portoghese tra loro? O inglese? In fin dei conti non gliene importava niente, aveva voglia solo di chiamare un taxi, di tornarsene sulla sua splendida terrazza e di mangiare del pesce guardando il mare.

"Oh, lui è Thomas!" Barry sfoggiò quel po' di tedesco che masticava.

Charly si girò verso di lui, senza lasciare la sua compagna. Tanto non ti scappa, pensò Thomas, altrimenti si romperebbe una gamba.

"Io sono il Charly", fece l'altro, e Thomas fece uno sforzo per non ridere. "E questa è Mirjam, 'na gran gnocca!" Un'espressione trionfante di possesso gli rischiarò i lineamenti e le rughe si scavarono ancora di più sulla sua pelle secca.

Mirjam gli lanciò uno sguardo civettuolo, senza porgergli la mano e senza dire una parola. Forse non capiva? Era un tipo enigmatico. Ed era veramente bella, con le ciglia lunghe e nere, un incarnato di seta, una boccuccia piena, gli zigomi alti, delicati. Una ceca? Ungherese? Polacca?

Barry li precedette. La ragazza arrancava al braccio di Charly, e Thomas faceva da retrovia. Da quella posizione poté godersi la scena degli uomini alle slot maschine e ai tavolini che restarono senza fiato e ammutolirono. Tutti gli occhi erano puntati su Mirjam. Lei era imperturbabile, mentre Charly quasi scoppiava d'orgoglio. Per far valere i suoi diritti, le mise una mano sul fondoschiena. A quel punto Thomas si aspettava che facesse anche chicchiricchì, ma anche se non lo faceva, sotto i capelli ricciuti tinti di castano doveva avere una testa non più grande di quella di un gallo.

Barry si fermò davanti a una tenda colorata, fatta di striscioline di plastica. Da una stanza vicina arrivò a passo svelto un tipo smilzo, lo salutò calorosamente e tirò da parte la tenda. Thomas entrò titubante, ma poi, come aveva detto Barry, restò di stucco.

Si ritrovò in una sala fresca, in penombra, davanti a una tavola apparecchiata con una tovaglia bianca, tovaglioli di stoffa e candelieri d'argento. Incredibile! Aveva già visto una cosa del genere, forse in un film di Dracula?

Il maître li invitò con un sorriso a prendere posto. C'erano otto coperti e loro si sedettero nei posti centrali, Thomas con le spalle al muro, rivolto verso la tenda di plastica. Che stranezza starsene lì seduto con degli estranei in quella stanza semibuia, mentre lui in realtà voleva solo imparare a giocare a golf. Decise di prendere le cose come venivano, e non ebbe neanche modo di riflettere molto perché arrivò subito una ragazza con un vassoio e quattro coppe piene di spumante. Con l'aggiunta di qualche goccia di succo di frutta, disse, ma di che frutta si trattasse Thomas non lo capì. Sarebbero seguiti assaggi di *petiscos*, annunciò la ragazza, e di nuovo Thomas si sentì tagliato fuori. Del resto era la prima volta che veniva in Portogallo. Appena la ragazza uscì, rientrò il maître. Tutti prestarono la massima attenzione mentre presentava su un vassoio d'argento la scelta del pescato di giornata. Una varietà stupefacente. Barry scoppiò a ridere soddisfatto nel vedere la faccia di Thomas.

"That's fantastic, isn't it? In un ristorante normale non si vedono cose del genere… only tourist food!"

Be', a dir la verità era un turista anche lui, pensò Thomas, e anche la strana coppietta davanti a lui non doveva essere del posto, ma annuì e confermò che i pesci avevano un aspetto grandioso. Il maître, che Barry chiamava "il mio amico Carlos", mostrò i pesci a uno a uno, e Barry tradusse. "Questo è un carapau", disse, indicando un pesce lungo e piatto, che Thomas giudicò lungo all'incirca mezzo metro. "È un predatore", aggiunse. "Si nutre di pesciolini e di granchi. Adesso è toccata a lui!" Ridacchiò e si diede una pacca sulla pancia. "Devi assaggiarlo!"

Thomas annuì, obbediente. "Io vorrei la sogliola", si intromise Charly, "e la mia bella gli scampi".

La sua bella ancora non aveva aperto bocca e Barry continuò imperterrito a spiegare: "Questa è una rana pescatrice, questo un rombo, questo un *bacalhau*, o baccalà, il piatto nazionale portoghese, questa è un'occhiata e questo un luccio. Ha un sacco di spine, ma Carlos ce lo pulisce!" Carlos annuì. "E oggi è particolarmente fiero del suo sarago e di questa razza!"

Una razza? Thomas pensò di aver capito male. "Ray fish?"chiese. In Germania solo i ristoranti più esclusivi avevano, di tanto in tanto, piatti con la razza nel loro menu, ma lì, in quella catapecchia con la palizzata di legno? Possibile? "Eccome!" confermò l'altro.

Aha.

Non aveva mai assaggiato la razza, aveva però sentito dire che se l'esemplare è particolarmente grande si mangiano solo le ali, e che se è appena pescato ha le carni tenaci. Deve avere al massimo cinque o sei giorni, non di più. Thomas evitò di chiedere questi particolari. E poi, per parlare con cognizione di causa, prima doveva provarla. Quindi ordinò la razza e, visto che c'era, anche del palombo.

Poco dopo portarono il pane con diverse salsine, poi un enorme vassoio di antipasti, e il vino che aveva ordinato Barry.

A poco a poco la conversazione si fece più animata, anche se Mirjam ancora non aveva aperto bocca, ma era rimasta graziosamente in silenzio.

"Dove vi siete conosciuti?" chiese a un certo punto Thomas, visto che ormai avevano terminato il primo.

Charly calò subito la sua manona abbronzata sul polso esile di Mirjam, evidenziando un sottile, scintillante braccialetto d'oro. "Io sto da solo a Monaco. Dopo che mia moglie s'è data, in pratica ho perso anche la serva. La casa all'improvviso era tutta un finimondo. Così ho dovuto darmi una mossa e ho messo un annuncio." Accarezzò Mirjam con sguardo innamorato. "Ed è arrivata lei!"

"Aha", disse Thomas, mentre Mirjam non faceva una piega.

"Sì. Appena l'ho vista, le ho dato subito venti euro all'ora, che è molto di più della tariffa normale, come poi mi hanno detto." La guardò di nuovo. "Ma io non avevo nessuna esperienza perché, fino a quel momento... sì come ho già detto, mia moglie..."

Thomas annuì, e Barry ordinò altro vino.

"Già. È venuta a fare le pulizie. Anche tutto il giorno. Una volta, però, sono tornato a casa e lei era al pianoforte. Porca miseria, suonava così bene che ho pensato: è sprecata come donna delle pulizie."

Thomas fece un cenno di approvazione.

"Da quel momento, i venti euro glieli ho dati per suonare il piano, e mi sono cercato un'altra donna per fare i mestieri, ma a dieci euro l'ora!"

"Bel colpo!" disse Thomas.

Mirjam giocherellava con il bicchiere.

"Esatto. E poi, siccome io qui c'ho un appartamento al mare, è successo che le ho chiesto se voleva venire con me in Portogallo a prendere un po' di sole, a fare shopping, a mangiar bene, cose così..."

"E l'idea dello shopping le è piaciuta?" chiese Thomas, senza malizia.

"Eccome!" Charly annuì. "Oggi siamo rimasti ore e ore da Prada. Non mi immaginavo nemmeno che si potesse stare tanto in un negozio. Lasciandoci tutti quei quattrini!"

"Già, già, immagino." Thomas lanciò un'occhiata a Mirjam. "Ma l'abito le dona!"

"Infatti!" Charly sorrise. "E non è neanche costato tremila bigliettoni come ieri da Gucci!"

"Diciamo che l'aumento salariale è stato notevole!" Thomas levò il bicchiere. "I miei complimenti!"

Mirjam continuò a non reagire e Charly non afferrò la battuta perché in quel momento si intromise Barry, proponendo di cambiare locale: ormai avevano mangiato squisitamente, era ora di passare a un bar molto simpatico nelle vicinanze.

Thomas fece un gesto, a significare che si chiamava fuori. Era in giro dalle prime ore del mattino, doveva ancora digerire tutte le novità e moriva dalla voglia di buttarsi sul suo lettone con il baldacchino e le lenzuola inamidate. Magari poi, prima di andare a dormire, avrebbe anche fatto un tuffo in piscina, visto che non era tanto tardi.

"Chiamo un taxi", disse, e Mirjam, per la prima volta, lo guardò.

"Io invece vorrei andare in un locale", disse in tedesco, con un vago accento dell'Europa dell'Est.

"Uscire un po', andare da qualche parte, dove ci sia un po' di gente ben vestita!"

Thomas le sorrise. "Ha ragione", disse. "Una mise così raffinata merita di essere ammirata da qualche intenditore."

Una volta in taxi, tirò fuori il cellulare e scrisse un messaggino nella luce fioca della tastiera: "I maschietti sono esseri bizzarri. Ci ha mai pensato?"

Eva sentì la suoneria, ma già dormiva. Trovò il messaggio al mattino, quando Flash venne a svegliarla impaziente. Eva trasalì: oddio, non aveva sentito la sveglia? Ma si calmò subito. Era sabato. Che bella giornata! Fatta apposta per dormire a volontà, riposare, stare con le sue figlie, prendere tutto con calma.

Flash grattava la porta.

Si vede che aveva un bisogno urgente. E la coniglietta doveva venir liberata dalla sua gabbia. Ammesso che ci fosse entrata. Dopo la sua spedizione esplorativa di due giorni prima, Saltarella dormiva in casa, ed Eva aveva constatato che era pulitissima. Bastava metterle la cassetta come a un gatto. Flash non ne voleva sapere.

Eva prese la vestaglia e si alzò. Le sette! Di sabato era uno scandalo! Doveva davvero uscire così d'urgenza, Flash, o voleva farla fessa? E un cane non poteva venire addestrato a dormire fino a tardi? E dove diavolo erano le sue figlie, creature appartenenti alla strana razza umana sorda ai bisogni degli altri?

Flash si precipitò giù dalle scale, puntando dritto alla sua scodella in cucina. Era vuota, e lui ci si piazzò davanti, scodinzolando freneticamente, con lo sguardo interrogativo.

"Credevo che tu avessi un bisogno impellente!" Eva era divisa tra rigore pedagogico e intenerimento. "La colazione, più tardi!" annunciò non troppo convinta, e intanto tirava fuori una lattina di cibo per cani. Riempì la scodella e aprì la porta finestra. La gabbia di Saltarella era vuota: ok, evidentemente la coniglietta si era annidata da qualche parte in casa, forse in camera di Toni. Era il caso che si facesse già un caffè? No, aveva ancora sonno, e se non si metteva a fare troppe cose, avrebbe potuto benissimo riaddormentarsi subito. Magari persino riprendere il sogno interrotto. Non si ricordava più bene com'era. Ma era bello, e movimentato. Tornò ancora intorpidita in camera, si tolse la vestaglia lasciandola cadere per terra e si rincantucciò sotto le coperte. Il punto in cui aveva dormito era ancora caldo. Sembrava proprio che il letto la stesse aspettando. Aggiustò il cuscino, e le tornò in mente il messaggino arrivato di notte. Era di Thomas. *I maschietti sono esseri bizzarri. Ci ha mai pensato?* Be', di certo lui era bizzarro… qual è il maschio che fa considerazioni del genere? Per giunta a mezzanotte? Comunque, non aveva proprio nessuna voglia di pensarci, lei lo sapeva già da un pezzo come sono gli uomini. Suo marito, poi, si era rivelato il più bizzarro in assoluto. A quel pensiero, si addormentò.

La svegliò un timido bussare alla porta. Stavolta era Caro. "Sei ancora stanca morta?" chiese. "La colazione è pronta!"

Miracolo! Di solito succedeva solo per la festa della mamma che era, notoriamente, a metà maggio. Forse si erano confuse?

"Arrivo, grazie!" Eva guardò l'ora, erano le dieci. Già meglio. Caro restò sulla porta, mentre Eva si metteva la vestaglia. Sembrava quasi che volesse attaccare discorso.

"C'è qualcosa che non va?" chiese Eva, in piedi davanti a sua figlia, che quel giorno sembrava incredibilmente adulta. Quella era davvero la sua bambina? La piccolina che, ogni fine settimana, arrivava in punta di piedi di primo mattino ad acquattarsi nel lettone, per guardare le nuvole insieme a Gerold? Ogni nuvola aveva una faccia, e per ogni nuvola era in grado di raccontare una storia. Aveva una fantasia vivacissima. E ora, lì davanti a lei, c'era una giovane donna con il viso smunto che non assomigliava minimamente più alla faccina rubiconda, fiduciosa e sognante di quella bambina.

Eva la sfiorò con una mano. "Cosa c'è?" chiese di nuovo, ma Caro scosse la testa.

"Toni è andata in bici dal panettiere. Se non ha incontrato nessuno, sarà qui a momenti!"

Se è andata da Klinsmann, pensò Eva, sarà di certo rimasta intrappolata nella coda di turisti ma, come tutto nella vita, con l'andare del tempo anche la curiosità isterica per la panetteria dei genitori di un allenatore della nazionale è destinata a scemare.

Seguì Caro dabbasso. Avevano persino già bollito le uova, e anche il suo cappuccino con schiuma era in tavola. Eva non voleva fare la parte della prevenuta, ma la tentazione di indagare sul perché di quella novità era grande. Anche lei, quando voleva qualcosa da sua madre, le preparava la colazione. Era un'ottima mossa preparatoria, e a quel punto per il fortunato trattato con tanta gentilezza diventava difficile rifiutare un favore. Eva moriva dalla curiosità.

"Saltarella ha rosicchiato a Toni il cavetto dello stereo", disse Caro. "Nel caso che tu ti stupisca del silenzio che c'è in casa!"

Già, in effetti! Mancava qualcosa, ma Eva non aveva realizzato cosa. Represse una risata.

"Eh be', sai come sono i conigli..." si affrettò a dire, e a quel punto le vennero in mente le foto che aveva fatto a Flash e Saltarella. "Aspetta, ho qualcosa per voi!"

Erano veramente riuscite benissimo. Saltarella spariva quasi nel pelo di Flash, bisognava osservare la foto con grande attenzione per scovarla.

Caro ne fu felicissima, ma le restò un'espressione strana sulla faccia.

Eva si sedette e fece un gesto ampio, indicando tutta la tavola: "Siete state davvero brave! Persino ai fiori avete pensato!"

"Be'...", fece Caro, sistemandosi una ciocca di capelli dietro l'orecchio, "In giardino non ce ne sono ancora molti!"

Entrambe fissavano i ranuncoli nel vasetto, e all'improvviso Caro disse: "Il papà non torna più, vero? Si è rifatto una vita in Asia e ci ha mollato qui!"

Eva deglutì. Era da Natale che voleva affrontare l'argomento, ma non sapeva come. Dopo tutto Toni aveva solo quattordici anni, come faceva a spiegarglielo? In quel momento si sentì la porta che si apriva. Prima o poi doveva pur parlarne, pensò Eva, e la cosa migliore era che fosse lei a farlo. Non che ne sapesse poi molto, ma almeno, da ieri, una cosa era certa: voleva il divorzio.

Toni entrò con la faccia congestionata e un fare teatrale. Lanciò il sacchetto del pane in tavola esclamando: "*Et voilà*! Appena tolto dal forno! Servizio a domicilio!" Ridacchiò, poi guardò a turno le loro facce. "Che succede?"

Caro sistemò i panini in un cestino. "Stiamo finalmente parlando di papà!"

"Ah!" fece Toni. Si tolse la giacca, la appese sullo schienale della seggiola e si sedette. "Quello si è dato!"

"Puoi dirlo!" Eva si cercò un panino al sesamo, se lo mise nel piatto e poi guardò in faccia le sue figlie. "Io ne so più o meno quanto voi. Certo, potremmo anche metterci a fare delle ricerche. Ma mi pare che, ormai, il concetto sia chiaro. Dopo lo tsunami, il suo compito era terminato, ma ha continuato a trovare scuse per restare. Ho saputo dal Coordinamento centrale che la sua presenza in Asia non era più assolutamente necessaria. Ma erano molto reticenti nelle spiegazioni... presumo che, nel frattempo, fosse già circolata la voce..." Eva fece una pausa, in attesa di reazioni, ma la faccia delle sue figlie rimaneva ermetica. "Be', insomma, all'inizio qualche volta telefonava, raccontando sempre nuove balle su fantomatici progetti che doveva assolutamente seguire, poi le telefonate sono diventate sempre più rare. Alla fine si è licenziato e il conto su cui veniva versato lo stipendio prima è stato prosciugato, poi, dopo Capodanno, estinto."

"Anno nuovo vita nuova, per lui", commentò Toni, ed Eva notò quanto quell'osservazione fosse dolorosa per quella sua figlia che di solito ostentava modi da maschiaccio.

"Tabula rasa, con l'anno nuovo", disse Caro.

"Mi spiace così tanto!" Eva prese le mani delle sue figlie. "Avrei tanto voluto per voi una vita diversa! Non riesco a capire cosa gli è preso. Non mi ha mai detto niente. Ogni volta che cercavo di toccare l'argomento, quando chiamava, buttava giù il telefono. Nell'albergo dove alloggiava fino a Natale non c'è più. Nessuno sa dove sia finito!"

"Di certo non è stato rapito!" Toni fece un profondo respiro. "È molto semplice: era stufo di noi!"

Eva le strinse forte la mano. "Non dipende da voi. Voi siete due ragazze stupende! È una faccenda che riguarda lui solo. Era frustrato. Insoddisfatto del suo lavoro, del suo paese, dei suoi connazionali... Diceva che sono una massa di perbenisti, di burocrati, di lecchini. Era stufo di sovvenzionare con le sue tasse uno stato che ha impiegati e funzionari in sovrabbondanza e allo stesso tempo un'enorme carenza di asili... Non riusciva ad andare d'accordo con dei manager che antepongono i propri sporchi interessi al bene dei loro dipendenti. Diceva che i politici sono tutti marci e che il sistema scolastico è allo sfascio. E si sentiva impotente. Per questo ha gettato la spugna."

Per un po' nessuno parlò.

"In effetti, però, ha ragione!" disse poi Caro. "Ha ragione quasi in tutto!"

"Perché quasi?" chiese Toni.

"Perché, tu ti senti una perbenista, burocrate e lecchina? Non credo. Eppure sei tedesca anche tu. E la mamma pure!"

"Ok", ammise Toni. "Di certo non intendeva noi. Solo i tedeschi sopra i quaranta!"

"Grazie!" disse Eva.

"Tu non hai ancora quarant'anni", la rabbonì Toni, "ne hai solo trentotto!"

"Meno male", Eva sorrise. "Però sono perbenista abbastanza da voler dichiarare finito il mio matrimonio. Se voi siete d'accordo!"

"Vuoi il divorzio?" Toni tagliò un panino e tenne gli occhi bassi. "Io pensavo che noi fossimo una famiglia, che avessimo il nostro nido, che ci volessimo bene, e adesso... La metà dei genitori, nella mia classe, sono separati!"

Caro sospirò. "Be', non è che fosse poi così presente!"

"È vero, non c'era spesso, ma con regolarità!" Eva raddrizzò la schiena. "Rifletteteci su. E poi riparliamone."

"E, dopo che hai divorziato, ti fidanzi con qualcun altro?" chiese Toni, appoggiando il coltello.

"Solo se voi siete d'accordo!"

"Con il tipo dell'ospedale?"

"Ma se lo conosco appena!"

"Vi vedete?"

"Andremo insieme alla festa di primavera!"

"Non è sposato?"

"No, che io sappia!"

"Controlla!"

"Grazie", disse Eva, senza riuscire a trattenere un sorriso. "Controllerò con la massima attenzione!"

Toni era stata in giro con Flash tutto il pomeriggio ed era tornata a casa con svariati acquisti. Adesso erano già arrivate le amiche per la serata home video. Caro aveva riparato il cavo dello stereo, poi si era chiusa in camera a sgobbare, ed Eva aveva sfruttato la giornata per fare di nuovo un bel repulisti. Ora era in bagno. Si raccolse i capelli in uno chignon. Era quello il bello del suo mestiere: in un batter d'occhio era in grado di cambiare una fisionomia, e rendere qualcuno subito elegantissimo, provocante, o acqua e sapone. Oggi le andava il genere Audrey Hepburn. Le piaceva da matti la pettinatura che aveva in *Colazione da Tiffany*. Anche senza essere tanto rigorosi, veniva sempre benissimo. E, visto che c'era, tirò fuori una lunga collana di perle, se la girò tre volte intorno al collo, e si mise un tubino nero. Non andava a una prima, per cui non sarebbe stato necessario. Per prudenza, prese anche lo scialle di cachemire rosso che le aveva regalato Gerold al suo ultimo compleanno: di certo la serata sarebbe stata fresca. Ecco, un ultimo tocco di rossetto scarlatto. Stava proprio bene. Trentotto anni! Ne aveva ancora tante da vedere!

Entrò in garage facendo attenzione a non strusciare il cappotto né contro la fiancata dell'auto, né contro la parete e stava per aprire la portiera, quando lo sguardo le cadde sul parafango di sinistra. Aveva uno strano aspetto. Sarà stato per via della luce? Eva non vedeva bene. Portò fuori la Golf piano piano, scese. Era vero! Il parafango davanti, a sinistra, era tutto graffiato e ammaccato.

Come era potuto succedere? Dove era andata ieri?

Ma non sembrava che fosse la conseguenza di uno scontro, bensì piuttosto, come se, nelle manovre per parcheggiare, il parafango avesse strusciato contro un muro. Lei non aveva affatto parcheggiato accanto a un muro. Di certo non sotto la sede della televisione. Eva guardò verso casa. Si era mosso qualcosa dietro una finestra, o era solo un riflesso?

Poteva magari essere che... Eva richiuse la portiera e tirò fuori di nuovo le chiavi di casa.

Caro la aspettava già davanti alla porta della sua camera, sul primo gradino delle scale. "Volevo dirtelo stamattina", attaccò, "ma poi, non so perché, non ce l'ho fatta!"

Aha, pensò Eva. Dunque non era Gerold a starle così a cuore, quella mattina. Eva si fermò due gradini sotto di lei. "Finalmente ti sei decisa a parlare?" chiese.

Caro lanciò un'occhiata alla porta di Toni, socchiusa, e rispose: "Vieni in camera mia?"

Eva annuì, le andò dietro e si sedette sul letto di Caro.

Caro prese la sedia dalla sua scrivania. Si era legata i capelli a coda di cavallo, ed era veramente pallida e magra da far paura.

"È qualcosa che riguarda la scuola?" chiese Eva. Poteva anche darsi che fosse semplicemente sovraffaticata. Con lei si era sempre portati per principio a credere che tutto andasse liscio.

"No, riguarda Ben!"

"Ben?" Eva sentiva quel nome per la prima volta.

Caro si bloccò. "Non dovevi andare a vedere il musical?"

Eva abbassò gli occhi. "Credo che adesso sia più importante Ben di *Elisabeth*. Allora, cosa è successo con Ben? E, soprattutto, *chi è* Ben?"

Sua figlia si passò una mano sulla guancia. Quel gesto intenerì Eva, perché lo faceva sempre da piccola. Quando era stanca, imbarazzata, incerta. Probabilmente adesso stava cercando il modo migliore per cominciare.

"Be'..." disse. "Ben studia. Fa economia qui, all'università. L'ho conosciuto in un bistrò. È un tipo incredibile, allegro, strafigo, intelligente... insomma, perfetto. Il mio ideale di ragazzo." Fece una pausa, si passò di nuovo la mano sulla guancia e guardò sua madre. "Ha solo un problema. Cioè, io ho un problema! È bravissimo a raccontare storie. Peccato che non siano mai vere!"

Gli occhi le si riempirono di lacrime. "È terribile!" esclamò, sforzandosi di controllarsi. "Io sono presissima, e ho pensato: ci siamo! È il tipo giusto. E volevo anche farlo venire a casa, fartelo conoscere ecc. ecc. Come ha fatto Toni con Sven. È così bello stare tutti insieme..." Tirò su con il naso, e per la seconda volta in quel giorno Eva strinse forte la mano a una delle sue figlie. "E poi vengo a sapere da altri che è un gran raccontapalle!" Aveva le guance inondate di lacrime. "Ha un'altra! Anche se l'ha negato e mi ha detto che sono isterica e morbosamente gelosa!" Si asciugò le lacrime. "Io? Isterica e gelosa? Che assurdità!"

"E così hai preso la macchina!" disse Eva, trattenendo il fiato. "Ma non hai la patente!"

"No, non ce l'ho... però ho già guidato. E fino a un certo punto è andata bene, ma poi..."

"Già!" Eva non voleva neanche pensare al costo della riparazione. E poi, prima ci volevano gli pneumatici nuovi. Per i ritocchi estetici i soldi non li aveva. "E hai visto quello che volevi vedere?"

"Aveva le persiane abbassate. Ma davanti a casa sua c'era una Mini parcheggiata. E stamattina dalla porta è uscita una ragazza."

"Casa *sua*? Ma come, abita da solo?"

"In casa della madre. Ma la madre è sua succube!"

"La madre è sua succube?" Eva era sempre più stupefatta.

"Sì, quel tipo di madri che stravedono per il figlio e mentono per lui, e vogliono proteggerlo dal resto del mondo... erigergli intorno barricate inespugnabili!"

"Ma non per quella ragazza, però!"

"È questa la cosa assurda. Ben può fare quello che vuole, sua madre non gli dice niente."

Aha. Dunque una madre che non dice niente non è una buona cosa. Almeno, se è la madre di un altro: buono a sapersi.

"Ma che il fatto di prendere la macchina sia una cosa inammissibile adesso ti è chiaro?"

"Ben abita molto fuori, è impossibile arrivarci in tram. E il bus passa di rado. E io non ho il motorino!"

Avrebbe potuto chiederlo in prestito a Sven, pensò Eva, ma non voleva diventare noiosa.

"D'accordo", proseguì, sentendosi terribilmente pragmatica. "E dunque? Lo hai lasciato?"

"No, come avrei potuto? Non potevo mica dirgli che ero rimasta fino a notte fonda davanti alla porta di casa sua. E lui naturalmente sostiene che ha studiato con una sua compagna di corso, e che non c'è motivo di dare i numeri!"
"Fino a che ora ha studiato?"
"Fino alle due!"
"Ah! Be', darei i numeri anch'io!"

Una volta in macchina, chiamò Inga e le spiegò la situazione, ma senza entrare troppo nei dettagli. Inga era una patita del gossip. Ed Eva non aveva nessuna voglia di darle in pasto il fatto che Caroline fosse andata con la sua Golf, senza patente, ad appostarsi davanti alla casa del suo ragazzo. Si limitò a menzionare un colloquio necessario per via di Gerold. Inga si mostrò più che comprensiva. "Già", disse, "il buon Gerold ci ha colto tutti di sorpresa. Nessuno se lo sarebbe aspettato da uno come lui. Ma chi può mai dire cosa passa nella testa degli altri…"

"Già, anche nella tua... sarai mica un'assassina?" Scherzò Eva, dato che Inga si eccitava per qualsiasi scandalo, ma non sarebbe mai stata in grado di fare qualcosa fuori del comune.

Arrivarono a teatro in tempo per prendere un aperitivo. Era la cosa più divertente, in quelle occasioni: guardare come era vestita la gente, chi c'era, chi non c'era.

"Siamo delle guardone fatte e finite!" ridacchiò Inga, come una teenager, ed Eva pensò che era un vero peccato non avere mai assistito a una prima. "Dev'essere un'esperienza pazzesca vedere i vip tutti in tiro incedere sul tappeto rosso!" disse dando una gomitatina a Inga: "Guarda quella!"

In effetti, la giovane donna davanti a loro era uno schianto. Indossava un abito di lamé argentato, aderentissimo, che lasciava la schiena scoperta. Aveva un fisico perfetto. Un diadema lucente le teneva all'indietro i folti capelli scuri, che ricadevano invece morbidi oltre le spalle.

"Un diadema di diamanti!" sussurrò Inga, rapita. "Che raffinatezza! Farebbe colpo anche a una prima!"

"Un vero spettacolo!" ammise Eva. In effetti le seccava che, tra gli spettatori, fossero sempre in pochi a darsi la briga di mettersi un po' eleganti. "In fin dei conti, anche una serata così è un'occasione mondana", disse. "E immagino che, per gli attori, sia più piacevole vedere un pubblico ben vestito che gente in jeans, che potrebbe benissimo stare in un'osteria!"

"Mi sa però", disse Inga, "che adesso faremmo meglio ad andare ai nostri posti!"

La storia di Sissi, l'imperatrice austriaca ribelle, le conquistò subito, ma Eva rimase particolarmente colpita dal suo aspetto. "Magnifico!" continuava a ripetere. "In generale, scene e costumi sono grandiosi!"

"Non hai mai lavorato per un musical?" le chiese Inga.

Eva scosse dispiaciuta la testa. "La carriera o le figlie! Delle due, l'una!"

"Sei ancora giovane!"

Eva scoppiò a ridere, ma fu subito azzittita da un *pss!* proveniente dalla fila dietro. A che punto erano? Sissi cantava *Non voglio essere ubbidiente, docile e beneducata; non voglio essere modesta, amata e cornificata. Io non sono di tua proprietà, io sono mia...* Le bastò un'occhiata per capire che Inga era totalmente assorbita da quella canzone. Era evidente che sottoscriveva ogni parola, ci aderiva con tutta l'anima. Eva – abituata com'era a lavorare per il mondo virtuale della televisione – non poté fare a meno di sorridere, ma poi fu costretta ad ammettere che anche lei poteva ritrovarsi interamente in quella canzone, anche se in un altro punto: *E se mi vuoi davvero, non tenermi stretta, io non rinuncio alla mia libertà, io sono solo mia!* Perché, all'improvviso, si vedeva davanti Thomas?

Durante l'intervallo Eva fu presa da un vago scontento. "Dev'essere veramente splendido lavorare in un team del genere!" disse.

"Be', di certo anche molto stressante!"

Eva era d'accordo. "Immaginati un po'...", proseguì. "Nel backstage, dietro le quinte, per uno show come questo lavorano sette truccatori. Non è favoloso? Devono essere coordinati fin nei minimi particolari."

Inga centellinava il suo prosecco. "È davvero un porto di mare", disse. "Sai che stress! Mostruoso!"

Eva la pensava molto diversamente. Semmai le pareva mostruoso non esserci anche lei. Le sarebbe piaciuto da matti provare quella frenesia febbrile, dover improvvisare se qualcosa andava storto, o ridere di gusto dalla contentezza quando lo spettacolo si concludeva nel migliore dei modi. A dire la verità, aveva scelto quel mestiere proprio per quello: avrebbe voluto far parte del mondo del teatro, e non limitarsi a incipriare fronti lucide dal sudore.

Era riuscita a realizzare i suoi sogni?

"Questo spettacolo mi rattrista!" disse. "Andiamo a bere qualcosa, dopo, altrimenti attacco a rimuginare!"

"Per carità! Non puoi essere triste proprio tu!" esclamò Inga. "Tra noi due, sei tu quella che cade sempre in piedi!"

Era domenica. Eva poteva dormire a volontà. La festicciola di Toni si era conclusa senza danni. Quattro ragazze significano un mare di chiacchiere, ma niente casino. Eva se ne stava beata a letto, godendosi quell'inizio tardivo di giornata. Chissà perché, non si decideva a fare chiaro, e quella penombra per Eva era l'ideale. Non aveva voglia di fare niente. Solo di lasciarsi trascinare passivamente, di scacciare i pensieri seri, di lasciare ciondolare l'anima. Ma ci riuscì solo fino alle nove. Poi arrivarono mille questioni a darle il tormento. Doveva decidersi per la storia del lungometraggio.

Avrebbe detto così volentieri di sì, ma era impossibile: era in gabbia. Prigioniera dei suoi doveri. Accidenti a Gerold, lui sì che avrebbe potuto darle una mano, e invece cosa aveva fatto, quel maledetto? Se l'era svignata!

Mollandola lì, con baracca e burattini.

Non pensarci, si disse sistemandosi il cuscino. E la sua posata, giudiziosa Caroline? In piena notte, senza patente, davanti a casa del suo bello, solo perché è rosa dalla gelosia? Appostata lì a spiare, manco fosse dei servizi segreti, e con quale risultato? Che non ne aveva ricavato nessuna certezza, solo una bella ammaccatura alla sua auto.

Si girò sulla schiena, cominciava ad aver voglia di un caffè.

Le tornò in mente il lavoro con Tom, una bella stranezza anche quella. E Thomas. Non aveva mandato più neanche un messaggino? Per tutto il giorno? Roba da matti! Cercò il cellulare e rilesse i messaggi ricevuti: *I maschi sono esseri bizzarri. Ci ha mai pensato?*

Ah, già! Non gli aveva ancora risposto, anche se ci aveva pensato. Dunque, era lei in colpa. *Ci penso, eccome! Notte e giorno, ma senza risultati,* scrisse in un afflato di sarcasmo mattutino. *Forse può darmi una mano lei?*

In Portogallo non erano le nove, bensì le otto, e Thomas dormiva ancora. Il giorno prima si era applicato al massimo nella sua ora di golf, nel pomeriggio era andato in spiaggia, la sera aveva rifiutato tutti gli inviti ed era rimasto a godersi la serata sulla terrazza dell'hotel. Il tramonto era magnifico, la cena anche, ma gli mancava qualcuno con cui parlare. La solitudine gli rovinava buona parte del piacere. Era insopportabile non avere nessuno con cui consigliarsi sulla scelta dei vini o delle portate, e antipatico continuare a fissare gli altri che chiacchieravano o mangiavano. Alla fine della cena si sentiva come un vecchio psicanalista: sapeva tutto della dinamica delle coppie. Alcune si sopportavano a stento, in altre la donna faceva i salti mortali e l'uomo si compiaceva nella parte del macho, in altre ancora era lui disposto a tutto e lei gelida. Gli piaceva soprattutto una coppia di sessantenni, che di certo ormai si conoscevano come le proprie tasche, ma avevano entrambi un modo di trattare l'altro gentile e caloroso. E argomenti di cui parlare per tutta la serata. Eppure non erano particolarmente belli, né eleganti: di sicuro non erano clienti di Prada.

Ridacchiando tra sé, Thomas si era chiesto se fosse il caso di andare in qualche locale. O almeno a Faro. Una botta di vita. Ma poi aveva bevuto un bicchierino di Porto e aveva sentito una piacevole spossatezza, impossibile da vincere.

La suoneria del cellulare non lo svegliò. A svegliarlo fu un tonfo in piscina, seguito da urla e risate. Aprì un occhio e rifletté se voleva davvero alzarsi. No, in effetti. Dalla porta finestra del balcone entrava un venticello fresco, e sotto la coperta si stava a meraviglia. Era una sensazione piacevolissima, insieme soprattutto a quella di non avere impegni tra capo e collo. Neanche un appuntamento, un dovere, solo divertimento. Rimase a lungo disteso, guardando il soffitto. Aveva quarant'anni. A quel punto della sua vita riusciva benissimo a concepire l'idea di vivere altrove. Lo stile di vita dei portoghesi gli piaceva. Il paesaggio pure. Sulla gente ancora non aveva una vera opinione, finora aveva incontrato solo turisti. Ma in Portogallo si costruiva troppo. Lì davanti, sulla costa, c'erano alcune ville, eleganti, ben tenute, con bellissimi giardini. In seconda e in terza fila, però, spuntavano come funghi casette su casette, tutte pigiate e strette come favi in un alveare. Per lui era inconcepibile. Ma come, uno lasciava l'incubo della villetta a schiera per venire fino a lì, gomito a gomito con i vicini? Vicini di sopra, vicini di sotto... possibile che l'essere umano sia così abitudinario, che una volta costretto a vivere come una sardina poi non desideri altro?

Avrebbe preferito comprare nell'entroterra. Una casetta in stile *hacienda*, con un giardino e un frutteto, degli animali e un trattore. E sarebbe andato sempre in giro in motorino. Si stiracchiò.

Lì vicino c'era un lago, gli avevano detto, e quel giorno intendeva andare a vederlo, esplorando un po' l'entroterra, per fantasticare di investimenti nell'edilizia. Sogghignò e prese il cellulare per guardare l'ora. Oh, un sms!

Eva. Thomas si interrogò. Gli interessava davvero? Provava davvero qualcosa? Non ne era poi così sicuro. Sì, gli piaceva, era attraente, fresca e non gli sarebbe dispiaciuto un contatto più ravvicinato, ma non si fidava troppo dei suoi sentimenti. Era solo lo spirito del maschio predatore o c'era dell'altro?

Ci penso, eccome! Notte e giorno, ma senza risultati. Forse può darmi una mano lei?

Oddio, cosa aveva scritto? *I maschietti sono esseri bizzarri.* Che razza di idea gli era venuta? I maschi erano congegni semplicissimi, una volta capito questo era facilissimo farli funzionare. Era il caso, però, di scriverlo a Eva? Non aveva nessuna voglia di incrinare il mito del maschio. Gli ripugnava scrivere: basta agire su tre leve – sesso, buona tavola e avventura – e il gioco è fatto. Almeno nel suo caso, visto che a lui le avventure piacevano. Ad altri, naturalmente, di meno, e allora i tre tasti erano: sesso, buona tavola e vita abitudinaria. La cena alle sette in punto, sabato allo stadio, domenica al ristorante, lunedì alle sette al lavoro. Poteva anche risponderle: *Gli uomini amano lo sport, la cultura e le discussioni impegnate.* Ma era credibile? Forse solo per lo sport. Quindi doveva fare un misto: gli uomini amano la buona tavola, lo sport e le belle donne... perché sono animali visivi.

Ottimo. Digitò veloce: *Buongiorno, Eva! Volentieri le do una mano. Gli uomini fondamentalmen-*

te sono animali visivi. Vedono di buon occhio le belle donne, una birretta fresca e una bella bistecca. O un'abbondante colazione, come sto per fare... Saluti T.

La risposta arrivò incredibilmente presto: *Animali visivi? Ok. Prima buttano l'occhio, e poi devono pure allungare le mani?!? E smontare sempre tutto, a costo di non saper più rimettere insieme i pezzi? Così qualche donna resta disastrata a vita...! Saluti E.*

Accidenti. Si era messo nei guai. Il discorso era virato sul filosofico. O forse Eva intendeva parlare fuor di metafora? In ogni caso, il terreno era minato. Doveva in qualche modo aggirare l'ostacolo. *Allungare le mani può essere bellissimo!* scrisse. *Lasciarsi accarezzare dai raggi del sole...*

Be', pensò mentre inviava il messaggino, adesso la fai finita! Altro che raggi del sole, intendeva qualcos'altro! E portò la sua erezione sotto la doccia.

Lasciarsi accarezzare dai raggi del sole? A Eva sembrò un pensiero stupendo. Si stiracchiò nel letto e guardò fuori. Di sole non c'era traccia, ma la stagione era ancora indietro. In estate, in effetti, i raggi penetravano nella sua stanza riempiendola di bagliori e facendo assumere al parquet una tinta calda. Le piaceva tanto, le ricordava quando, da piccola, giocava nel giardino di sua nonna, tra un ronzare e uno svolazzare di insetti.

Ma detto da un uomo? O Thomas era troppo sensibile, o sapeva fingere alla perfezione, o era gay. Buttò da parte le coperte. Di qualche carezza avrebbe avuto un gran bisogno, ma in mancanza di quello andava bene anche un bel caffè.

Poi rispose: *I raggi del sole vanno benissimo, ma anche le mani di un uomo dovrebbero sapere accarezzare, se non sbaglio. Buona colazione!*

Thomas lesse il messaggino mentre andava in terrazza e ne fu contento: prometteva bene! Eva avrebbe anche potuto puntare solo sui raggi del sole, pigiando il tasto della variante platonica. Gli tornò in mente una frase di Joan Lunden, la speaker americana divenuta famosa con *Buongiorno, America: Le opportunità sono come l'alba. Chi aspetta troppo, le manca.* Al momento buono, una citazione da usare.

Il tragitto verso il lago fu di grande soddisfazione, proprio come si era immaginato. Bastava allontanarsi di pochi chilometri dalla costa, e tutta quell'immensa cementificazione finiva, per lasciar posto a piccoli villaggi, come sbucati dal nulla. E dalla strada principale si diramavano uno dopo l'altro dei viottoli, appena transitabili, che risvegliavano tutta la sua curiosità. I cartelli con la scritta PROPRIETÀ PRIVATA respingevano e attiravano al tempo stesso. C'erano anche delle insegne che annunciavano la presenza di *haciendas* dai nomi squillanti, ma dalla strada non si vedevano. Peccato non avere un piccolo elicottero per una visione d'insieme dall'alto!

Si consolò con il pensiero che presto si sarebbe seduto in riva al lago, a bersi una bella birra, magari immergendo i piedi nell'acqua. La delusione fu grossa. La strada terminava presso un piccolo ristorante, piuttosto lontano dal lago. Thomas non ci voleva credere e imboccò un'altra strada, che però era sbarrata, con tanto di cartello PROPRIETÀ PRIVATA. Poco male. Ma purtroppo il giardino del ristorante, con le sue seggiole di plastica e i tavoli scoloriti, aveva un aspetto così poco invitante da indurlo a fare dietro front e a tornare sulla costa.

Per consolarmi me ne vado a Luz, pensò. Sulla sua guida era descritto come un tipico villaggio di pescatori, e Thomas si immaginò una pittoresca viuzza sul mare con tante piccole *bodegas* e caffè, un paio di boutique e qualche barca sulla spiaggia. Quando ripartì si diede del coglione sentimentale. Forse aveva una fantasia troppo vivace, o la sua guida era fottutamente invecchiata, o ancora cacciava un sacco di balle. La fortezza di Luz era bella, non c'è che dire, ma nel ristorante vicino servivano solo il pranzo, niente birre.

Thomas percorse la viuzza che portava al mare, poi tornò sui suoi passi e si mise di nuovo in macchina.

Dov'era Barry? Aveva bisogno dei suoi consigli!

Alle quattro, puntuale, Thomas era al campo pratica. Non faceva più tanto caldo, si era un po' rannuvolato, ma la temperatura era sempre estiva. Thomas si era messo una polo leggera e dei bermuda e si sentiva già un mezzo professionista. Barry era di ottimo umore, come sempre. Elogiò i suoi progressi e gli chiese se aveva voglia di una grigliata, quella sera. A Odiáxere, alla Quinta das Barradas. "Dimenticati quello che sai sulle grigliate!" gli disse Barry. "Lì il cuoco arrostisce il pezzo intero, mica delle fettine!" Improvvisamente Thomas non riuscì più a colpire una palla. Era una specie di maledizione. Fino a quel momento ci riusciva, addirittura faceva un bel *plong!* quando la colpiva, adesso invece con un misero *ping* la palla sbandava.

"Accidenti, Barry!" disse, e Barry gli correggeva imperterrito la posizione e lo ammoniva a non avventarsi sulla palla, bensì a colpirla con una mossa lieve e disinvolta.

Thomas se la prese con se stesso, e più se la prendeva, più si avventava. Quel movimento cui non era abituato gli costava fatica, era fradicio di sudore, e appena riuscì finalmente a mettere a segno un punto, decise di smettere subito.

"Dai, ancora!" gli disse Barry, incoraggiante.

Ma Thomas scosse la testa. "Mai esagerare, e poi parli come la mia amante!"

Barry rimase lì un attimo, poi scoppiò in una fragorosa risata. "Sì, e con ciò?" disse. "Dovresti solo esserne contento! Per alcuni è un miraggio!"

"Sì, ma non tutte le volte, diventa una tortura!"

"Detto *inter nos*, a me non pare affatto una tortura!"

"Allora, forse tu lo fai in un altro modo. A me dopo piace starmene un po' in pace. Dormire, guardare la tv, bermi una birra. Se proprio devo, anche fare due chiacchiere, ma non con una che picchia i pugni contro il bordo del letto!"

"Cosa?" Barry era divertitissimo. "Stava lì a picchiare i pugni sul bordo del letto?"

"Esatto, fissando il mio coso!"

"Be', in effetti non si rizzerebbe più neanche a me!"

"Cosa ti dicevo!"

Barry scosse il capo ghignando. Era chiaro che aveva memorizzato quell'aneddoto sul suo disco fisso.

"Vuoi che passi a prenderti?" chiese, e Thomas annuì. Così lui poteva alzare un po' il gomito, Barry invece no.

Barry arrivò puntuale, e Thomas si stupì di nuovo di riuscire a sedersi dentro la sua minuscola utilitaria. "Sei comodo?" gli chiese Barry, e Thomas si affrettò ad annuire. Si sentiva benissimo. Soprattutto all'idea di carni succulente. Viaggiavano in direzione di Portimão. Thomas aveva l'impressione di avere già percorso quel tratto. Riconobbe il grande mulino a vento, sì... era passato proprio da lì quel pomeriggio, di ritorno dalle sue esplorazioni. Barry imboccava disinvolto strade e stradicciole, finché svoltò in un viottolo pieno di buche, in tutto e per tutto simile a uno di quelli visti quel pomeriggio con il cartello PROPRIETÀ PRIVATA. E in effetti, in fondo c'era una *hacienda*, piccola e pittoresca, proprio come se l'era figurata Thomas. La casa era una costruzione in stile moresco, con una grande terrazza e un giardino fantasioso, dove si trovava anche un bello stagno. Sul prato ben rasato non c'erano cartelli che vietavano di calpestare le aiuole, bensì bambini che correvano all'impazzata insieme a un cane, tuffandosi di tanto in tanto in acqua per cercare un po' di fresco.

Thomas rimase colpito. I tavoli sulla terrazza erano apparecchiati con cura e c'erano già anche dei clienti che chiacchieravano bevendo un aperitivo. Ma la cosa più piacevole era il profumo speziato che aleggiava intorno.

"Sentì un po' che profumino!" esclamò Thomas con l'acquolina in bocca. Una giovane donna si avvicinò con un vassoio, e Barry prese una coppa di spumante. Thomas ordinò una birra. Non ci trovava niente nello spumante, soprattutto quando ad aspettarlo c'era carne alla brace.

Il cuoco, che era anche il padrone dell'*hacienda*, stava davanti a un enorme grill e metteva in bella mostra le sue carni: agnello, manzo, maiale, coniglio, pollame.

"Uno spiedino?" chiese. "O una costoletta di agnello? Costine di maiale? Tra poco è pronto anche il pezzo intero!" e fece segno dietro di lui.

Thomas non faceva altro che annuire. "E questo cos'è?"

"Sono delle melanzane al cartoccio, e queste delle patate arrosto."

Thomas non riusciva a tenersi. Fece quello che, visto fare dagli altri, gli pareva terribilmente maleducato e cafone: si riempì un tale piatto di carne che fu costretto a prenderne un altro per le melanzane e le patate. Stava cominciando a sospettare che sarebbe tornato a casa con tre chili di troppo, e senza aver imparato a giocare a golf.

Si era appena seduto e stava per sferrare l'attacco alla sua bistecca, quando una coppia in arrivo attirò tutti gli sguardi.

"Ah, vengono anche Mirjam e Charly?" chiese a Barry, che stava a sua volta sedendosi con un piatto che non sfigurava accanto al suo.

Barry si cacciò in bocca una carotina e si girò.

In effetti, anche se contro luce non era facile distinguere bene le persone, dal modo in cui la figuretta snella arrancava sui tacchi lungo il viottolo sassoso, non potevano esserci dubbi: erano loro. Lei si avvicinò con la faccia seccata. Charly era di nuovo nella parte del cavalier servente, accomodò la sedia per Mirjam e fece un sacco di chiasso, specie all'arrivo dello spumante.

"Oh no!" tuonò. "Noi due beviamo champagne, perché oggi è un giorno speciale!"

"Ah, davvero, e perché?" chiese Thomas. "Siete stati da Dolce & Gabbana?"

Mirjam lo fulminò con un'occhiata, ma Thomas fece finta di niente.

Charly scoppiò a ridere. "No, oggi c'è la luna piena. E le notti di luna piena sono fatte per gli amanti."

Mirjam distolse ostentatamente lo sguardo, e Barry fece l'occhiolino a Thomas. Era lampante quello che pensava, e per di più prese a tamburellare con le dita sul tavolo. A quel punto anche Thomas scoppiò a ridere, benché avesse già infilzato sulla forchetta un pezzo di carne e morisse dalla voglia di mangiarlo.

La carne era ottima. Il maialino semiselvatico portoghese aveva un gusto pieno e aromatico, molto più prelibato di quello di casa. Ma forse dipendeva semplicemente dal forno. O dall'aria. O dal cuoco, che continuava a indurre tutti in tentazione con nuovi assaggi, spiegando ogni volta accuratamente che carni stava offrendo.

A un certo punto però anche Thomas dovette alzare bandiera bianca. Mirjam aveva mangiato solo un'insalata. Charly si era divorato quasi un intero arrosto, Barry pareva convertito al vegetarianesimo, e offriva la poca carne che aveva sul piatto ai gatti in attesa.

"Da dove arrivano tutti questi gatti?" chiese Thomas, stupito da quanti ne erano comparsi.

"Sono del padrone", disse Barry. "Ne ha presi quindici dalla strada, ha fatto castrare i maschi e ha accolto anche quel cane che zoppica perché è stato investito da una macchina. Mi sa tanto che spende dal veterinario la metà di quello che guadagna."

Thomas era molto colpito. Lui non avrebbe mai potuto fare una cosa del genere: un animale è una grossa responsabilità, e limita la libertà personale, ma un battaglione come quello era uno spettacolo. Doveva assolutamente scriverlo a Eva. Non aveva anche lei un debole per gli animali?

Barry aveva già ordinato grappa a volontà per favorire la digestione. Gli toccò anzi berne due, perché Mirjam non la voleva. Quel giorno viveva di insalata e champagne. Thomas si fece dare il conto: sì, lo champagne era un fuori programma, ma non valeva la pena parlarne... e, comunque, era meno di quanto pensasse. Allora andò dal cuoco e gli mise in mano una banconota. "Il mio contributo per la prossima parcella del veterinario", disse, sentendosi un po' meschino. C'era chi se la cavava con i soldi, mentre altri si impegnavano in prima persona.

Mirjam cercò di rimettersi in piedi e si lagnò con Charly per il fatto che quel terreno sconnesso le rovinava le scarpe.

"Tanto domani te ne compra un altro paio!" mormorò Thomas, beccandosi un "Sei pazzo!" sibilato da Charly.

Barry si mise di nuovo alla testa della combriccola. Conclusero la serata in un bar che avrebbe potuto benissimo essere in Irlanda. C'era musica folk, e i tipi dietro il bancone parevano boscaioli, anche se di sicuro non lo erano.

"Ci sarà qualcos'altro, oltre al whisky?" chiese Thomas a Barry, prima di dare un'occhiata alla lavagnetta su cui erano scritte con il gesso le specialità del giorno.

"Perché?" gli ribatté Barry. "Esiste altro?" Thomas si strinse nelle spalle. Tanto non guidava lui, poteva anche scolarsi tutto il whisky che voleva.

Barry ordinò tre Guinness e lanciò uno sguardo interrogativo a Mirjam. Stava appollaiandosi su uno sgabello, e si dava un gran daffare per sistemarsi l'abito nei punti giusti. Era evidentemente un capo che rendeva al massimo in piedi, non da seduti. Il rosa abbagliante che nell'*hacienda* era apparso un po' strano, qui sotto le luci del bar donava moltissimo alla sua abbronzatura.

"È davvero strepitoso!" disse Thomas, rivolto a Charly.

Lui annuì. "Con i soldi di quell'abito in Portogallo un'intera famiglia campa alla grande per un mese!"

Mirjam, sempre affaccendata con il suo vestito, chiese la carta delle consumazioni.

"Ma chi te lo fa fare? Voglio dire, mica ti costringe nessuno, sei tu che la vuoi riempire di regali!"

"Sì, è vero, in media duemilacinquecento euro. Al giorno!"

Thomas restò senza fiato. "Porca miseria!"

Arrivarono le Guinness, brindarono, e Thomas bevve un sorso, riappoggiò il bicchiere e gli chiese: "Per meno non si concede?"

"Come ti permetti!" protestò Charly. "Macché! Non è mica una di quelle! Altrimenti mi accontenterei di molto meno!"

"E allora, se non è una di quelle, che tipo è?" chiese Thomas, dopo essersi asciugato la bocca con il dorso della mano. Girava le spalle a Mirjam per non farsi sentire.

"Vorrei tanto farmi accettare!"

Senza volerlo, Thomas fece un passetto verso di lui: credeva di aver sentito male. "Vuoi farti accettare? A colpi di duemilacinquecento euro al giorno?"

Charly lanciò un'occhiata timorosa verso Mirjam, che però era impegnata in un'accesa conversazione con il barman. Era un ragazzo della sua età e le lanciava occhiate incendiarie nella scollatura. "Ma ti assicuro, non è una di quelle!"

"Cosa... cosa intendi?"

"È una faccenda più complessa!"

Thomas bevve un altro sorso. In verità gli veniva da ridere, ma la faccia da cocker triste di Charly lo frenò.

"Dunque, intendi dire che devi offrirle di più. Più cultura, forse, visto che suona così bene il piano? Forse non ha poi tutta questa voglia di fare sempre shopping e si sente in qualche modo costretta da te?"

Charly gli si avvicinò, con il bicchiere di birra in mano. "Ecco, è proprio questo il punto", disse piano. "Io non voglio costringerla. È lei che deve venire da me spontaneamente."

Thomas lo guardò. Gli si leggeva in faccia tutta la permalosità dell'uomo anziano, la paura di essere disprezzato da quella creatura della sua fantasia. Era inutile tentare di aprirgli gli occhi.

"È lei che deve venire da te?" ripeté Thomas, osservando Mirjam con la coda dell'occhio.

Parlando con il barman era rifiorita. La signorina riservata e snob si era trasformata in una ragazza frizzante e allegra.

"Il che significa che le stai facendo la corte dal primo giorno, in attesa che sia lei a fare il primo passo. Vero?"

"Sì". Charly annuì controvoglia e si avvicinò ancora. "Magari puoi parlarle tu? Restiamo solo fino a domani, poi partiamo."

"Io?" Thomas guardò Barry, ma Barry stava conversando con un altro ospite. "E perché non lui?" ribatté, facendo segno in quella direzione.

"Perché tu di sicuro hai più fiuto per le donne. Almeno all'apparenza!"

Thomas bevve l'ultimo sorso e ordinò un'altra birra.

"Pago io!" si affrettò a dire Charly.

"Lascia stare!" Thomas lo guardò in faccia. "Non si può comprare tutto. Se lo faccio, è solo per aiutarti e, sinceramente parlando, non so proprio se vorrà starmi a sentire."

"Lo farà di sicuro. È molto gentile!"

Gentile. Porca miseria… quello aveva invitato una donna in vacanza solo perché era molto gentile e voleva farsela. Ma poi si lagnava perché le cose non andavano come voleva lui. In effetti, Thomas moriva dalla curiosità di sentire l'altra campana.

"Allora, però, tu devi allontanarti", disse Thomas, maledicendosi immediatamente. In che diavolo di storia andava a impelagarsi? Cosa gliene poteva fregare, a lui?

Charly, ubbidiente, andò vicino a Barry.

Thomas si accostò a Mirjam e, rivolto al barman: "A Guinness, please", disse. Mirjam gli spiegò che poteva tranquillamente parlare tedesco, perché Felipe aveva lavorato a Monaco.

Le cose si mettevano meglio del previsto.

"Aha", disse interessato. "Anche a Monaco in un locale?"

"Sì", disse Felipe. "Ho frequentato la scuola alberghiera e alla fine ho lavorato al bar dell'Intercontinental." Lanciò un'occhiata a Mirjam. "Me la sono spassata."

Era chiaro che Thomas era il terzo incomodo.

Thomas indicò il bicchiere vuoto davanti a Mirjam. "Cos'era?"

"Piña colada", rispose lei.

"Ok", sorrise Thomas. "Ordinaria amministrazione. Sa mixare un Bbc?"

Il ragazzo gli lanciò un'occhiataccia. "Un Bailey's banana colada. Certamente!" Aveva un'ombra di barba sotto il mento a Thomas ricordava Shevchenko. Comunque, adesso era occupato con il suo cocktail.

"Dimmi un po', Mirjam", attaccò Thomas parlandole sottovoce, da molto vicino. Dallo sguardo e dalle guance arrossate si capiva che l'alcol cominciava a farle effetto, "sai dirmi cosa si aspetta una bella ragazza come te da una vacanza come questa?"

Mirjam girò subito la testa e lo guardò diritto negli occhi. Thomas sostenne lo sguardo e capì subito che lei stava chiedendosi qual era il motivo recondito di quella domanda.

"Voglio dire, perché sei partita con lui?"

Era seduta sullo sgabello con la schiena dritta, ma adesso le spalle le si incurvarono leggermente. Sembrava in procinto di piangere. Thomas era sul chi vive. Per carità, niente scene madri. Non erano il suo forte. E aveva sentito dire più volte che le donne dell'Est Europa spesso danno in escandescenze. Se si fosse messa a tempestarlo di pugni, se la sarebbe subito data a gambe.

"Ha detto che aveva una casa al mare e che potevo venire anch'io perché aveva tante stanze!" Fece un profondo respiro. "Invece è un appartamentino di due stanze in un megacondominio, e si vedono solo altre case. Una camera da letto, un soggiorno con angolo cucina e un divano. Finora lui ha sempre dormito sul divano, ma mi gira intorno, esce nudo dal bagno, mi spia... è una cosa schifosa. E io non ci voglio più tornare, preferisco dormire in spiaggia!"

Il barman le mise davanti il cocktail, lei lo prese senza alzare gli occhi e succhiò brevemente dalla cannuccia. “Io ho pensato: be’, ci vado, chissà che bello. A Monaco non mi sta così alle costole...”

“A Monaco ti paga venti euro all’ora perché tu suoni il piano...”

“Sì, ma suono bene! In Russia, dove studiavo, mi hanno premiato!” Bevve più a lungo.

“Può anche essere. Ma credi davvero che un uomo, che di solito non si interessa affatto alla cultura, cacci venti euro solo per sentirti suonare?”

“Ha un vecchio pianoforte a coda, bellissimo, un Bechstein. Anche sua moglie suonava bene, ma lui non le ha lasciato portare via il piano. Ho pensato che gli facesse piacere se qualcuno lo usava, facendo rivivere quei vecchi tasti... che ne so... come faccio a sapere cosa pensa?” Parlava a ruota libera.

Thomas notò, di sottecchi, che Charly stava già agitandosi.

“Già, e così poi lui ti porta nella sua seconda casa in Algarve. Sarà anche solo un bilocale, ma ti paga comunque volo e soggiorno... e tu continui a non capire?”

Lei lo guardò sgranando gli occhioni, che le si riempirono di lacrime. “All’inizio ero così contenta. Non ero mai andata in vacanza. Solo l’idea mi esaltava: in Portogallo, al mare, sembrava una favola!”

O mamma mia, pensò Thomas.

“E mi immaginavo che avesse una villa con grandi vetrate, e un pianoforte a coda con vista mare... e mi vedevo suonare la sera, mentre gli ospiti bevono cocktail e chiacchierano, godendosi la musica. Insomma, così...”

Stava prendendolo per i fondelli? Thomas era diffidente. Quello che stava dicendo come poteva avere qualcosa a che vedere con le orge consumistiche, con i sandaletti di Prada in bilico sui ciottoli?

Mirjam aveva finito il suo Bbc. Prese la borsa e si alzò all'improvviso.

“Che ti prende?” chiese Thomas, sentendosi vecchio e saggio, in confronto a lei. E, in effetti, lo era. Lo guardava con una tale espressione da bambina che avrebbe voluto di cuore prenderla in braccio.

“Me ne vado”, disse decisa. “Chiamo un taxi e poi mi cerco una camera da qualche parte. Non sopporto più di passare le notti in quell'appartamentino soffocante, con quello là che mi spia e mi guarda famelico!”

Si avviò veramente verso l'uscita. Thomas fece cenno a Charly di stare fermo, immaginando che fosse già pronto a scattare, e la seguì. Mirjam, una volta fuori, si appoggiò al muro accanto all'ingresso. Thomas si fermò vicino a lei. Erano in pieno centro, nella città vecchia, ma c'era uno strano silenzio. Passava giusto qualche turista di tanto in tanto.

“Cosa vuole da me quello?” gli chiese dopo un po'.

“Quello che vogliono sempre gli uomini quando portano una donna in vacanza”, rispose lui. “Non c'è sicuramente bisogno che te lo dica. Mi stupisce solo il fatto che tu caschi così dal pero!”

"Ma è così vecchio! Come fa a venirgli in mente..."

"Lui la vede solo dal suo punto di vista. E vede solo te. Se stesso, non riesce. E nemmeno voi due insieme. Con te si sente incredibilmente giovane e pimpante, e naturalmente vorrebbe farti vedere come ci sa fare..."

"Brrr!" Mirjam fu scossa dai brividi.

Calò di nuovo il silenzio. Passarono veloci due gatti.

"Cosa ti immaginavi? Ti fai comprare abiti e scarpe per migliaia di euro, e credi di cavartela così?"

"Pensavo che avesse talmente tanti soldi che non gliene fregasse niente. Così, come per me spendere cento euro. Anzi, cinquanta! E poi è lui a spingermi in continuazione a mettermi mini e tacchi a spillo! A me va benissimo anche andare in giro in jeans e T-shirt. Ma è lui che vuole farsi bello con me!"

Già, proprio così, pensò Thomas. E adesso, il giorno prima della partenza, gli veniva il panico di aver fatto un investimento di migliaia di euro che, appena messo piede all'aeroporto di Monaco, gli sarebbe sfuggito di mano.

"Hai intenzione di lavorare ancora da lui?" le chiese Thomas. "Hai proprio bisogno di quella tariffa... da piano?"

"Non ci stavo per niente male, da lui."

Thomas incrociò le braccia. "Ti torno a ripetere come la vedono gli uomini. Se ci vai a letto, lo tieni in pugno, se ti rifiuti, perdi il lavoro."

Mirjam si asciugò una lacrima.

"Ti lascerà tenere i vestiti?" le chiese Thomas. Non si sa mai che avesse intenzione di riprenderseli prima della partenza.

Mirjam tirò su col naso. "Sì, ha detto che posso tenerli!"

Thomas la guardò. In ogni caso quei due dovevano cavarsela da soli.

"Lo trovi proprio ripugnante, o a volte anche passabile?"

"Un po' e un po'."

"Hmmm!"

Thomas si grattò la nuca. Un tipo che aveva fiuto per le donne, lo aveva definito Charly. Cosa diavolo gli era venuto in mente? Aveva proprio un'aria da dongiovanni? No di certo. Piuttosto l'aria del bravo padre di famiglia, anche se l'idea non lo allettava per niente.

"Sai una cosa? parlane con lui. Digli che lo trovi molto gentile" – Terribile! pensò. Sarebbe il colpo di grazia per qualsiasi uomo, come poteva suggerire una frase del genere? – "ma che non credi possibile avere una relazione con lui. Che preferisci suonare il piano per lui, punto e basta. E che non immaginavi niente di particolare neanche in questo viaggio. Poi vedi come reagisce. Potresti anche dirgli che lo trovi un uomo eccezionale. Almeno lo gasi un po' e lo tiri su di morale". Era la tipica scappatoia delle donne quando non volevano stare con uno, ma neanche offenderlo. C'era solo da sperare che Charly non l'avesse già sentita.

"Aha!" Mirjam si era asciugata le lacrime, gli schioccò di punto in bianco un bacio sulla guancia e aprì la porta per rientrare nel locale. "Grazie!" disse. "Ci penserò su!"

Thomas restò alquanto sbalordito: che rapidità! Charly lo fissava speranzoso, ma anche con una punta di diffidenza. C'era da farci su due risate: per Mirjam anche lui, con i suoi quarant'anni, era un relitto, tanto quanto il sessantenne Charly. Ma i maschi hanno l'indole di Tarzan: prima mandano uno a risolvere una sitazione, poi sono pronti ad aggredirlo appena torna.

Mirjam schioccò un bel bacio sulla guancia anche a Charly, che non sapeva assolutamente come interpretare la cosa, e si rimise a chiacchierare con Felipe, che le offrì un cocktail di sua invenzione. Mentre i due si intrattenevano ridendo e scherzando, Thomas andò a parlare con Charly.

"Mettici una croce sopra", disse. "Ti vede solo come un paparino che le offre dei bei regali. È convinta che tu non abbia problemi di soldi, forse ti ha preso per un trafficante di droga o di armi, una roba del genere... In ogni caso, pensava che tu l'avessi invitata qui senza secondi fini... voleva suonarti qualcosa al piano nella tua villa al mare, o intrattenere gli ospiti. E l'idea degli abiti firmati è venuta a te, sostiene! Con i soldi si ottiene tutto, è vero, ma se vuoi che ti suoni ancora qualcosa quando sarai di nuovo a Monaco, ti conviene lasciarla in pace."

Charly rimase un attimo zitto, poi esplose: "Ci hai fatto un pensierino tu? Perché siete stati così tanto là fuori?"

Thomas alzò un sopracciglio. "Sai una cosa, bello mio? Io sono innamorato, nessun interesse da parte mia!"

Le sei e trentacinque. La sveglia suonò. Eva restò ancora un po' a letto, pensando alla giornata che la aspettava. E anche alla settimana. Domani aveva un appuntamento dall'avvocatessa per la faccenda di Gerold. Era curiosa di vedere come andava. Oggi alle dieci c'era un meeting in hotel per il dépliant pubblicitario. Anche lì era curiosa di vedere come andava. Magari avrebbe incontrato la misteriosa persona cui doveva quel lavoro. Poi voleva farsi fare un preventivo per l'ammaccatura della macchina o magari era meglio aspettare che qualcuno desse un'ulteriore bottarella... Flash aveva bisogno di una cura contro i vermi, e Saltarella pure. Doveva far visita a sua madre, era urgente! E controllare se Toni faceva i compiti a casa. E occuparsi delle pene d'amore di Caro. E giocare forse anche un po' a golf, prima della gara con Thomas. Non gli aveva neanche chiesto con che handicap giocava. A dire la verità, non sapeva niente di lui. Solo che aveva una vicina giovane che gli curava i fiori, ecco tutto. Non aveva la fede, sosteneva di essere scapolo: era un single incallito, quindi. Ma un single incallito di quarant'anni non era un peso massimo per una donna con due figlie, un cane e una coniglietta?

Cosa aveva fatto per essere ancora single? O era colpa delle sue partner? Come saranno state? Quante? Con che carattere?

Eva guardò la sveglia. Acci, fanculo, dieci minuti persi! E poi, si disse mentre saltava in piedi e si infilava la vestaglia, tu rimugini troppo! Cosa ti interessa? Ci fai un giro giusto per la festa di primavera. Balli con lui. Ha detto di essere bravo anche a letto, chi può mai dirlo?

"Io!" esclamò correndo giù per le scale, diretta in cucina.

Il primo servizio fotografico fu memorabile. La direzione dell'hotel aveva voluto un'altra coppia di modelli, che dovevano ballare nel bar. Voleva anche dei primi piani, per cui Tom curò particolarmente le luci e a Eva toccò lavorare con molto impegno. Doveva essere l'immagine d'apertura, forse addirittura il logo dell'hotel. Ogni linea di profumi e ogni stilista ha il suo volto, perché non un albergo?

Quando Eva vide la modella, capì. Isabella era una vera bellezza. Ventenne, portoricana, le porse la mano con aria cordiale. Aveva un fascino così naturale che a Eva mancò quasi il respiro. Non aveva un filo di trucco, ma i grandi occhi scuri dalle sopracciglia arcuate, il sorriso aperto che scopriva denti candidi e regolari, l'incarnato serico e la folta capigliatura d'ebano le conferivano un aspetto fuori del comune. Per giunta si muoveva e parlava con una tale grazia che Eva fu sopraffatta da una sensazione strana, una specie di malinconia. Speriamo – pensò – che questo splendore di ragazza non venga "bruciata", snaturata, sfruttata da qualche idiota.

Il modello maschio era di qualche anno più grande, il classico tipo del broker di successo, il che irritò subito Eva. Il vecchio cliché non moriva mai: gli uomini di successo hanno belle donne. Non sarebbero mai cambiati i sogni dei maschi?

Ma la cosa non la riguardava. Eva si accordò con Gabriela Zell, l'executive manager, su come truccare Isabella: scelsero insieme un make up leggero, molto naturale. Oltre al fondo tinta e alla cipria, per coprire le imperfezioni della pelle ed evitare l'effetto fronte lucida, solo un po' di mascara, una linea sottilissima con l'eyeliner marrone e un gloss sulle labbra. Ulteriori colori sarebbero stati di troppo. Anche i capelli di Isabella non davano il minimo problema: folti com'erano, le cadevano lucenti e pieni sulle spalle, con una resa magnifica. In confronto a lei, pensò Eva, ogni donna – e lei per prima – era una cenerentola.

Anche con Yanek non c'era bisogno di molto. Aveva i capelli corti e una pelle impeccabile. Un po' di fondotinta e di cipria, e basta. Strano davvero che fosse richiesta proprio la sua presenza, pensò Eva. A dire la verità, qualsiasi truccatrice alle prime armi se la sarebbe cavata benissimo.

I due si misero a ballare davanti alla macchina fotografica, e a ballare sul serio. Isabella trasudava gioia di vivere, e Yanek era un tipo molto sensuale. Erano perfetti insieme. Tom e Jeanette, la sua assistente, avevano disseminato la pista da ballo di riflettori, schermati da una pergamena giallina che dava una luce sfumata. Il responsabile dell'ufficio stampa mise su un tango, e ora anche Tom prese a danzare con la sua macchina fotografica intorno alla coppia. Il suo flash e i lampadari della sala mandavano scintille e bagliori, e l'atmosfera generale era oltremodo erotica. Impossibile resistere alle dinamiche che si intrecciavano tra la coppia che volteggiava e Tom che li bersagliava di scatti e al tempo stesso li assecondava. Eva, pur essendo concentrata sulle facce – fronti lucide? Capelli sudati? Mascara o lipgloss da ritoccare? – era rapitissima. Quando, tre ore più tardi, Tom fece segno che il servizio era concluso, erano tutti quanti sfiniti, ma felici. Jeanette prese subito le pellicole e sparì, per andare a farle sviluppare. Era sempre il momento peggiore per un fotografo che non lavorava con la macchina digitale. Aspettare che le diapositive arrivassero e ci fosse la certezza che tutto era andato liscio, senza danni alla pellicola o errori nella disposizione delle luci.

Il responsabile dell'ufficio stampa invitò tutta la combriccola a pranzo. Solo Isabella rifiutò. Bastava vedere la sua figura eterea e filiforme per capire. Eva disse: "Peccato!" e Isabella alzò le spalle sorridendo. "È il prezzo che devo pagare", disse. "Tutti ne pagano uno!"

Eva annuì. In effetti anche lei pagava un prezzo.

C'era invece chi si sottraeva a questa legge? Forse i figli di genitori super ricchi?

Per esempio Athina Onassis, arcimiliardaria fin dal primo istante della sua vita? Figlia di Christina Onassis, morta a trentotto anni? Nipote di Aristoteles Onassis che, dopo la storia con la prima donna del ventesimo secolo, Maria Callas, sposò Jackie, la vedova di John F. Kennedy? Quella ragazza aveva di sicuro pagato un prezzo altissimo. Cos'altro aveva oltre ai soldi? Nemmeno l'affetto di suo padre, Thierry Roussel.

E lei ne dava abbastanza alle sue figlie, o era troppo concentrata sui suoi problemi? Non sapeva rispondere. Una madre che lavora ha sempre un po' di magone, ma non l'hanno forse anche le casalinghe quando sentono raccontare le esperienze, o addirittura i successi professionali delle altre?

Ah, a proposito... Frugò alla ricerca del cellulare e lo accese. Erano arrivati molti sms, ma Eva ne cercava solo uno. Cosa aveva scritto lei per ultima? Cercò negli "inviati". *I raggi del sole vanno benissimo, ma anche le mani di un uomo dovrebbero saper accarezzare, se non sbaglio. Buona colazione!* Un po' lunga, come colazione. Circa trenta ore. Pazzesco, una notte e un giorno erano passati così in fretta? Ispezionò i messaggi ricevuti: Inga le chiedeva come stava, ed Evelyne le chiedeva quando il suo prossimo giro di jogging l'avrebbe portata a Kräherwald. Lo spumante era in fresco.

Ed ecco Thomas. *Bellissimo pensiero,* scriveva. *Mi ha accompagnato tutto il giorno. Evidentemente sono un maschio con la fantasia ad alta definizione.* Eva ci pensò su. Non doveva andare troppo sull'intimo, altrimenti dopo, a tu per tu, si sarebbero trovati in imbarazzo. *Al momento la mia fantasia invece non va oltre il menu dell'hotel a cinque stelle dove sto per pranzare. Eppure spero che la realtà mi riservi di meglio...* Andava bene? Non era una frase a doppio senso? Comunque, era veramente contenta del pranzo che la aspettava, dove le capitava altrimenti un trattamento così principesco?

Il suo posto era tra Gabriela Zell, l'executive manager, e il responsabile dell'ufficio stampa. Fu subito chiaro che quest'ultimo aveva occhi solo per Yanek, che pareva gradire. Per cui Eva chiacchierò con Gabriela Zell, la tipica donna in carriera, molto professionale in tutto ciò che diceva e faceva, che però, all'antipasto, non riuscì a frenare la curiosità: "E lei cosa fa, quando non lavora per Tom?" chiese.

"In realtà lavoro molto di rado per Tom", rispose Eva, riflettendo su quello che doveva dire. Non era mai bello essere un raccomandato in un lavoro di squadra. Di solito non veniva preso molto bene.

"Di norma lavoro per la televisione. Telegiornale, talkshow e roba simile. Adesso avrei un'offerta per un lungometraggio, ma stare via da casa per sei settimane per me è dura!"

"Per il lavoro?"

Eva scosse la testa sorridendo. "No, per le mie figlie!"

"Aha!" replicò l'altra, con un'occhiata stupita che divertì molto Eva.

"Non so perché, ma non si direbbe che ha famiglia!" proseguì Gabriela. "Ha un'aria da ragazza. Vagamente anticonformista."

Eva, involontariamente, si guardò addosso. Già, quel giorno non sfoggiava la sua mise da colloquio con i professori, bensì dei pantaloni in tela batik e una camicia bianca. Non propriamente un abbigliamento anticonformista, o forse un po' i pantaloni. Li aveva tinti lei, dopo averli macchiati con dello smalto rosso sulla gamba.

Non fece in tempo a rispondere perché venne servito il piatto forte: polentina di mais con pulcinelli arrosto. Eva si sentì poco bene, all'idea. Pulcini? Quei batuffoletti gialli e pelosi... che orrore mangiarli!

Attaccò titubante, ma dovette ricredersi: erano buonissimi. Yanek levò il bicchiere e tutti lo imitarono. Il vino bianco era secco e aromatico, a Eva parve delizioso. Anzi, lì era tutto una delizia. L'atmosfera, il lavoro, la gente. Yanek si era cambiato: al posto del completo indossava jeans e pullover ed era molto attraente. O era solo l'effetto del vino? Eva mangiò di gran gusto. Peccato però che non ci fosse Isabella, le sarebbe piaciuto guardarla ancora un po'. E chiederle qualcosa della sua vita.

Alle tre dovevano arrivare gli altri due modelli. Tom voleva iniziare dalla hall dell'hotel. Scena: arrivo di ospiti con molto bagaglio. Louis Vuitton aveva fornito valigie e borsoni, Armani il guardaroba per l'uomo, Boss per la donna. Gran belle cose. Eva aveva già visto quei capi su uno stand appendiabiti in una suite, trasformata per l'occasione in guardaroba e sala trucchi. Doveva essere una sensazione tutta particolare indossare abiti del genere. Chissà se ci si sentiva diversi? Se veniva da muoversi in modo diverso, da pensare in modo diverso? Se la raffinatezza passava dalla stoffa alla persona?

Ne avrebbe parlato volentieri con qualcuno che se ne intendesse, ma probabilmente, dopo un po', uno finiva per non accorgersene più. Lo stesso per chi guidava un'auto di lusso. Magari il primo giorno accarezzava con delicatezza la pelle del sedile, ma dopo un paio di settimane ci faceva salire il cane.

Lo sguardo di Gabriela la fece trasalire.

"Oh, mi scusi!" disse Eva. "Stavo fantasticando... mi sono persa qualcosa?"

Gabriela Zell scosse il capo. "Volevo semplicemente tornare all'argomento figlie. Che età hanno?"

"Quattordici e diciotto. Un'età piena di imprevisti!"

Gabriela sorrise e si sfiorò lo chignon biondo platino. "Sì, se ripenso ai miei diciott'anni non posso che darle ragione!"

Eva la osservò. "Dall'aspetto la si direbbe un tipo disciplinato. La donna di successo dei nostri giorni, che sa quello che vuole, che fa quello che vuole e che ottiene quello che vuole."

Gabriela scoppiò a ridere. "Anche lei saprà di sicuro quello che vuole!"

"Sì, ma ancora di più so quello che non voglio, ma che devo comunque fare!" Pensava ai mestieri di casa, alla visita a sua madre, al dovere di seguire i compiti delle figlie.

"Magari riesce a trovare un accomodamento", buttò là Gabriela.

Eva la guardò. Tailleur dal taglio perfetto, fisico che faceva presupporre un determinato stile di vita, basato su cibo sano, molta acqua minerale, sport ad hoc.

"Ah!" fece Eva. "Immagino che lei sia single, tra i trenta e i quarant'anni, finanziariamente indipendente e che la sua famiglia la lasci in pace."

Gabriela annuì. "Non proprio!" sorrise. "Ma quasi! Sono divorziata, ho quarantadue anni, sono orfana di padre, mia madre è un tipo molto indipendente, mio fratello pure, i nonni non li ho più e gli altri parenti stanno per i fatti loro. Non ho figli, non ho il cane, né porcellini d'india. Se un last minute mi attira, me ne volo a Roma per il weekend. O da qualche altra parte."

"E se le viene voglia di un'avventuretta di una notte se la concede!"

"Esatto!"

Le due donne si osservarono un momento. Che abisso, pensò Eva.

Tom fece tintinnare la lama di un coltello sul bicchiere.

"Io e Jeanette cominciamo ad andare, per preparare il set", disse, alzandosi proprio nel momento in cui veniva portato il dessert. Gratin di fragole. Il profumo era tale che Tom tornò a sedersi. "Vabbè", disse, "in realtà non sono un fanatico dei dolci, ma adesso mi arrendo!"

Gil e Jana erano diversissimi dai due modelli precedenti. Jana aveva l'aria sfrontata da monella di periferia, arrivò con una T-shirt sformata, sbiadita, e jeans e sembrava una donna di servizio. Gil era un tipo disinvolto ma, come si deduceva dalla barba scolpita alla perfezione e dal suo modo di vestire, anche pignolo. Era tutto in nero, comprese le scarpe con il marchio rosso di Prada. Probabilmente, pensò Eva, si era piazzato davanti allo specchio nudo, solo con barba e scarpe, per studiare l'abbigliamento appropriato. Ma entrambi erano simpatici, non si prestavano alla classica immagine della coppia dai solidi principi e solide finanze che si vede di solito nelle brochure degli hotel. Ma era credibile che quei due, a quell'età, avessero dei bagagli tanto costosi? O dovevano forse essere emblematici della seconda generazione? Tipo: lei, figlia di un grande concessionario di auto di lusso, lui erede di una multinazionale farmaceutica. O viceversa. Ma in fin dei conti non toccava certo a lei interrogarsi sul senso di una campagna pubblicitaria.

Jana era andata a prendersi una coca cola ghiacciata nel minibar e si stravaccò sulla poltrona.

"Dai, su! Adesso rendimi uno schianto!"

Eva la guardò nello specchio e le scappò un sorriso. Com'era diversa da Isabella! Come la notte e il giorno!

Secondo le direttive di Gabriela, Jana doveva tenere quella pettinatura da istrice, quindi il più possibile anticonvenzionale e sfacciata, nonostante l'abbigliamento e la valigia di gran lusso. Eva le passò le dita tra i capelli, fissò alcune ciocche dritte e altre sulla fronte, phonò i capelli di sbieco e mise il gel solo sulle punte. Jana sembrava appena scesa dall'ottovolante. Abbinato a uno chemisier attillato color bronzo e alle scarpe con il tacco alto, quel look era veramente arrapante. E Gil, accanto, con la camicia bianca, i pantaloni scuri e un cappotto di panno finissimo, bianco, lungo fino a metà gamba. Era uno spettacolo affascinante vedere come entrambi si erano trasformati, con quei vestiti. Ognuno a modo suo. All'improvviso non erano più tamarri di periferia, bensì rampolli della buona società, pieni di stile. Stile o non stile, forse è un pregiudizio pensare che solo i ricchi possano averlo. Per i borghesucci si parla di fisime. Ma le fisime dei ricchi sono legge. I divi del rock si fanno riammobiliare e ritinteggiare di bianco intere stanze d'albergo perché non gli garbano altri colori. Non li ispirano, dicono. O sono causa di mal di testa e cali di libido. Altri invece fanno sesso di gusto anche in un fienile.

Cosa si era messa di nuovo a fantasticare?

Jana e Gil erano già di ritorno e dovevano cambiarsi. Gil aveva il viso leggermente lucido, Jana poteva restare così com'era. Gabriela presenziava allo shooting, decidendo se apportare o meno cambiamenti.

Eva la osservò. Era il suo esatto opposto. Dava ordini precisi e secchi a Tom, gli diceva subito se non le andava qualcosa o se temeva che Tom non avesse capito cosa intendeva. Di sicuro Tom ne aveva piene le scatole, ma alla fine tutto era esattamente come voleva lei. Tom era semplicemente il suo esecutore. Eva era molto interessata. Lei al contrario di Gabriela cercava sempre di addolcire la pillola, di non essere troppo diretta. Temeva di offendere gli altri. Perché faceva così? Gliel'aveva insegnato sua madre? Lì invece aveva la prova lampante che si poteva anche essere accettati dicendo un "No!" deciso. O occorreva per forza essere in posizione di potere? E lei, Eva, poteva permettersi, sul lavoro, di dire un no deciso?

E come avrebbero reagito le sue figlie davanti a un no deciso? Ubbidendo?

E suo marito, a suo tempo?

E lei, questo no era in grado di dirlo?

Tornando a casa in macchina, si sentì esausta. Sognava di farsi un bel bagno caldo o di sdraiarsi in poltrona con il poggiapiedi. Però era stato bello. Il servizio fotografico era di certo straordinario, non vedeva l'ora di vederlo. Gabriela aveva invitato di nuovo tutti a cena in hotel, ma lei aveva scosso il capo.

"Un goccio di champagne per rilassarsi?" aveva aggiunto Gabriela.

La tentazione era grande. Se Gabriela diceva "champagne" era proprio champagne, mica spumante o prosecco. Ma Eva scosse di nuovo il capo.

"Il dovere chiama?"

Eva si strinse nelle spalle. "Le mie figlie! Sono stata via tutto il giorno. La più piccola non è molto coscienziosa, e la maggiore è in pieno stress da maturità e da pene d'amore: basta un niente! E poi ho anche un cane e..."

Gabriela Zell le porse la mano. "Bene, allora a domani. Mi porti le foto della sua famiglia..." ebbe un attimo di esitazione. "Esiste anche un marito?"

"Un marito?" Eva rifletté un attimo. "No!" disse, decisa. Solo ieri, forse, si sarebbe lasciata andare a dettagliate spiegazioni. Adesso aveva imparato.

Thomas trascorse la giornata giocando a golf e facendo una splendida passeggiata lungo la scogliera, fino al faro. Era la prima vera giornata solo con se stesso. E aveva subito avvertito una soddisfazione piena, un senso di felicità, non appena era uscito dall'albergo e aveva preso a camminare per il sentierino sabbioso, dapprima in discesa, e poi di nuovo in ripida salita, con il mare di sotto che rumoreggiava e i gabbiani che stridevano, sfruttando con estrema eleganza le correnti d'aria e veleggiando per ore ad ali aperte sopra l'immensità dell'Atlantico. Gli sarebbe piaciuto moltissimo montare la sua tenda da campo in cima alla scogliera e vivere lì nei prossimi giorni. Solo di fronte al mare. Di più non avrebbe desiderato.

Si sentiva libero come non mai. Camminando osservava le piante, si fermava. Guardava dei fiorellini celesti e gialli che in Germania non aveva mai notato. Farfalle dai colori brillanti si posavano su giganteschi agrifogli, e di tanto in tanto qualche lucertola gli attraversava il sentiero. Alcuni cartelli mettevano in guardia dal pericolo di caduta rocce e, in effetti, le frane non dovevano essere infrequenti. In basso si intravedevano delle spiaggette, solitarie e magnifiche. Il faro, sulla punta estrema della scogliera, che all'inizio gli era parso lontanissimo, ora si avvicinava velocemente. Troppo velocemente. Thomas non aveva nessuna voglia di tornare nel mondo civilizzato. Aveva scoperto una stradina che portava giù in un'insenatura, un piccolo paradiso stretto tra le rocce imponenti. Thomas raccolse la sfida e partì alla conquista di quel lembo di sabbia tutto per lui, dove lasciare le sue orme solitarie, sapendo che la natura si sarebbe affrettata a cancellarle. Quante orme si erano già impresse su quella spiaggetta? Quanti corpi di amanti? Il sentiero doveva essere stato aperto anni prima, perché si infrascava e si perdeva in continuazione, e non era mai più largo di due spanne. Sotto le scarpe da vela di Thomas rotolava il pietrisco, provocando piccole frane che rimbombavano cadendo. E anche le rocce cui si aggrappava erano friabili. Thomas scendeva caparbiamente, a passi prudenti ma decisi, eppure aveva l'impressione che la spiaggia dall'aspetto così allettante non si avvicinasse mai. Quando poi il sentierino tortuoso si interruppe di colpo a metà strada, tra viluppi di rovi e cumuli di pietrisco, decise di abbandonare l'impresa. Cosa sarebbe successo se si fosse ritrovato dabbasso senza più poter ritornar su? E la marea era alta o era bassa?

Si sedette su uno scoglio sporgente e guardò il mare di sotto. Un gabbiano si mise a volargli intorno. Forse voleva sacrificarsi, nel tentativo di allontanarlo dai piccoli nel nido.

"Non ti faccio niente", disse Thomas, osservando l'abilità dell'uccello nel volare. Dev'essere incredibile darsi una semplice spinta e librarsi nell'aria. Che razza di esseri goffi e pesanti siamo, pensò. Abbiamo sempre bisogno di qualche strumento. Per volare, per andare sott'acqua... persino la pelliccia dobbiamo rubarla. Senza compiere stragi, tutte a nostro vantaggio, non avremmo modo di sopravvivere. Thomas fissava il mare e non poteva fare a meno di pensare alle tartarughe e ai delfini di Mallorca, che andavano a morire tra mille tormenti nelle reti dei pescatori. Intanto, sulle spiagge dell'isola, i vip, ricchi e bellocci, prendevano il sole senza neanche immaginarsi quello che accadeva sotto i loro occhi. Tutti a fotografare il tramonto sul mare... ma chi sapeva del dolore e della morte a pochi metri sotto il pelo dell'acqua?

L'essere umano è innocente solo perché ignaro? E le balene? Ottocento balene morte, sacrificate alla ricerca scientifica, in Giappone. Che ricerche potevano fare gli scienziati giapponesi su ottocento balene, dal momento che ormai è stato scoperto tutto? Perché l'opinione pubblica mondiale lascia che accadano cose simili quando si sa benissimo che avvengono solo per soldi, non per scopi scientifici?

Lo stesso vale per gli esseri umani. Ci saranno sempre dei poveracci che devono lasciarci le penne a causa dell'avidità o dell'idiozia altrui. Quanto dolore è capace di arrecare l'uomo all'uomo?

Thomas pensò a Eva. Forse era quello il motivo per cui la famiglia veniva vissuta come un rifugio, un nido protettivo. Un forte legame di sangue, per aiutarsi e proteggersi vicendevolmente.

Ma c'è da fidarsi dell'amore?

Thomas guardò verso il basso. Le onde spumeggiavano e si infrangevano con violenza sugli scogli, perdevano intensità e andavano a lambire piano la sabbia, per poi arretrare gorgogliando.

Anche noi viviamo rumoreggiando, ma poi non resta niente. Un esile rigagnolo, al massimo.

Che senso ha l'esistenza?

Pensò di nuovo a Eva. Prese il cellulare.

Al momento invece la mia fantasia non va oltre il menu dell'hotel a cinque stelle dove sto per pranzare. Eppure spero che la realtà mi riservi di meglio...

Albergo a cinque stelle. Un pugno nell'occhio, in quel paesaggio. Lì ci sarebbe voluta una casetta rustica con del pesce fresco sulla griglia... Thomas guardò di nuovo l'insenatura. La natura a volte sa proteggere le sue bellezze. Le rende inaccessibili.

Con la realtà bisogna saperci fare, scrisse. *La fantasia si lascia pilotare.*

Si girò e guardò il sentiero: saliva ripido, a zig zag. La mia dura realtà, pensò Thomas sorridendo, è che devo farmi questa arrampicata. Ma con la fantasia sarei in grado di rivoltare da cima a fondo il pianeta. Per pensare in modo davvero globale a come sfamare l'intera l'umanità... Ridacchiò. Cosa gli prendeva? Era la sua giornata di impegno civile? Dipendeva forse dal mare? O dal sole? O dal limitare roccioso di un continente che gli suggeriva l'idea della finitezza?

Quando mezz'ora più tardi, bagnato fradicio di sudore, arrivò in cima, fece un'aggiunta al suo messaggino. *I maschi hanno il diritto di riflettere sull'esistenza? Mi sa che oggi sono ben poco maschio!* Però quella condizione gli piaceva. E comunque, aveva una gran voglia di una birra gelata e di una bistecca succulenta. La fase meditativa era tramontata.

Quando Eva arrivò a casa, Toni, Sven e Caro erano seduti intorno al tavolo della cucina. Caroline aveva fatto la pizza. Era una delle sue specialità: sapeva fare una pizza con l'impasto sottile e croccante, la farcitura abbondante e la mozzarella filante. Eva, anche se non aveva fame, sentì l'acquolina in bocca.

"Ve ne è avanzato un pezzo?" chiese, felice che Sven rispondesse: "È in forno". Si alzò persino a prenderle un piatto.

"Stavamo proprio parlando di te", disse Toni, mentre Eva andava a prendere una bottiglia di vino già iniziata. Caro le allungò un bicchiere.

"Di me?" ribatté Eva stupita, sedendosi. "Cosa dicevate?"

"Hai bisogno di un nuovo compagno!" annunciò Toni. "Non va bene che tu stia così tanto da sola. Né per la psiche, né per il resto! Per il fisico, intendo."

Sven annuì. Caro ridacchiò.

"Ah!" fece Eva, decisa a fare come se trovasse normalissimo che una figlia quattordicenne consigliasse alla madre una terapia a base d'eros. "E che soluzione proponete?"

Toni prese un'aria zelante. Si chinò verso di lei, mettendo da parte il piatto pieno, come al suo solito, di croste di pizza.

"Ne abbiamo discusso e siamo arrivate alla conclusione che siamo parecchio egoiste!"

Eva, stupefatta, non aprì bocca.

"Sì", intervenne la maggiore. "Il papà se ne è andato. Peccato, ma non ci si può fare niente. Soprattutto, poi, non è colpa tua. Qualcosa è andato storto, ma cosa può dircelo solo lui e magari, prima o poi, lo farà..." La voce le si incrinò. Ma subito si riprese. "E noi due ce l'abbiamo, il ragazzo. Guarda Antonia!" Sven strinse subito la mano a Toni. "Perciò volevamo dirti che puoi portartelo anche tu tranquillamente a casa!"

I tre si scambiarono un'occhiata soddisfatta.

"Cosa? Non capisco..." Eva era smarrita. "Portare a casa?" I tre annuirono benevolmente. "Ma portare a casa *chi*?"

"Be', il tipo del bar!" precisò Toni. "Quello che abbiamo visto al pronto soccorso. Che fine ha fatto? Non era malaccio! Sembrava perbene..."

Eva, senza volerlo, pensò a sua madre. Perbene! Come negli anni Ottanta. Si versò un po' di vino e ne bevve un bel sorso. "Andiamoci piano. Non so niente di quell'uomo, non lo conosco. Alla Festa di primavera..."

"Be', è già qualcosa!" la interruppe Toni.

"...giocheremo insieme a golf, e magari balleremo pure. Altro non è previsto!"

"Ma mamma!" Caroline le rivolse un'occhiata di compatimento. "Stai a vedere come vanno le cose... Magari sarà bellissimo!"

"Sì!" confermò la sorella, mettendo un braccio intorno alle spalle di Sven. "Dai! Andiamo! Domani c'è scuola!" Mentre usciva si girò. "Quello che volevamo dirti è: acchiappa il maschio! Non farti scrupoli per noi! Buona notte!"

Eva li guardò allontanarsi, poi si rivolse, scuotendo il capo, a Caro. "Ho la vaga sensazione di essere nel film sbagliato!" disse. "Ma come, le mie figlie mi spronano a dare la caccia al maschio?"

"Macché caccia al maschio!" Caro la guardò come se non avesse capito niente. "È solo che dovresti spassartela un po'. Come noi!"

Eva si mise in bocca un pezzo di pizza. Se ne era quasi dimenticata dalla sorpresa, ma adesso era ormai fredda.

"E te, come va?" chiese.

"Mi spiace per la storia dell'ammaccatura!" rispose Caro.

"Dovrebbe spiacerti di più per la storia di girare senza patente!" ribatté Eva. "Potevi fare del male a te stessa e agli altri. Di fronte a questo, l'ammaccatura è ben poca cosa!" Fissò sua figlia negli occhi. "Ma ti ho chiesto come va. Tutto a posto con il tuo ragazzo?"

"Dice che mi invento tutto. Però in mia presenza cancella sms e chiude le chiamate in arrivo o a volte non risponde al telefono, anche se so che c'è. E poi mi viene a dire che sono un'isterica!" Scosse il capo. "Perché fa così? Potrebbe benissimo ammettere che ha un'altra, così mi saprei regolare. Invece in questo modo mi sento tirare di qui e di là... una volta penso che siano davvero tutte mie fantasie, e poi invece mi è lampantissimo che lui fa il doppio gioco..."

"E di cosa ti fidi di più? Delle sensazioni di pancia o di testa?"

"Di pancia!" rispose Caro di getto.

"Non potrebbe darsi che non tradisca solo te, ma anche l'altra? Non ci hai mai pensato? Forse anche l'altra ha dei sospetti, e lui fa di tutto per tenervi separate."

Caro la guardò sgranando gli occhi. "Devo fare la maturità e lui mi mangia tutte le energie! Perché devo avere sul gobbone quella gran testa di cazzo?"

Eva scosse il capo. "Non ce l'hai sul gobbone. Sei tu che lo ami, di tua spontanea volontà. In questo campo non ci sono obblighi. Se lui non ti è di aiuto, anzi ti consuma energie in una fase in cui avresti bisogno di un compagno che ti dia una mano... be', allora pensaci!"

Era chiaro che Caro ci stava riflettendo.

"Come è successo a te con il papà?" disse alla fine.

"Probabilmente!"

Per un po' nessuno parlò. Caro guardava il suo bicchiere d'acqua. "Ok!" disse. "Evidentemente non ho la fortuna di Toni!"

"Oh be', aspetta a dirlo!" disse Eva sorridendo. "È il suo primo amore, e non sarà certo l'ultimo!"

Quando andò a letto, scoprì il messaggino di Thomas. Strano. Doveva essere arrivato tardi.

I maschi hanno diritto di riflettere sull'esistenza? Mi sa che oggi sono ben poco maschio!

Cosa diavolo avrà voluto dire?

Ah sì... Che di solito gli uomini non riflettono. Gliel'aveva detto anche Gerold. Non stanno lì sempre a soppesare il pro e il contro come le donne. E soprattutto si rifiutano di riflettere su se stessi, per paura di scoprire abissi di cui non sospettano l'esistenza. E che non possono capire. Perciò preferiscono lasciar perdere. E se Thomas scriveva di avere riflettuto sulla sua esistenza, voleva dire che era la prima volta. E si sentiva, in un certo senso, femminile. Ecco la spiegazione!

Si mise comoda sotto le coperte e pensò a una risposta. *Bravo, che super performance…* No, meglio non avere la mano pesante. Rilesse un'altra volta il suo sms. *I maschi hanno diritto di riflettere sull'esistenza? Mi sa che oggi sono ben poco maschio!*

In vita mia non sono mai stata molto maschia, eppure ho sempre avuto un buon rapporto con la mia esistenza! Scrisse di getto e spedì, prima di pensarci su troppo. E poi era stanca e voleva dormire.

Thomas aveva di nuovo appuntamento con Barry, Charly e Mirjam, e dopo l'ennesimo ristorante per pochi eletti – che lo aveva ancora una volta stupito – si ritrovarono in un locale. Thomas si sentiva benissimo. La giornata, la gita al faro, il golf di pomeriggio con Barry, il buon cibo lo mettevano di ottimo umore. E benché avesse poca voglia di badare agli altri, gli saltò agli occhi comunque che Mirjam era diversa. Più sciolta. Partecipava alla conversazione durante la cena, scherzava addirittura. Aveva perso all'improvviso tutti i suoi blocchi? Charly aveva sempre sostenuto che fosse simpatica, ma lei non aveva mai fatto niente per dimostrarlo. Aveva sempre avuto l'aria di pensare che gli altri fossero un branco di idioti: Charly, Barry e in fin dei conti anche lui.

Forse aveva parlato con Charly? Il fatto che Thomas le avesse fatto quel discorso fuori dal bar era servito a qualcosa?

Non ne era molto sicuro, ma non gli andava di pensarci troppo. Soprattutto perché aveva appena ricevuto un sms che non capiva molto bene. *In vita mia non sono mai stata molto maschia, eppure ho sempre avuto un buon rapporto con la mia esistenza!*

Cos'era, una presa per i fondelli?

E pensare che per tutto il pomeriggio aveva avuto pensieri così profondi... proprio come vogliono le donne. E lei lo liquidava così, con una battuta? Era il caso di farsi vedere piccati?

Buon per lei! Scrisse. Ecco, e adesso che se la vedesse un po' Eva a interpretare il suo pensiero.

Seduto sullo sgabello del bancone, ordinò un'altra birra e si voltò versò Barry per chiedergli se il suo corso di golf era in dirittura di arrivo. In fin dei conti voleva provare anche lui a concludere qualche buca, mica voleva restare in eterno nel campo pratica... Ma si accorse che Charly aveva la faccia radiosa. Tanto radiosa da far impallidire il catenone d'oro che aveva al collo. Cosa diavolo era successo?

"Un brindisi alla vostra ultima sera?" chiese Barry e stava già per fare un cenno al barman, quando Charly porse la mano a Mirjam, che stava scivolando giù con le sue lunghe gambe dallo sgabello. Mano nella mano restarono lì, mentre gli altri li fissavano stupefatti.

"Sarebbe bello, ma..." disse Mirjam e Charly aggiunse, scoppiando d'orgoglio: "ma noialtri c'abbiamo di meglio da fare, perdiana!" E si eclissarono.

Martedì mattina. Sei e trentacinque. Sempre il solito tran tran. Eva si sciolse dall'abbraccio delle coperte, infilò la vestaglia, andò a bussare alla porta di Toni, poi in cucina a preparare la merenda per l'intervallo. Tutta fatica inutile. Accese la macchina per il caffè, tese l'orecchio ai rumori di sopra, felice che Flash la aiutasse nell'impresa di svegliare Toni abbaiando a più non posso, e si mise a tagliare il pane. Aggiunse due mele, due bibite. Corse di sopra, bussò di nuovo: "È tardi! E poi Flash avrà bisogno sicuramente di uscire in giardino!" Entrò in camera sua e prese il cellulare. Una novità nel suo tran tran. Prima passava direttamente dalla camera di Toni alla cassetta delle lettere dabasso, per prendere il giornale.

Buon per lei!

Ahi! Andò su "messaggi inviati" e rilesse il suo: *In vita mia non sono mai stata molto maschia, eppure ho sempre avuto un buon rapporto con la mia esistenza!*

Che problemi poteva avere con una frase del genere?

Siamo un po' risentiti, direi! scrisse, mentre si versava il caffè bollente nella tazza. *Non capisco!*

Corse di nuovo di sopra: "Toni!"

A rispondere fu Sven: "Si è già alzata!"

Oddio, si era scordata che c'era anche lui. È vero, ieri sera erano tutti insieme a tavola, e le sue figlie l'avevano spronata a cercarsi un nuovo compagno. Roba da pazzi! E subito le tornò in mente che quella che l'aspettava era una giornata speciale: sarebbe andata, per la prima volta in vita sua, da un avvocato. In un certo senso, si sentiva come se fosse stata convocata dal direttore della scuola... non avrebbe voluto sapere anche lui cose imbarazzanti?

Eppure, anche se aveva già il batticuore, era contenta. Era l'inizio del cammino per chiarire ogni cosa e portare ordine nella sua vita. Una volta divorziata, sarebbe stata libera di vivere una nuova fase della sua esistenza. Sapendo cosa le spettava.

E poi, di pomeriggio, c'era il servizio fotografico nell'area benessere dell'hotel Amélie. L'idea le piaceva. Insomma, quella prometteva di essere una buona giornata.

Ma c'era qualcosa che la inquietava. Qualcosa di imperfetto.

Flash scese di corsa le scale facendo un gran fracasso, la salutò felice e si lanciò scodinzolando all'impazzata verso la porta finestra. Eva la aprì, e subito comparve anche Saltarella. Con la tazza di caffè in mano rimase a guardare quei due correre in giardino, poi Flash alzò la zampa contro l'unico albero, e Saltarella si trovò un posticino vicino a una catasta di legno.

Al piano di sopra c'erano segni di vita. Eva sentì Sven e Toni uscire dal bagno, e Caro che ci entrava.

"Butti sempre tutto per terra!" si sentì urlare. "Brutta sciattona!"

A Toni quell'insulto non fece un baffo, perché dopo un attimo comparve sulle scale scambiandosi effusioni con Sven, ed Eva pensò una volta ancora: sembrano una vecchia coppia. Toni aveva una collana di perle a due fili, gli orecchini e il cerchietto nei capelli. E un pullover nero scollato.

Per i gusti di Eva era troppo, decisamente.

"Non ti sembra di essere un po' *overdressed* per la scuola?" chiese.

"Ma va! E perché? Vanno tutte così!"

Sven sorrise e si strinse nelle spalle.

Doveva dipendere dalla scuola. Nel liceo di Caro andava forte lo stile *nature*, un minimalismo quasi *shabby-chic*. Poco trucco, solo un tocco di mascara e di lucidalabbra, abbigliamento sportivo.

Toni ficcò merenda e bibita nella borsa, troppo piccola, che le serviva da cartella e diede a Sven la mela. "Ciao!" gridò.

"Quando torni?" le chiese Eva.

"Mi riporta Sven!"

Non era una risposta, ma ormai era già fuori, e Sven accese il motorino. Naturalmente Toni trovava molto figo venire scarrozzata direttamente davanti a scuola.

Restava comunque un mistero che arrivasse sempre in ritardo. Era pronta ogni giorno molto prima della sorella. E anche se andava in un'altra scuola, la distanza era più o meno la stessa. Caro si alzava venti minuti dopo e non arrivava mai in ritardo. Aveva calcolato le coincidenze dei mezzi pubblici con una tale precisione da arrivare in classe perfettamente in orario.

Eva sentì Caro muoversi di sopra. Bene, adesso era il turno di Flash e Saltarella. Entrambi erano già sulla porta, famelici. Eva pulì una carota per Saltarella, ci aggiunse una mela a pezzi con un po' di tarassaco e a quel punto comparve Caro.

"Mamma, ci ho pensato su ancora a quello che mi hai detto ieri!"

"Ah sì? Cosa intendi?"

"Che lui probabilmente ha un'altra e la tratta di merda come me!"

"Ben?"

"Ben!" La sua faccia si incupì. Quando invece Toni nominava Sven, si illuminava. Già quel particolare la diceva lunga.

"E cosa intendi fare?"

"Scoprire chi è l'altra, naturalmente!" Mise in cartella la merenda, la bibita e la mela. "E poi metterlo davanti all'evidenza. A quel punto dovrà pur dire qualcosa..."

Eva annuì, ma intanto pensava: santo cielo, tutta questa fatica per uno stupidello del genere!

"Non rovinarti la maturità per uno così", disse semplicemente. "Non ne vale la pena!"

"Vedremo!" Caro annuì imbronciata, si mise a tracolla la borsa e si fermò davanti alla porta di casa. "Mamma?" disse, girandosi verso Eva.

"Sì?"

"Una volta fai di nuovo il gulasch?"

Da bambina ne andava matta. Se solo fosse servito a consolarla!

"Certo. Volentieri!"

"Stasera?"

Allora doveva andare a fare la spesa. Dopo l'avvocato. Prima del servizio fotografico.

"Se vuoi, va bene. Stasera!"

Caro fece un sorriso radioso e si avviò.

Eva fece la doccia, si spalmò una lozione per il corpo e si piazzò davanti all'armadio aperto. Non riusciva a decidersi. Avvocato: dunque ci voleva qualcosa di classico. E per il servizio fotografico invece una cosa sportiva. Jeans e camicia. Accanto alle camicie era appeso il gilet multi-tasche dove, durante gli shooting particolarmente impegnativi, poteva sistemare i suoi attrezzi. Per esempio durante le riprese di un film, quando non si poteva avere sempre con sé il bauletto dei trucchi. Le tornò in mente il lungometraggio, che comunque le covava sempre sotto pelle. Se non si sbrigava a dare una risposta, avrebbero di certo cercato un'altra truccatrice. Non credeva proprio che la direzione si sarebbe messa a rincorrerla per telefono. Ma c'era dell'altro. Il mal di stomaco le diceva che c'era anche un'altra questione che le rodeva nel subconscio. Sua madre? Si era prefissa di andarla a trovare mercoledì. Domani, quindi.

No, non era sua madre.

Decise per i jeans e una giacchetta blu. Non si era vestita così di recente? Ah, sì, al ricevimento professori di Toni, a scuola. Già. E al primo incontro prima dello shooting. Quindi non andava bene. Riappese jeans e giacchetta nell'armadio e scelse una giacca di pelle marrone. Perfetta. Con i jeans e una camicia celeste. Affare fatto!

In Wilhelmplatz era impossibile parcheggiare. Si piazzò di sbieco davanti all'ingresso di un hotel, sperando di non fare imbufalire nessuno. E di non farsi portare via la macchina dal carro attrezzi. Ma mancava poco alle dieci e mezza e non voleva arrivare in ritardo.

Vide la targa STUDIO LEGALE SCHEBAUER sul portone di un tipico palazzo borghese, grande e anonimo ma con un bel rivestimento di quadrotte di granito ad altezza d'uomo. Sopra c'era la sede della Spd. Saranno stati clienti anche loro?

Eva sorrise e pigiò di ottimo umore il bottone del citofono. Con un ronzio il portone si aprì e subito si sentì, su in alto, un cane abbaiare. Eva salì l'ampia scala e si fermò davanti a una porta. Venne ad aprire una giovane donna che la salutò chiamandola per nome. Eva ricambiò il saluto e andò nella stanza che le era stata indicata, la prima a sinistra accanto all'ingresso.

Dopo un po' comparve una bruna alta e slanciata, attorniata da due Jack-Russell-terrier e da un altro cane di razza non precisata con lunghe orecchie e pelo marrone.

"Ha paura?" le chiese con una voce profonda, indicando i cani.

Eva scosse il capo. Semmai la intimidiva quella donna dall'aria tanto energica.

"Buongiorno", disse l'avvocatessa porgendole la mano. "Sono Patricia Schebauer. Si sieda, prego!"

L'invito, evidentemente, valeva anche per i cani. Due si rintanarono nelle loro ceste, il terzo si accucciò sul davanzale, da dove poteva dominare tutta Wilhelmplatz. A Eva venne da ridere. Era curioso come Flash.

"Ho un cane anch'io", disse a Patricia, sedendosi su un'esile seggiola di plastica.

L'arredamento era moderno, ma caldo. Dietro di lei un divano di design – usato sicuramente solo dai cani – pensò Eva, davanti una scrivania leggera con il ripiano di cristallo, alle pareti quadri moderni. Patricia Schebauer si sedette di fronte a lei, e si chinò un po' in avanti.

"Se ho ben capito", attaccò, "suo marito è sparito dopo lo tsunami, e lei intende chiedere il divorzio."

Eva esitò un attimo. Detto così, suonava strano.

"Mio marito è ingegnere e lavora per delle organizzazioni di aiuto al terzo mondo. Dopo la catastrofe dello tsunami, il nostro ministero della difesa ha subito inviato aiuti ed esperti sul posto, così come hanno fatto la Caritas, Medici Senza Frontiere e molti altri. Mio marito era stato incaricato di valutare i danni, farne un elenco e provvedere insieme ad altri ai primi soccorsi. E così è partito per l'Indonesia, per Banda Aceh."

Eva alzò gli occhi. L'avvocatessa non pareva intenzionata a interromperla.

"Tutto ciò a metà gennaio del 2005. Da allora non l'ho più visto!"

Patricia Schebauer assunse un'aria pensierosa.

"Non potrebbe essere che gli sia capitato qualcosa?"

"In questo caso ne sarei stata informata per via ufficiale", ribattè Eva. "No, era lì per lavorare, non c'è dubbio. Abitava insieme ai colleghi in un albergo, e all'inizio si faceva vivo regolarmente, poi sempre di meno. Alla fine, ha smesso del tutto!"

"E lei cosa ha fatto?"

"Ho chiesto informazioni alla sua organizzazione. Mi hanno detto che si era licenziato. In hotel era introvabile, i suoi colleghi facevano di tutto per evitarmi o mi davano strane risposte... erano imbarazzati, evasivi. Non so: possibile che alla sua età voglia fare il *dropout*?"

"Era il tipo?"

"Credo piuttosto che si sia innamorato. Le donne laggiù sono ben diverse da noi... voglio dire, sono di un'altra pasta. Non se la prendono per niente, e non hanno niente da ridire né davanti a uno sgorbio d'uomo, né a un ciccione, o a uno vestito da far schifo!"

"Per questo sono contenta di essere europea!"

L'affermazione era così lapidaria, che Eva scoppiò a ridere.

"Be', in effetti", disse Eva, "neanch'io sono tanto un tipo remissivo... Voglio rendermi conto di quello che succede!"

"Meno male!"

Si guardarono negli occhi. Quella donna le piaceva. Aveva, è vero, un che di gelido, con quell'abito di lino chiaro e la collana a doppio filo, ma allo stesso tempo dava a Eva la sensazione di essere capitata con la persona giusta.

"Già", disse Eva. "Sia come sia, è sparito. Per un po', con le mie figlie, ho finto che il padre provvedesse ancora a loro, che mandasse soldi e belle parole... Soprattutto a Natale è stata dura: non si è fatto vivo in nessun modo."

"Che età hanno le sue figlie?"

"Quattordici e diciotto. Nel frattempo si sono rese conto da sole di come stanno le cose. Almeno adesso non devo più arrampicarmi sugli specchi."

"Bene", disse Patricia prendendo un bloc-notes. "Dunque, partiamo all'attacco. Innanzitutto, lei impotente non è. Che lui sia in Indonesia, in Malesia, a Singapore, in Tailandia o dove diavolo vuole, una cosa è certa: non ci sfuggirà!"

Il suo ghigno ricordava l'espressione di Crudelia de Mon nella *Carica dei 101.*

"Suo marito possiede dei beni?"

"Abbiamo un conto cointestato, ma da quando il suo stipendio non ci viene più versato, da parte sua naturalmente non c'è alcun accredito."

"Azioni? Conti segreti in Svizzera? In Liechtenstein?"

Eva scosse la testa. "No, purtroppo."

"Auto d'epoca, cavalli da corsa, immobili?"

Era evidente che Patricia tentava di darle coraggio.

"Gli animali non gli piacevano, e neppure le auto. Abbiamo una vecchia Golf."

"Villetta della mamma? Casa al lago del nonno?"

Eva scosse il capo. In effetti, non possedevano niente. E la villetta veniva da *sua* nonna, mica da quella di lui.

"Orologi antichi, gioielli, quadri?"

"Oddio!" la interruppe Eva. "Siamo veramente dei nullatenenti, e per giunta io ho già trentotto anni!" Si vedeva davanti sua sorella, o Evelyne a Kräherwald.

"Qualcosa possederete pure. Adesso ci arriviamo!" Patricia Schebauer si appoggiò allo schienale. "Durante il matrimonio avete acquistato insieme qualcosa di valore?"

Eva ci pensò su, ma poi scosse il capo. "Niente, solo cose di ordinaria amministrazione: lavatrice, asciugatrice, mobili... insieme abbiamo ristrutturato la cucina. Ma in casa ci vivo comunque io! Era di mia nonna."

"Dunque non abbiamo alcun bisogno di chiedere la divisione dei beni acquisiti durante il matrimonio, bensì solo gli alimenti e il conguaglio ai fini della pensione. L'affidamento dei minori verrà dato senz'altro a lei, su questo non ci piove.

Eva annuì, sottomessa. "E com'è la procedura, adesso, visto che nessuno sa dove sia finito?"

"Se suo marito non risulta rintracciabile in nessun luogo conosciuto, e la cosa è provata – vale a dire che l'ufficio anagrafico del nostro paese è all'oscuro del suo luogo di residenza, l'organizzazione per cui lavorava non sa nulla e il suo hotel non ha più alcun recapito – allora il suo domicilio viene dichiarato sconosciuto, e l'istanza di separazione gli viene presentata pubblicamente."

"Cosa significa?" Eva aggrottò la fronte. "Viene letta in pubblico sulla piazza del mercato?"

Patricia scoppiò a ridere. "Quasi. Ma non proprio... Viene semplicemente affissa in pubblico nel tribunale competente. E dopo quattro settimane passa in giudicato. A quel punto possiamo agire!"

"Senza di lui: è ben strano!"

Patricia appoggiò la penna e la guardò. Sul viso le passò un guizzo di ilarità, e di nuovo Eva si vide davanti Glenn Close, questa volta nel ruolo dell'invasata in *Attrazione fatale.* "Non c'è divorzio migliore di quello in assenza della controparte, mi creda!"

"In effetti, ha ragione", osservò Eva. "Lui non avrà modo di opporsi, però io non otterrò niente!"

"Un momento. Innanzitutto ha dei diritti e la legge dalla sua. È incontrovertibile che lui debba provvedere al mantenimento delle sue figlie. E all'occorrenza, anche al suo. Deve farmi avere le sue buste paga, il certificato di matrimonio e quello di nascita delle figlie, così potrò cominciare a muovermi."

Eva annuì. "Okay. Sì, ho dei diritti, ma a cosa?"

Patricia scosse il capo. "Qualcosa le verrà in mente, prima o poi. Magari stasera, a letto… e con la sentenza di divorzio potrà rivalersi su di lui!"

Eva non ci credeva un granché. Non possedevano niente quando si erano sposati, giovanissimi, e finora le cose non erano cambiate. Ma anche se non otterrò nessun bene, pensò Eva, almeno avrò la certezza che lui non possa accampare pretese nei miei confronti. Si alzò e porse la mano a Patricia Schebauer. "Grazie mille", disse. "Mi è stata di grande aiuto. Le farò avere quanto mi ha chiesto e penserò se da qualche parte ci può essere un tesoro nascosto!"

Thomas era all'aeroporto. Erano stati giorni memorabili. Il pomeriggio aveva ancora giocato a golf, e aveva osato chiedere per la prima volta a Barry come avrebbe potuto ottenere la "tessera di abilità sul campo", se non ci aveva mai messo piede.

"Tessera di abilità sul campo?" Barry lo aveva fissato con gli occhi sgranati. "Ma come?"

Allora era stato Thomas a guardarlo a occhi sgranati. "Be', veramente… sono venuto qui solo per questo!"

Erano nel campo pratica e Barry, dopo aver gridato: "Un attimo!", era corso in ufficio ed era tornato subito con un foglietto in mano. "Guarda! Qui c'è scritto che tu hai prenotato un corso propedeutico. Non la “tessera di abilità sul campo”, nel qual caso avresti dovuto allenarti molto di più. E sborsare molti più quattrini!”

Thomas aveva sentito il bisogno di sedersi, se solo ci fosse stata una seggiola nei paraggi. “In effetti, mi stupivo!”

“E perché non hai detto niente?”

“Perché...” e si era picchiato il palmo della mano sulla fronte, “perché sono un vero idiota! Vengo qui apposta per ottenere la tessera, e me ne torno a casa senza e per giunta con tre chili di troppo!”

Guardava Barry scuotendo il capo. Barry era impallidito sotto l’abbronzatura. “Ormai è troppo tardi”, aveva detto.“Devi venire un’altra volta!” E gli era tornato il sorriso. “Ma te la sei spassata, vero?”

“Alla grande!” Poi aveva aggiunto, vedendo lo sguardo dubbioso di Barry. “Per davvero! Tornerò di certo, e non solo per la tessera.” Si erano guardati negli occhi. “Magari, però, un giro del campo insieme ce lo potremmo fare... giusto per provare la sensazione!”

Barry ci aveva pensato un attimo e aveva guardato l’ora dicendo: “È quasi mezzogiorno. Quando hai il volo?”

“Tardo pomeriggio.”

“Ok, un’ora. Basta per farti provare la sensazione. Vediamo fin dove arriviamo!”

A ripensarci ora gli veniva da ridere. Si rivedeva, sotto un sole cocente, percorrere insieme a Barry, fradici di sudore, quel campo tutto saliscendi. All'inizio concludeva un sacco di buche, alla fine più nessuna. Era una vera maledizione. Ogni volta che credeva di aver capito un colpo, la pallina lo faceva fesso e restava al suo posto. Oppure saltava nel più vicino bunker di sabbia. Dopo un'ora erano all'ottava buca, ed erano stati superati solo da un gruppo, perché con quella calura erano in pochi ad azzardarsi a girare per il campo. Allora avevano deciso di concedersi una bella birra d'addio.

"E adesso come faccio?" aveva detto Thomas, dopo aver scolato il primo bicchiere e ordinato ancora una birra. "Devo giocare con una mezza campionessa e ho bluffato alla grande. Le ho detto che sapevo giocare benissimo!"

"Ah!" aveva detto Barry ghignando. "Ecco il motivo del tuo blitz. I see!"

Thomas aveva annuito.

"Comunque non ce l'avresti fatta", aveva detto Barry.

"Adesso lo so anch'io!"

Barry l'aveva guardato ammiccando. "È bella?"

"Sì!"

"E te la vuoi portare a letto?"

"Direi!"

Barry aveva scosso il capo. "Sei della stessa pasta di Charly!"

Thomas non era affatto d'accordo, ma non aveva argomenti per ribattere.

"Slogati un polso, così hai una scusa!"

*

Durante la giornata il tempo era stato variabile, ma verso sera si era fatto bello ed Eva spalancò la porta del giardino. C'era un profumo piacevolissimo di terra e di erba, di primavera. Il servizio fotografico era andato bene, d'altronde i visi bagnati le andavano particolarmente a genio: poteva acconciare i capelli in maniera fantastica, sexy e selvaggia... e poi la coppia di modelli era simpatica e rilassata, perché in un centro benessere si crea sempre un'atmosfera intima, che può disinibire o, al contrario, imbarazzare. Gil e Jana si erano messi a flirtare. Cosa che fanno solitamente tutti i bravi modelli con la macchina fotografica, ma quella volta era un triangolo amoroso, una cosa splendida. Tom era certo di aver fatto delle foto superlative.

Eva era tornata a casa con la sensazione di aver passato una giornata fruttuosa. Aveva preparato l'impasto per gli *spätzle*, la carne e tutto il resto. Poi era corsa di sopra, aveva fatto la doccia, si era infilata una vecchia T-shirt su dei fuseaux ancora più antidiluviani ed era ridiscesa, rilassata. La aspettava una serata deliziosamente casalinga.

Quando arrivarono Caro e Toni, lei era già china sulla pentola di acqua bollente e versava gli *spätzle*.

"Uh, che buoni, mamma! Gli *spätzle*!" gridò Toni. Caro la abbracciò e le diede un bacio sulla guancia. Eva ne fu così felice che quasi le vennero le lacrime agli occhi. Piccoli gesti, grandi emozioni, pensò, scacciando per l'ennesima volta Flash dalla cucina.

Caro apparecchiò la tavola, raccontando della scuola; Toni faceva la scansafatiche, ma annunciò che il giorno dopo bisognava mettere in strada i sacchi gialli.

"Già, benissimo!" disse Caro, "Fallo subito, almeno è fatto!"

Toni non se l'aspettava e cercò una scusa, ma non ne trovava di credibili. Alla fine sbottò: "Va bene anche domani mattina!" ma Caro si limitò ad alzare un sopracciglio. "Va bene", capitolò Toni, "ma dopo, allora, vado a fare un giretto con Flash!"

Flash si dimostrò subito entusiasta e si mise a scodinzolare come un pazzo, perché aveva capito benissimo. Eva, con il tagliere in mano, lanciò un'occhiata in mezzo ai vapori e scoppiò a ridere. In quel momento squillò il telefono. Toni, che era la più vicina, alzò il ricevitore: "È per te!" disse, strizzando l'occhio a Caro. Eva alzò gli occhi, incuriosita. C'era qualche novità dal suo Ben? Le avrebbe giurato amore eterno, ammesso che i ragazzi di quell'età lo facessero? Chissà! Sentì solo che Caro, dopo pochi secondi, diceva: "Ok, no, non c'è problema, va bene!" prima di riattaccare.

"Mamma, è un mio compagno di scuola che chiede se può venire", disse. "È un tipo simpatico, ma se non ti va bene lo richiamo e gli dico qualche balla."

Eva si guardò. "Se il mio abbigliamento da barbona non lo turba e tu sei contenta, a me va bene. Gli *spätzle* bastano e avanzano!" In effetti, la terrina era già quasi piena rasa, e quando una delle sue figlie le rubava un vermicello riuscito troppo grosso e se lo ficcava in bocca, lei la riprendeva dicendo: "Se andate avanti così, sarete piene prima di mettervi a tavola!" con la stessa identica frase di sua madre. Al che le venne in mente che domani era mercoledì e aveva deciso di andarla a trovare. Ma quanto sarebbe stato più bello se fosse venuta a cena in una serata così! Avrebbe capito molto meglio com'era la sua vita.

"Ma no, è un tipo alla mano", la tranquillizzò Caro. "Assolutamente inoffensivo. Veramente volevamo fare mate insieme, questo pomeriggio... è un vero genio, ci azzecca sempre! Gli avevo mandato un sms per disdire, si vede che non gli è arrivato."

Eva aveva fatto un trito di aglio e cipolle, tagliato i peperoni e il peperoncino, preparato la panna liquida. Cominciò a soffriggere la carne di maiale tagliata in sottili fettine. Il burro sfrigolava. Stava così bene con le sue figlie! C'era solo da sperare che quel tipo non rompesse l'incanto. Invece magari sarebbe stato ancora più divertente. Un genio in matematica? Ancora non ne aveva visti per casa. Che aspetto avrà avuto? Occhialini neri tondi e un inizio di stempiatura?

Ridacchiò tra sé e sé. Suonarono alla porta.

Però, che svelto! Di certo non aveva chiamato da casa, bensì da lì vicino, per essere sicuro che tutto fosse ok. Un punto a suo favore.

Eva si girò. Caro, seduta alla tavola apparecchiata, le fece un cenno e disse: "Vado ad aprire!"

Eva mischiò gli ingredienti per la salsa e versò il tutto nella padella insieme alla carne, quando una voce dietro di lei disse: "Buona sera!"

Eva si girò di nuovo, in mezzo ai vapori, impugnando il mestolo. Davanti a lei c'era Thomas, abbronzatissimo, con una polo bianca e i jeans.

Eva fissò smarrita sua figlia. "Io... pensavo che fosse..."

Toni si strinse nelle spalle, poi tentò di comunicare con la lingua dei segni. Eva non ci capì un'acca.

"Ciao", riuscì ad articolare, morendo dalla voglia di darsi alla fuga. Proprio quella sera che era vestita di stracci! Doveva sembrare una vecchia befana.

"Se disturbo, posso anche andarmene", disse Thomas. "In realtà mi era venuta all'improvviso l'idea di rapirla per andare nel nostro bar, ma ho sentito solo: "Ok, no, non c'è problema". Sorry se ho capito male..."

Eva si era un po' ripigliata.

"Ha risposto mia figlia", disse, laconica.

E Caro si strinse di nuovo nelle spalle: "Mi spiace, l'ho scambiata per un mio compagno, si chiama anche lui Thomas!"

"Ne sono fiero", replicò Thomas. "Vuol dire che ho la voce di una persona giovane e dinamica!" e porse la mano a Eva.

"Va tutto bene", disse Eva stringendogliela. "Almeno così può vedere come si vive davvero in famiglia."

"Già... divertente!" disse Thomas, stringendo la mano anche a Caro. "Ma il cane feroce ancora non l'ho visto!"

Eva cercò il cucchiaio di legno e Caro indicò la porta finestra, dove Saltarella, dritta sulle zampe posteriori, chiedeva di entrare. "In compenso adesso arriva la nostra coniglietta feroce... stia attento!"

Eva lanciò a Caro un'occhiata di sottecchi. Aveva un'aria beata. Evidentemente era soddisfatta di aver accalappiato la preda, e pronta ad analizzarla al microscopio.

"Delle coniglietta non ho paura, sono un vanto nella vita di ogni maschio!"

Eva e Caro si scambiarono un'occhiata.

Thomas chinò il capo. "Ho detto un'altra stupidaggine?"

"Insomma!" esclamarono madre e figlia all'unisono.

"Mi sa tanto che lei alla scuola per animi romantici non ci è andato!" dichiarò Eva, abbassando la temperatura del forno. "Vuole una birra? Io ne avrei una gran voglia!"

Con il dorso di una mano si allontanò i capelli dalla faccia e gli sorrise. "Benvenuto nella caotica casa Kern!"

"Mi sento perfettamente a mio agio!" rispose lui e aggiunse, indicando una sedia: "Posso sedermi?"

Solo in quel momento Eva si accorse che aveva il polso sinistro fasciato. "Oh no!" esclamò. "Non è possibile! Si è fatto molto male?"

Fece un rapido calcolo. Tra undici giorni c'era la festa di primavera al Golf Club. Doveva assolutamente giocare un po', prima, altrimenti aveva un brutto presentimento.

"Punto alla vittoria!" disse, impugnando una mazza da golf immaginaria.

"Mal che vada vincerà anche al posto mio", replicò lui, sollevando la mano sinistra. "Strappo muscolare di primo grado!"

"Oh, porca miseria!" Eva si sedette di fronte a lui, dimenticandosi della birra. "Dovremmo consultare un medico".

"Già fatto", fece lui. "Ma un barlume di speranza l'ho ancora..."

"Sì?" Eva lo guardò con aria interrogativa.

"Posso ballare!" Eva scoppiò a ridere suo malgrado. In effetti, era la cosa più importante. Di sera, quando tutte le signore della buona società puntano gli occhi e spettegolano.

"Meno male, sono contenta!" disse. "Mi salva la faccia!"

Thomas la osservò e fece un sorrisetto. "Non direi: cos'è, mascara, quell'ombra nera sotto gli occhi? E il segnaccio sulla guancia? Mi pare eyeliner sbavato per colpa del vapore..."

Eva schizzò su dalla sedia e rischiò di scontrarsi con sua figlia, che arrivava con due boccali di birra, versata a regola d'arte.

"Mamma!" protestò. "Stai attenta!"

Ma Eva si limitò a scuotere il capo e corse di sopra.

"Non è poi così tragico!" esclamò Thomas, rivolgendo un'occhiata interrogativa a Caro.

"Immagino che non le piaccia essere colta così alla sprovvista, in fin dei conti ne va del suo onore professionale", disse Caro aprendo la porta a Saltarella che, appena entrata, si precipitò curiosa ad annusare meticolosamente le scarpe di Thomas.

"Pensavo fosse un coniglio, non un cane!" Thomas si chinò verso Saltarella, che non gradì e saltò subito via. "Ah! Qui dentro bisogna stare attenti a tutto quello che si dice e che si fa", osservò.

Caro si sedette a tavola con lui. "Anche con gli uomini!"

"A me pare che gli uomini siano più elastici!"

Caro scoppiò a ridere. "Lo dice lei! Le faccio un esempio. Il mio ragazzo una volta mi ha detto che trova fantastico il mio fisico e che non ne potrebbe più fare a meno."

"Lo capisco!" commentò Thomas, annuendo.

Caro aggrottò la fronte. "Poi ha detto che ha visto la sua ex, ed era talmente ingrassata da fargli passare qualsiasi voglia!"

Thomas annuì di nuovo, senza dire niente.

"E io mi sono incazzata: possibile che debba ridurre tutto all'esteriorità!"

Thomas si strinse nelle spalle.

"Allora gli ho detto che, dopo il mio ultimo ragazzo, non potevo accontentarmi di meno di venti centimetri, ma che facevo un'eccezione giusto per lui!"

Thomas si scompisciò dal ridere. "Davvero gli hai detto così? E lui?"

"Si è offeso. Ma io volevo solo fargli capire che per me lui contava anche dal punto di vista umano, e che io non ne faccio solo una questione di misure."

Thomas stava ancora ridendo e la guardava scuotendo il capo. "Argomenti del genere i maschi non li capiscono", disse poi. "Anche lui avrà afferrato solo in parte."

Flash spuntò di gran carriera da dietro l'angolo, seguito da Toni con la faccia congestionata. "Abbiamo fatto a gara a correre", annunciò, frenando a un centimetro dal tavolo. "Ma ha vinto lui!"

"Buona sera!" disse Thomas, alzandosi.

"Oh!" Toni lo fissò, mentre Flash lo aveva già raggiunto scodinzolando. "È lei?"

"In persona!" Thomas accennò a Flash. "E come va, il nostro amico?"

Toni si mise una ciocca di capelli dietro l'orecchio e arrossì. Caro la guardava stupita. "È a posto", rispose girandosi verso Eva, che stava entrando in jeans e T-shirt.

"Allora, cancellate tutte le tracce?" chiese Thomas.

Eva scoppiò a ridere: "Sembravo un mascherone tragico... anche se molto originale!"

Lui annuì. "E nel bel mezzo di quale festa sono capitato?" chiese, indicando i fornelli, dove cuoceva lo spezzatino con gli *spätzle*.

"Nessuna festa, ho solo accontentato mia figlia maggiore, ma penso che ci sia cibo a sufficienza anche per un ospite!" Eva guardò le sue figlie che fecero di sì con la testa, e aggiunse un posto a tavola.

Per ricambiare quella "cena in famiglia", come l'aveva definita, Thomas la invitò venerdì sera al ristorante. La settimana trascorse piacevolmente, il servizio fotografico si confermò interessante e Gabriela Zell le promise che, se avesse avuto ancora bisogno di una truccatrice, avrebbe chiamato lei.

Toni e Caro trovarono simpatico Thomas e proclamarono all'unanimità che era il tipo giusto per la madre. Eva oppose una certa resistenza, perché le sembrava di essere trattata da vecchia zitella inacidita che ha bisogno di un po' di sesso. "Sai, mamma, del papà ormai devi fregartene. Lui farà lo stesso!"

Mercoledì, da sua madre, capì che l'idea di chiederle sei settimane da baby-sitter in casa sua era fuori dal mondo. Sua madre non sarebbe mai riuscita a tenere il ritmo delle sue figlie.

"Ascolta, mamma, una volta andiamo tutte insieme al ristorante. Che ne dici?"

"Sììì, ma..." rispose sua madre esitante, controllando con le mani se la capigliatura era a posto, "ma non da quello dove siamo state l'ultima volta. Non volevo dirtelo, ma il rognone lo cucino meglio io. Ti ricordi? Dev'essere ben speziato, e poi lasciato a bagno per un bel po', se no non perde l'amarognolo... hai voglia poi a coprirlo con la panna liquida!"

"D'accordo. Andremo da un'altra parte. Nel ristorante italiano che ha tutti quegli antipasti... ti ricordi?"

"Sì, sì, ma la pizza era tropo alta. Ti ricordi le pizze che facevamo noi?" Gli occhi le brillarono golosi. "Sottili, croccanti, con un sacco di farcitura e di mozzarella. Non se ne vedono più, oggi!"

"Come no, mamma, Caro le sa fare benissimo. O preferisci farle tu e veniamo noi? Le ragazze sarebbero contente."

"Ah, per me è un problema procurarmi tutti gli ingredienti e poi, sai... mi è passata la voglia!"

Eva era k.o. "Avresti voglia di venire con me alla festa di primavera? Potresti startene seduta in terrazza a guardare la gara!"

"Sì, cara, ma io ormai cosa c'entro? Non conosco più nessuno, da quando è morto papà... e poi non saprei neanche cosa mettermi in un'occasione così mondana, ci saranno le signore della buona società..."

"Mamma, sarebbero felicissime di rivederti. Vengo a prenderti e, se ne hai voglia, prima andiamo un po' a fare shopping. Anche se di vestiti eleganti ne hai!"

"Sì. Quando papà era ancora vivo, era tutto diverso..."

Eva, uscendo, pensò che non aveva ottenuto niente. Oltre al puro fatto di essere stata lì, la sua visita non aveva avuto altro risultato. Sua madre era ancorata al passato e si opponeva a ogni tentativo di cambiamento.

Nel salutarla, le aveva chiesto: "Cosa fai tutto il giorno? Non ti annoi, sempre in casa? Non hai mai voglia di uscire? Di andare a teatro, al cinema, cose così..."

Sua madre l'aveva guardata stupita. "Tengo in ordine la casa, come facevo una volta, quando eravate tutti qui."

A ben vedere era triste. Da quando le era morto il marito – e con lui la sua vita al Golf Club – non aveva più nessun interesse. A volte Eva le raccontava di altre donne che, rimaste vedove, avevano finalmente realizzato i loro sogni: frequentare dei corsi, fare yoga, viaggiare in paesi esotici, ma lei restava impassibile. "Che senso ha?" chiedeva. "Se non mi interessava prima, figuriamoci adesso!"

Eva tornò a casa depressa, e mentre ancora era in auto prese il cellulare e rifiutò il lavoro del lungometraggio in Austria. "Grazie mille di avere pensato a me", disse, "ma non trovo nessuno per le mie figlie!"

"Già, così è quando si è una madre incatenata ai doveri", rispose Kevin dello staff. "Peccato che non lo dica nessuno tra quelli che parlano di politica di sostegno alle famiglie. Ma per conciliare figli e lavoro in Germania ci vogliono o nervi saldi, o matrimoni saldi!"

"Al momento difetto di tutti e due!"

"Quando tiri su dei figli da solo ce l'hai sempre nel didietro!"

"Grazie per la solidarietà!"

"Comunque, per il prossimo film la prima che chiamerò sei tu!"

Quando chiuse la comunicazione, Eva aveva le lacrime agli occhi e si accorse solo dal concerto di claxon dietro di lei che il semaforo era diventato verde.

Ragione di più per aspettare venerdì con il batticuore. A casa, Toni le chiese se poteva organizzare di nuovo una serata home-video.

"Aha", disse Eva. "E chi viene?"

"Theresa, Valerie e Maxi!"

Eva non aveva niente in contrario. L'ultima volta non c'erano stati problemi.

Caro invece annunciò che aveva intenzione di fare un'indagine di mercato insieme a una sua amica.

"To', adesso si dice così?" chiese Eva.

"Vogliamo vedere di persona", disse stiracchiandosi con aria consapevole della propria figura snella e graziosa, "se è vero quello che sostiene Ben, vale a dire che ha una ricorrenza in famiglia. O riusciamo a scoprire come si chiama questa "ricorrenza" – e così la facciamo finita una volta per tutte – oppure ci guardiamo un po' attorno, chissà mai che ci sia qualche altro ragazzo papabile in giro!"

Eva non fece commenti, perché anche lei era in procinto di fare la sua indagine, anche se di altro tipo. Era davanti al suo armadio, e lasciava correre lo sguardo avanti e indietro. Poi decise di cominciare dalla biancheria intima. Il completino di pizzo che si era regalata di recente l'aveva messo una volta sola. Semplicemente perché le sembrava sprecato. Adesso se lo infilò e corse dabasso, a guardarsi nello specchio dell'ingresso. Flash la tallonò, perché lì c'era appeso anche il suo guinzaglio.

"Niente giretto", gli spiegò Eva e le scappò da ridere nel vedere la sua espressione. Aveva la lingua penzoloni da un lato, la fissava con occhi grandi e speranzosi. "Dopo!" gli promise, e Flash si mise a scodinzolare piano. Se mi guarda così anche Thomas, pensò Eva, gli scoppio a ridere in faccia. Poi si girò di nuovo verso lo specchio. Be', la storia del jogging non l'aveva presa molto sul serio, è vero, però aveva un bel fisico lo stesso. Lo slip di velo impalpabile, marrone scuro con fiori violetti, era stupendo, specie perché era un tanga. E anche il reggiseno era un sogno, e poi faceva due tette formidabili. Ottimo, con l'intimo era a posto, adesso mancava il resto. Nel giro di poco, camera sua sembrava quella di Toni. Non c'era un abbinamento che non avesse provato. Ma quando trovava qualcosa che le piaceva non si intonava con i pizzi del reggiseno, che risaltavano troppo. Ma di cambiare reggiseno e mettersene uno liscio non se ne parlava proprio. E nemmeno di comprarsi qualcosa di nuovo, non ne avrebbe avuto il tempo. Le stavano venendo veramente i nervi, era in preda alla frenesia. Alle sette mandò un sms a Thomas, pregandolo di passare a prenderla non alle sette e mezza, bensì alle otto.

Thomas ne fu felicissimo. L'ultimo impegno di lavoro era andato per le lunghe, e aveva voglia di farsi una doccia con calma. Quando arrivò a casa, trovò la porta solo accostata, il che significava che Saskia gli stava annaffiando le piante. A volte la trovava invadente, anche se lo faceva per gentilezza.

Era piazzata con una tavoletta di cioccolato sul suo divano di pelle chiara scamosciata e guardava una qualche soap opera demenziale tardo pomeridiana. Nel vedere Thomas trasalì e tirò giù le gambe dal divano. "Oh, sei in anticipo!"

Sembra la scena di un brutto film, pensò Thomas, e perché gli veniva in mente anche Charly? Saskia si mise in bocca l'ultimo pezzo di cioccolata e si alzò. "La mia tv ha dato forfait all'improvviso, e il film mi prendeva così tanto... così ho pensato che non ti avrebbe dato fastidio se..."

Calmati, si disse Thomas. Non sta piantando le tende da te, guardava solo la televisione.

"Non c'è problema", disse. "Non ti dispiace se faccio la doccia?"

"Ma no, figurati", replicò lei, rimettendosi sul divano.

Bel colpo, pensò Thomas mentre andava in camera: mettiamo che arrivi con una ragazza, e qui da me ci sia già lei che si comporta come se fosse a casa sua... Stava pure mangiando la *sua* cioccolata, quindi voleva dire che aveva aperto il *suo* frigo. La comprava sempre a Zurigo, e adesso quella la sbriciolava sul suo divano. La questione era: piante annaffiate o piante secche. E lui era sempre in viaggio. Quindi, meglio piante annaffiate. Ergo, cioccolata sul divano.

In camera appese la giacca e i pantaloni allo schienale di una seggiola, e il resto lo gettò sul letto. Tanto era tutto da lavare. Poi entrò in bagno. Era grande, con una vasca rotonda di sicuro appeal, ma che non usava mai perché ci voleva un sacco di acqua per riempirla e poi, una volta che finalmente era piena, era già fredda. I signori architetti che avevano ideato quella soluzione avevano trascurato il piccolo problema della pompa idraulica per far arrivare l'acqua al settimo piano. E lui pure. Ma l'effetto era comunque grandioso. Un Philippe Starck puramente decorativo. Entrò nella doccia, che aveva fatto fare in muratura, così richiedeva meno pulizie. Odiava cordialmente lo straccetto che si trovava in non poche cabine-doccia di cristallo, in casa di certe signore, per suggerire gentilmente di dare una bella passata a doccia finita per non lasciare traccia di calcare. Non poteva soffrire trucchetti del genere.

Nella sua doccia poteva benissimo esserci calcare a volontà, tanto sulle piastrelline grigie, tipo tessere di mosaico, non si vedeva niente. L'acqua scrosciava, e Thomas cominciò a rilassarsi, chiuse gli occhi e si abbandonò alla gradevole sensazione di stare sotto quella cascata. Finché non sentì qualcosa di strano. Aprì prudentemente un occhio e rimase di stucco. La mano sul suo pene era quella di Saskia. Era lì nuda, davanti a lui. Dallo spavento a momenti Thomas si strozzò. Come aveva fatto ad avvicinarsi così silenziosa? In confronto, *Psycho II* non era niente!

Come doveva reagire?

Prima che potesse prendere una decisione, a reagire fu il suo pene. Si drizzò. Contro la sua volontà. Thomas non voleva. E poi, gli mancava solo di mettersi nei guai con la vicina, che aveva le chiavi di casa sua... una storia con lei sarebbe stata non solo demenziale, ma anche controproducente. Non avrebbe più potuto portarsi a casa una donna, senza che la malcapitata venisse scrutata con occhi d'Argo, se non addirittura vivisezionata. Immediatamente girò il rubinetto verso l'acqua fredda e le voltò le spalle.

"Cara Saskia", attaccò. "Sei una ragazza magnifica, ma purtroppo esageratamente giovane per me. Io ho quarant'anni. Ci sono quasi vent'anni tra noi! Non va bene!"

"Per me non fa niente!" ed era già sotto la doccia anche lei.

Thomas gelava, ma il risultato era raggiunto: l'erezione era rientrata.

"Fa' la brava", le disse. "Adesso ti fai una bella doccia calda, e io mi vesto. Devo uscire." E aggiunse in tutta fretta, sentendo il corpo di lei aderire al suo e i seni sodi premuti contro di lui: "Ho un appuntamento importantissimo! Ma domani parliamo di tutto!"

"Parlare di tutto" per lui era una frase da horror, ma di sicuro se la sarebbe cavata in qualche modo.

"Eccoti un'ottima crema per il corpo di Dior", disse infine, svignandosela.

Se ne andò senza girarsi, acchiappando al volo l'accappatoio, dopo averle messo un asciugamano pulito in bella vista. Forse Saskia aveva bevuto? Prima di servirsi dal suo frigo era passata anche dal suo bar?

Non aveva mai mostrato il minimo segno di interesse o di innamoramento per lui. Era proprio il caso di darsela a gambe.

Prese dall'armadio slip, calze e una camicia. Si vestì in fretta e furia, come un amante colto in flagrante in casa d'altri. Jeans, giacca scura e un paio di scarpe magnifiche, fatte a mano. Ci teneva, come all'orologio di marca. Ma al suo profumo gli toccò rinunciare, era troppo rischioso rimettere piede in bagno. Si ravviò i capelli con le dita, sperando che facesse maschio selvaggio, e non maschio trasandato. Soprattutto perché non aveva neanche potuto radersi.

Uscendo lanciò un'occhiata al divano. Come si aspettava, era pieno di macchie marroni. Saskia era talmente infantile da non sapere ancora mangiare la cioccolata senza sbriciolare.

Poco prima delle otto era davanti alla porta di Eva. Quel quartiere era un mezzo labirinto pieno di sensi unici ed era una faticaccia districarcisi. A un certo punto gli era venuto anche il sospetto che dovesse esserci una strada più diretta, oltre a tutte quelle stradine in salita. Il suo gps lo aveva lasciato a piedi, come se quella sera non avesse già avuto abbastanza grane.

Parcheggiò e guardò l'ora: dieci alle otto. Non era cortese arrivare troppo presto. E se Saskia non lo avesse costretto alla fuga, avrebbe potuto benissimo arrivare alle otto e dieci. Adesso invece era lì, come un pivello. Si mise a osservare il quartiere. Tutte villette tipiche anni Cinquanta, con il loro bravo giardino e l'orto, come si conviene a un idillio domestico. Lo scenario perfetto per rilanciare l'idea di famiglia felice nel dopoguerra, pensò Thomas. Vite regolari, abbecedari, bavaglini e pappe al semolino. O invece, chissà, dietro quelle finestre succedevano drammi immondi: insegnante modello picchia la moglie e violenta la figlia. Tutto è possibile.

Thomas guardò di nuovo l'ora: ancora cinque minuti. Bene, se pian piano apriva la portiera e faceva due passi sull'altro marciapiede, sarebbe arrivato puntualissimo. Aprì la portiera e in quel momento gli saltò all'occhio che aveva dimenticato la fasciatura! No, accidenti, e adesso?

Terrorizzato richiuse la portiera. Maledizione a Saskia! Era colpa sua! Gli era toccato scappare a gambe levate da casa sua, ferito grave com'era!

La prima cosa che gli venne in mente fu una farmacia. Doveva assolutamente procurarsi una benda! Già, alle otto di venerdì?

Farmacie di turno. Tutte in centro. Non ce l'avrebbe mai fatta!

Gli venne in mente che sulla sua macchina, una Bmw, c'era una cassetta di pronto soccorso. Dove diavolo sarà stata? Era meglio leggere il libretto di istruzioni o mettersi a cercare?

Tentò con il bagagliaio. Cassetta di pronto soccorso, triangolo e gilet segnaletico dovevano per forza stare insieme, gli sembrò. Poco dopo era di nuovo seduto al suo posto, e cercava di fasciarsi da solo il polso. Era tutto concentrato nell'operazione, ma quando alzò gli occhi verso il sedile vicino, scorse Toni al finestrino che lo fissava.

Oggi va tutto storto, pensò Thomas. E subito dopo: cosa avrà visto Toni?

Con i due capi della benda tra i denti aprì il finestrino.

"Vuoi che ti aiuti?" disse Toni. "Tra poco arriva anche Sven, che ha fatto un corso di pronto soccorso, sai no, per la patente ed è bravissimo!"

"Oddio, no!" gemette Thomas.

"Sì, ti assicuro, è veramente bravo! Credimi! Abbiamo fatto un sacco di esercizio!"

"Non lo metto in dubbio", disse Thomas, rassegnato. "Ma si è soltanto smollata un po' la benda, adesso la fermo di nuovo. Non preoccuparti!"

Perché non mi sono fatto Saskia e poi non me ne sono andato a dormire? Si chiese. Cosa ci faccio qui?

"D'accordo", disse Toni e si avviò verso casa. "Ma se ti serve aiuto..."

Thomas fermò bene la benda e attraversò la strada. Scansò un motorino che arrivava a tutta birra. Va bene una mano bendata, ma una gamba rotta è troppo. Era Sven, che faceva servizio taxi per le amiche di Toni, perché gli orari dei bus erano scomodi.

È veramente uscito di zucca, pensò Thomas. A lui non sarebbe mai passato per la testa di fare una cosa del genere, nemmeno da ragazzo con la prima cotta.

La porta di casa era aperta e Flash lo lasciò cortesemente passare. Osservava tutti ansimando, e sembrava quasi che ridesse. Thomas gli passò vicino, aspettandosi di vedere Saltarella. Incredibile come si fa subito l'abitudine alle cose, pensò. Cani, conigli, ragazzi... un vero disastro!

Si fermò in anticamera.

"Eva?" chiamò, incerto.

Arrivò Saltarella, a balzelloni dalle scale. Di Eva, neanche l'ombra.

Allora Thomas andò verso la cucina e bussò alla porta. Nessuno rispose. Aprì, ma non c'era nessuno. Richiuse la porta, prese il cellulare e scrisse un messaggino: "Sono qui!"

Le amiche di Toni passarono come un'orda vociante, Saltarella le seguì e Flash giocava al cane da guardia, facendo da fanalino di coda. Nessuno badava a Thomas, sempre lì impalato.

Di sopra si sentì una voce: "Mamma! Hai ricevuto un sms!"

"Quante volte ti ho detto di non toccare il mio cellulare..."

"Sono qui!" disse Thomas, con voce titubante.

Di sopra calò il silenzio.

"Cos'era?" chiese Eva, evidentemente rivolta alla figlia.

"Veniva da sotto", rispose Toni.

"Non cos'era, bensì *chi* era! Sono io! Sono qui sotto!" tuonò Thomas con la sua migliore voce da basso.

All'istante, in cima alle scale comparvero due gambe nude, rivestite sopra il ginocchio da una gonnellina di lino terra bruciata accompagnata, in vita, da una cintura di cuoio marocchino con la fibbia dorata, e coronata da una blusa senza maniche, marrone scuro.

Un attimo dopo, Eva era accanto a lui.

"Che magnifica entrée", disse Thomas. "Con prospettiva da sotto in su!"

Eva sorrise. "Ho fatto parecchie prove!"

"Il risultato è perfetto!"

Eva lo guardò con sguardo benevolo. Aveva un'aria da doccia frettolosa e tempo risicato, il che gli conferiva un aspetto virile, naturale, attraente. Di certo non era uno che passa ore davanti allo specchio a combattere con il gel per dare l'effetto bagnato ai capelli.

"Bene, possiamo andare?" disse Thomas.

"Be', forse... con le scarpe!" Eva gli lanciò un'occhiata maliziosa, dondolandosi sulle punte dei piedi.

"Peccato!" disse. "Senza è molto sexy!"

Eva scoppiò a ridere, si mise delle ballerine marroni e prese un golf di lana bianco, tagliato come una giacca e chiuso da una cintura. L'aveva preso quattro settimane prima in saldo. Un capo firmato, e adesso era giunto il momento di sfoggiarlo.

"Noi andiamo, ciao!" gridò rivolta verso l'alto, ma non sembrò sentire nessuno.

Thomas le tenne la porta, e lei lo ringraziò con un sorriso.

"Desideri particolari?" chiese lui, mentre scendevano i pochi scalini.

"Che non succeda niente!"

"Cosa può succedere?" Thomas guardò prima lei e poi le finestre del primo piano. "Ragazze che guardano un dvd... non c'è nulla da temere!"

Eva gli diede ragione, ma tanto tranquilla non era.

Era bello avere qualcuno che ogni tanto diceva la sua. Per non dover sempre fare soliloqui.

"Torno a chiederle: desideri particolari? C'è un ristorante in particolare... un ristorante che preferisce? Mi dica!"

Eva ci pensò un attimo. "Preferisco provarne uno nuovo", disse.

"Bene, ho prenotato al Bosco incantato." Thomas le aprì la portiera.

"Oh, senti senti... Che nome!" commentò Eva, una volta in macchina.

"Già!" Thomas avviò il motore. "La spiegazione più sdolcinata... la vuol sentire?"

"C'è sempre da imparare!"

"Lei mi ha incantato!"

"Ah", replicò Eva. "Ma siccome non è quella vera, mi dica l'altra."

"Be', diciamo che non è *ancora* quella vera..." disse lui, lanciandole un'occhiata molto significativa. "Non mi infiammo così in fretta!"

"Ah, bene", disse Eva. "Allora le sviolinate possono aspettare: mi dica piuttosto la verità."

"Cucinano da dio!"

Thomas partì e le lanciò un'occhiata. Eva ridacchiava.

"Non le va ancora bene?"

"Come no... ma mi dica un po', come mai oggi ha la fasciatura a destra?"

Thomas fece enormi sforzi per non diventare paonazzo.

Il ristorante, nel pieno centro di Stoccarda, era molto accogliente ma allo stesso tempo molto esclusivo. Già entrando si avvertiva che era un posto speciale. Eva approvò la scelta di Thomas, felice pure del fatto che, evidentemente, aveva anche chiesto un tavolo particolare. O almeno così pareva, quando il cameriere, salutandoli, li condusse verso un tavolino apparecchiato con cura.

"Che bello!" disse Eva. "Grazie mille!"

"Aspetti a dirlo!" ribattè lui, minacciandola con un gesto della mano bendata. In macchina, all'inizio l'aveva guardata stupefatto, poi era scoppiato in una gran risata, dicendole che era ancora troppo presto per confessarle tutto. Ma avrebbe presto liberato la mano dalla benda, e la sua coscienza dalle bugie. Al momento giusto, però.

Eva, in cuor suo, si era scervellata. Cosa diavolo può indurre un uomo ad andarsene a spasso con una mano bendata? Aveva un tic? Era un ipocondriaco che si inventava ogni giorno qualche malanno? Sarebbe stato molto peggio di uno malato per davvero.

L'avrebbe tenuto sotto osservazione. Ma adesso aveva solo voglia di dedicarsi al menu... mmm... prometteva bene: insalatina rustica con tonno arrosto a dadi e chips ai gamberetti. Branzino croccante al forno con insalata mediterranea di fagioli e patate e carciofi fritti. Tutte cose che lei di certo non cucinava. Per non parlare dell'agnello in crosta aromatizzato alla lavanda con purè di patate dolci e rabarbaro, e aspic di verdure. Sì, era il suo piatto!

"Già scelto?" chiese Thomas, che stava osservandola.

Forse ho le orecchie in fiamma, pensò Eva. Quando era molto agitata, se le sentiva. Si buttò indietro i folti capelli e annuì. "Sì. Ci sono un sacco di piatti straordinari, ma io prendo l'agnello!"

"E prima?"

Eva diede ancora un'occhiata al menu, ma in quel momento arrivarono le due coppe di champagne, ordinate da Thomas come aperitivo, e brindarono.

"Visto che sono il più vecchio, posso proporre di darci del tu?" disse Thomas. "Non è che dobbiamo per questo baciarci!" aggiunse subito, vedendo lo sguardo inorridito di Eva.

"No!" disse Eva. "Anzi, sì! Scusa, ma stavo leggendo una cosa!" Bevve rapidamente un sorso e lesse ad alta voce: "Si richiede cortesemente la prenotazione telefonica, in quanto lavoriamo solo con *prodotti vivi*!" Eva lo fissò. "Prodotti vivi!"

Thomas appoggiò il bicchiere e si sprofondò a sua volta nel menu.

"Sì", disse. "C'è scritto: 'aragoste intere solo su richiesta'."

"Aragoste?" Eva spostò l'indice più in basso sul menu. "Ah, già, e io che pensavo..."

Lui rise. "Ma non per davvero, spero!"

Eva scosse il capo. "È vero, sono un po' con la testa per aria, però una volta ho visto un'aragosta che tentava di arrampicarsi fuori da una pentola di acqua bollente, e da allora faccio molta più attenzione a queste cose!"

Lui annuì. "Per me è lo stesso con le ostriche. Strappare dal guscio un animale e inghiottirlo vivo... be', fa un po' Nuova Guinea, dove servono agli ospiti più graditi dei bei bacherozzi succulenti!"

"Brrr!" fece Eva. "Non è che cambiamo argomento?"

Lui riprese in mano il bicchiere: "Certo! Vogliamo andare subito da te, o beviamo prima ancora qualcosa?"

"Da me non se ne parla!" disse Eva in tono scherzoso. "Ho due figlie!"

"Da me nemmeno!" ribatté lui. "Ho una vicina!"
"Allora mangiamo!" decise Eva. "E diamoci del tu. Mi chiamo Eva, ho trentotto anni, sono quasi divorziata e totalmente al verde!"
Brindarono, e Thomas scoppiò a ridere. Aveva dei denti incredibilmente regolari. Peccato che non fossero ancora più bianchi. Ma qualcosa si poteva fare di sicuro. Bastava chiedere a Evelyne.
"Non ci credo! Per essere soci del Golf Club Solitude bisogna sicuramente cacciare parecchie migliaia di euro!"
"Esatto, per questo sono al verde!"
Lui rise di nuovo.
"In quale club gioca, anzi, pardon, giochi?"
"Visto che per un po' ho lavorato a Düsseldorf, sono socio del Golf Club Hubbelrath!"
"Aha... non proprio alla portata di tutti. Un club di solide tradizioni, elegante, sede di numerosi tornei. Non molto economico, direi!" Sorrise. "Ma ha il maggior numero di soci in Germania. Mille e novecento, se non sbaglio!"
Thomas le lanciò un'occhiata stupefatta.
Vennero portate in tavola due tazze da brodo. "Con gli omaggi della cucina", disse la giovane cameriera. "Zuppetta fredda di pomodori e peperoni."
"Mmm, ha un'aria deliziosa!" commentò Eva. "Grazie mille!"
"Sei molto ben informata!" disse Thomas, ed Eva pensò a come erano passati facilmente dal lei al tu.

"Sì", rispose, "e se conosci bene le regole del tuo club, saprai anche che i giocatori più giovani devono salutare per primi i più anziani. Lo sapevi?"

Thomas scosse il capo. "Devo aver letto male il regolamento!"

"Forse non è più così!" Eva immerse il cucchiaio nella zuppetta e assaggiò golosa.

"E perché no?" chiese lui.

"Be', cosa credi... se saluti per primo una gentil signora, rischi di prenderti un bel ceffone, perché quella pensa subito che il suo chirurgo estetico abbia lavorato male!"

Thomas scosse il capo. "Sei perfida!"

"E tu non sai giocare a golf!"

Thomas saltò su.

"E tu come fai a dirlo?"

"Se fossi davvero un giocatore di golf non avresti parlato d'altro fin dall'inizio!"

"È quel che ho fatto!"

"Può darsi, ma di buche ne hai viste poche!"

"Ah, e tu che ne sai?"

"Te l'ho detto: i veri golfisti non parlano d'altro. Perché non conoscono altro!"

"Neanche tu parli sempre di golf!"

"Io gioco da una vita. Ormai posso parlare anche di sesso!"

"Ma dai!"

"Eccome!"

"E cosa c'è da dire sull'argomento?"

"Andiamo da te o da me?!?"

Cosa che fecero davvero, ma tre ore più tardi. Thomas non se la sentiva di guidare e chiamò un taxi. Si erano concessi un Bordeaux del '98 per pasteggiare, e un'altra coppa di champagne al momento del dolce. Per guidare avevano troppo alcol in corpo.

Stavano seduti vicini vicini sul sedile posteriore della vecchia Mercedes. Thomas le aveva messo un braccio intorno alle spalle, quello della mano fasciata.

Eva pensava a come si sarebbe comportato sulla porta di casa sua. Avrebbe fatto il gentleman che accompagna fin sulla soglia e dà un amichevole bacetto della buona notte sulla guancia? Magari con una lieve toccatina, tanto per far sentire cosa si stavano perdendo? Con vago stile alla Mae West: "Is this your gun, darling, or are you so excited to see me?" Oppure avrebbe pagato con gesto sicuro il taxi, avviandosi verso casa sua come se fosse la cosa più scontata del mondo?

Non sapeva neanche lei tanto bene cosa avrebbe preferito. Da un lato era sovreccitata dall'alcol e aveva voglia di farselo, dall'altro non voleva dare il cattivo esempio alle sue figlie. Uscire una volta e poi subito...

Il taxista la strappò alle sue fantasticherie. "La casa è quella dove c'è tutto quel casino?"

"Cosa?" Eva si chinò verso il sedile anteriore. Anche Thomas si tirò su.

Era vero. La sua casetta spiccava luminosa in mezzo a quelle dei vicini. Aveva tutte le finestre illuminate e la porta spalancata. Sul marciapiede c'erano un'infinità di motorini, e dietro le finestre passavano ombre in soprannumero.

"Cosa diavolo sta succedendo?" esclamò Eva, irritata.

"Direi proprio che si tratta di una festa", rispose Thomas sogghignando. "Toni e la sua serata home video!"

"Eppure doveva essere una cosa solo tra ragazze", disse Eva, sentendo salire la rabbia. "Come l'ultima volta."

Il taxista accostò accanto al marciapiede. "Posso anche portarvi nel prossimo locale!"

"Oh no!" rispose Eva, "Quanto fa?" aggiunse aprendo la borsa, senza neanche guardare il tassametro, gli occhi fissi alla sua casa, come ipnotizzata.

"Tocca a me!" disse Thomas. "In fin dei conti sei mia ospite stasera!"

"Vieni dentro lo stesso?" Come suonava poco romantica ormai quella proposta!

"Se posso servire da feroce mastino..."

L'aria da cane da combattimento non ce l'aveva proprio, ma di certo la presenza di un uomo in una situazione così poteva essere utile.

"Te ne sarei molto grata", disse, aprendo la portiera.

La porta di casa era aperta e non si riusciva più a chiudere. La serratura era stata manomessa. Eva sentì all'istante svanire la rabbia, e montarle la paura. In che stato avrebbe trovato sua figlia minore?

Dentro casa la musica rombava e martellava, ed Eva si precipitò in soggiorno. Tre ragazzi a lei completamente sconosciuti se ne stavano stravaccati con una bottiglia di birra in mano. Eva non chiese niente, proseguì nella sua corsa, attraversò la cucina e tornò in anticamera, dove Thomas stava parlando con due ragazzi, evidentemente sul piede di partenza. Eva, dopo una rapida occhiata, si precipitò su per le scale. Uno dei quadri appesi alla parete era caduto, Eva sentì le schegge di vetro stridere sotto le sue suole, ma non le importava niente. La porta di camera sua era aperta. Eva ebbe un attimo di esitazione. Non reputava sua figlia capace di un simile gesto dissacrante. La sua camera era sempre stata tabù per gli estranei. Ma il copriletto era sottosopra, per terra c'erano bottiglie vuote di birra e un portacenere pieno rovesciato. Eva diede solo un'occhiata e si girò.

La porta della camera di Toni era chiusa. Dopo un attimo di incertezza, Eva bussò ed entrò. Era attanagliata da una tale paura irrazionale che adesso, nel vedere Toni che ballava rapita tra le braccia di Maxi, avrebbe pianto dal sollievo. Si fermò, in attesa che il battito del cuore si calmasse. Poi vide Theresa e Valerie che chiacchieravano beate sul letto di Toni.

Fu Toni a vederla per prima. "Siete già tornati?" chiese, con tono di rimprovero.

"Scusa un po'!" Eva, suo malgrado, alzò la voce. "La porta di casa è spalancata, dabasso ci sono dei tipi mai visti, ed è tardissimo!"

Toni smise di ballare e la guardò con tanto d'occhi.

"Non capisco!"

"Sì, chi c'è di sotto?"

Toni lanciò un'occhiata alle sue amiche, poi si avvicinò a Eva.

"Fammi vedere!" si limitò a dire.

"Vuoi farmi credere che non sai nemmeno chi hai fatto entrare in casa?!"

Toni le passò accanto di corsa e scese le scale. Le altre tre non si mossero.

"Sono amici vostri?" chiese Eva, ma non ottenne risposta. Corse dietro a sua figlia. Nell'ingresso c'erano Thomas e Flash che guardavano gli ultimi motorini partire con gran fracasso.

Toni andò in cucina e tornò subito. "La pizza e tutto il casino lo metto a posto io", disse, come se fosse una spiegazione.

"Chi diavolo erano quei ragazzi?" chiese Eva a Thomas, che era ancora sulla porta.

"Non ne ho la minima idea", rispose, ed Eva si rese conto di aver chiesto una cosa assurda.

E adesso? Doveva chiarire la cosa con Toni davanti a Thomas? Cosa c'entrava lui? Probabilmente si sarebbe solo seccato.

"Peccato per la bella serata!" disse. Toni le lanciò un'occhiata e tornò di sopra, Flash si accucciò ai suoi piedi e Thomas le mise una mano sulla nuca.

"Non hai più la benda!" disse Eva.

"Non volevo fare la parte del rammollito davanti a quei ragazzi." Sogghignò. "Una mano destra fasciata non fa buona impressione. E non sapevo cosa volevi da me..."

Eva sentì una gradevole sensazione sulla pelle dove lui teneva la mano e sorrise. "Avresti davvero fatto a botte?" chiese.

Lui si strinse nelle spalle. "Be', erano solo sei!"

Eva oscillava sempre tra l'impulso di confrontarsi subito con le ragazze e il desiderio di non urtare Thomas.

"Vuoi una birra?" gli chiese, guardandolo negli occhi. La pressione della sua mano si faceva più forte.

"Certo", rispose. "A casa tua non mancano mai le sorprese!"

Eva scoppiò a ridere, e Flash saltò su come telecomandato e schizzò in cucina. Il disastro, lì dentro, era immane: resti di pizza nei piatti sparsi ovunque, confezioni di cartone fatte a pezzi, bottiglie di birra e di vodka vuote. C'era di che farsi venire una crisi di nervi, ma Eva si contenne. Dopo tutto, non voleva guastarsi la serata.

Comunque le sembrò giusto chiarire: "L'ultima volta, la serata home video tra ragazze è trascorsa senza danni!" disse, aprendo il frigo.

"Non c'è più neanche una birra!" esclamò.

"Non ne sono affatto stupito!" rispose lui. Le stava praticamente addosso, e gli occhi gli brillarono con un lampo così malizioso che Eva gli mise le mani intorno alla nuca e lo attirò a sé, mentre la mano di lui le scivolava giù per la schiena, aumentando la pressione. Eva cedette, fece l'ultimo passo verso di lui e sentì tutto il suo corpo aderirle contro, poi le labbra che esploravano le sue, sempre più appassionate e decise. I loro corpi erano vogliosi d'altro, e quando Thomas spinse via con una mano piatti e bicchieri dal tavolo della cucina per farcela sedere sopra, Eva fu travolta dal desiderio e lo attanagliò tra le cosce. Mai si sarebbe immaginata una scena del genere! Alcuni piatti volarono a terra, ma Eva, dai tempi di Gerold, non aspettava altro che quei colpi, e non voleva pensare a niente, solo a se stessa e al suo piacere. Quando raggiunse l'orgasmo, seguita poco dopo da Thomas, aprì gli occhi e lo guardò, assorbendo fin nel profondo lo sguardo di lui. Per un attimo rivide il lampo dei suoi occhi tra le bottiglie del bar, al Maritim.

Si sciolsero lentamente dall'abbraccio. Eva scivolò giù dal tavolo, si aggiustò la gonna e rimase a guardare Thomas che si tirava su la cerniera dei pantaloni.

"In cantina c'è dell'altra birra", disse. "Ma di notte nessuno ha il coraggio di andarci!"

"Lasciami il cane e la coniglietta, così non potrà succedermi niente!"

Eva prese la testa di Thomas tra le mani e lo baciò.

"Ce la farai benissimo", disse. "Ma non fermarti troppo di sotto, perché per colazione devi essertene già andato." Anche Thomas era sempre stato di quella filosofia, ma stavolta non gli andava.

"Ce ne manca, all'ora di colazione!" replicò.

Eva annuì e cominciò a rimettere in ordine la cucina.

Quando Thomas se ne fu andato con un taxi, Eva restò per un po' a guardarlo allontanarsi e poi andò in camera di sua figlia. Le quattro ragazze dormivano strette strette nel lettone di Toni e avevano delle facce così angeliche che Eva rimase a fissarle per un po'. La mimica controllata da teenager aveva lasciato il posto a visi infantili: bocche morbide socchiuse, pelle vellutata, guance rosate... Ciò che di giorno era la loro bandiera – comportarsi da strafighe, ribelli, adulte – era sparito, sostituito dalla genuina dolcezza dell'infanzia.

"Mia figlia!" pensò Eva con tenerezza, chiudendo la porta. Speriamo che non abbia sentito niente del mio numero erotico, pensò mentre andava in bagno. Nel water c'era un boccale di birra rovesciato.

Schifata, Eva lo tirò su. Che razza di idioti, pensò. Anche la porta di casa erano riusciti a chiuderla a fatica. Domani Thomas avrebbe mandato un fabbro.

Thomas, pensò. Che strano! All'improvviso c'era un Thomas.

Thomas arrivò a casa alle quattro di mattina. Ubriaco non era, ma aveva ugualmente la sgradevole sensazione di non essere padrone di se stesso. Cosa gli stava succedendo? Aveva avuto quello che voleva, quello che andava reclamizzando da tempo come l'unica cosa giusta: la scopata veloce. E adesso invece quel modo rapido di togliersi la voglia gli aveva lasciato un senso di vuoto allo stomaco.

Era in bagno e si guardava allo specchio mentre si lavava i denti. Cosa c'era di diverso? Non capiva. Eppure aveva avuto quello che desiderava fin dal primo momento nel bar. Prendere quella donna orgogliosa e indipendente. E allora? Avrebbe dovuto essere euforico, fare un'altra tacca sulla testata del suo letto. Ma non si sentiva affatto così.

Rimise a posto lo spazzolino. Perché stavolta era diverso?

Uscendo sfiorò con lo sguardo la doccia e ripensò alla scena di quel pomeriggio. Come mai non aveva approfittato dell'occasione? Saskia era giovane e voleva scopare con lui. Sarebbe stata una cosa facilissima.

Si buttò sul letto, e guardò il soffitto. Eva lo aveva rimandato a casa. Maledizione, non gli era mai successo!

Eva si svegliò alle dieci. Era sdraiata sulla pancia e come prima cosa vide il posacenere per terra. Si girò, e come seconda cosa vide Toni che sgattaiolava dalla sua camera.

"Toni!" chiamò, mettendosi seduta.

Dalla faccia di sua figlia si capiva che aveva cercato proprio di evitare quello: essere beccata.

"Sì?" disse, titubante.

"C'è qualcosa che vorresti dirmi?"

Toni fece una smorfia. "Volevo solo prendere i soldi per comprare il pane. Di sotto non ci sono!"

"Sai bene che non intendo questo!"

"Non è una figata che io vada a prendere il pane così presto di mattina?"

Eva si abbracciò le ginocchia e non rispose. Toni la guardava ed Eva sapeva benissimo come si sentiva a disagio.

"Le tue amiche sono ancora qui?"

Toni annuì.

"E Caro?"

Toni scosse il capo.

"Ci vediamo tra un attimo giù a colazione."

Eva stentava a crederci. Ancora poteva arrivare a capire come a Toni e alle sue amiche la situazione fosse sfuggita di mano, ma non come fossero potute arrivare a quel punto. Theresa e Toni avevano conosciuto quei ragazzi alla stazione della metropolitana, poi, poco prima che arrivasse il treno, siccome li trovava simpatici, Theresa aveva dato il suo numero di cellulare a uno di loro che, naturalmente, aveva telefonato. E lei gli aveva detto che passavano una serata home video tra amiche, allora l'altro aveva chiesto se poteva passare con degli amici, e lei gli aveva dato l'indirizzo.

"Pensavamo che andassero via subito."

"E in effetti a un certo punto se ne sono andati, ma poi sono voluti rientrare e noi non abbiamo sentito il campanello..."

"E così hanno scassato la porta?"

Le ragazze si scambiarono un'occhiata stringendosi nelle spalle.

"E il quadro caduto? Si direbbe che abbiate fatto tutti quanti il finimondo per casa... giocando a prendersi, o a nascondino, o qualcosa di simile!"

"Mamma!"

Chiaramente, nascondino non era cool.

"Da solo un quadro così di certo non cade!" affermò Eva.

"Credo che sia stato il vento!" Maxi la guardava con gli occhioni sinceri. "Di sopra c'era la finestra aperta, di sotto la porta... così è caduto!"

"Aha... Meno male che ci sei tu a spiegarmelo, da sola non ci sarei arrivata!" Eva fissò Theresa. "E chi mi paga i danni?" Theresa buttò all'indietro i capelli biondi e tacque. "Avrai di sicuro il nome, o almeno il numero, di quei ragazzi!"

Theresa scosse il capo.

"Quindi significa che la mia casa è stata invasa da un'orda di selvaggi e voi non avete nemmeno un numero di telefono? Quelli avrebbero potuto rubare tutto, spaccare tutto, e voi mi venite a dire che è stata una festa strafiga?"

"Sì, mamma, ci spiace!"

Eva si sentì subito sbollire.

"E tu, non potevi mordere?" chiese in tono di rimprovero a Flash, accucciato insieme a Saltarella.

"Era con noi in camera!"

"A vedere il dvd", disse Eva, facendo una smorfia. "Ok, ragazze, adesso pensiamo a fare colazione." Si alzò per accendere la macchina del caffè. "Ma ti raccomando una cosa", aggiunse, rivolta a Theresa, "se tu dovessi incontrare di nuovo uno di quei ragazzi, chiedigli che assicurazione ha. Non vedo perché debba essere io a pagare i danni causati da una banda di dementi, ivi compreso il quadro rotto!"

Annuirono tutte e quattro.

Voglio proprio vedere cosa mi racconteranno i vicini, pensò Eva, ma non lo disse per non fare la figura della pettegola.

La macchina del caffè era ancora in fase di riscaldamento, quando suonarono alla porta. Le ragazze stavano preparandosi i corn flakes con il latte e mescolando le cioccolate, per cui Eva si sistemò la vecchia tuta da jogging e andò alla porta. Magari era uno di quei ragazzi che veniva a scusarsi e a proporle un risarcimento danni.

Invece era Thomas, insieme a un tizio muscoloso e allegro che si presentò come: "Markus Allmeier, fabbro", e si mise subito a ispezionare la porta danneggiata.

"E adesso, come farà?" chiese Eva sotto voce. "Toglierà la porta dai cardini per portarsela via, e noi mettiamo un pezzo di cellophan?"

Thomas fece un sorrisetto e la attirò a sé. Eva avvertì il suo odore e si sentì subito bene, rilassata.

"Che nottata!" sussurrò.

"Intendi per i ragazzi?"

Per tutta risposta lei gli mordicchiò il collo.

Si sentì lo scoppiettio di un motorino. Si sciolsero dall'abbraccio e scesero i tre gradini fino a livello strada.

Sven fece una frenata e parcheggiò dietro un furgone con la scritta PRONTO INTERVENTO FABBRO sulla fiancata.

"Ecco la soluzione dell'enigma", disse Thomas. "Ha tutto con sé!"

"Ecco Sven!" disse Eva. "Chissà se saprà già cosa è successo qui in sua assenza?"

"Credi che ci sarà una scena di gelosia?"

Sven si avvicinò, porse a entrambi la mano e chiese: "Toni è in casa?"

"Entra pure!" disse Eva cordiale. Evelyne poteva dire quello che voleva: un primo fidanzatino così beneducato era molto piacevole.

"Forse è meglio che faccia la doccia e mi metta qualcos'altro?" disse Eva, più a se stessa, ma una piccola auto che parcheggiò di slancio dietro al furgone del fabbro la indusse di nuovo a temporeggiare.

"Posso fare la doccia con te?" chiese Thomas che, con la sua polo celeste e i pantaloni di lino, sembrava appena uscito dal letto.

"Ecco Caro", disse Eva, invece di rispondere.

Entrambi rimasero a osservarla mentre usciva dalla macchina.

"Mamma!" esclamò Caro, agitando una mano.

"Scusa un attimo", disse Eva a Thomas andando incontro a Caro, che aveva la faccia contenta, anche se molto assonnata, e un sorriso birichino.

Indicò la ragazza ancora al volante. "Ti presento Lina!"

Eva fece un cenno col capo, ma non disse niente.

"Lina è la ragazza di Ben."

Ben. Eva ebbe un lampo.

"La ragazza del tuo Ben?" Fissava Caro a occhi sgranati.

"Esatto! Può venire da noi? Siamo reduci da una nottata micidiale!" Poi accennò alla porta. "Cosa è successo?"

"Anche qui, nottata micidiale", disse Eva chinandosi verso la macchina. "Certo, vieni! Stavamo giusto facendo colazione!"

Lina scese. Aveva delle gambe incredibilmente lunghe e portava la mini. Un fisico da modella, ma anche il suo visetto grazioso era segnato da una notte insonne e non pochi strapazzi. Entrarono insieme, e passando Eva chiese al fabbro se voleva una tazza di caffè, e annuì alla sua risposta affermativa.

In cucina scacciò con un gesto della mano le quattro ragazze all'altro capo del tavolo, e preparò tazze e piattini per i nuovi venuti.

"Adesso, finalmente, un caffè!" disse, mentre tutti si presentavano a vicenda.

"E io sono Thomas", disse Thomas. Toni, decisa, aggiunse: "Il nuovo amante di mia madre."

Eva si girò verso di lei, ma Toni non era la sola a sogghignare: la fissavano tutte e quattro con la stessa espressione. Anzi, anche Thomas. Era nell'esatto punto in cui quella notte avevano fatto l'amore... quanto tempo prima? Giorni? O solo ore?

Non disse niente, fece colare il caffè nella tazza e schiumò il latte.

In quel momento suonarono di nuovo alla porta, e subito dopo si sentì bussare.

"Avanti, prego", disse Eva, lanciando un'occhiata a Sven. C'era da sperare che non arrivasse qualche bellimbusto di quella notte. Flash scodinzolò piano sotto il tavolo, ma non fece neanche finta di alzarsi. Quindi doveva essere qualcuno di conosciuto.

Entrò il fabbro.

"Oh!" disse Eva. "Il suo caffè è subito pronto!"

"Grazie", rispose l'altro, sorridendo. "Ma qualcuno ha lasciato questo!" Teneva in mano un pacchetto legato con una corda. A rendere diffidente Eva era il fatto che fosse costellato di buchi.

"Insieme a questo." Il fabbro porse a Eva un foglio.

"Sorry per questa notte", lesse ad alta voce.

"Sorry per questa notte?" ripeté Sven guardando Toni, che si strinse nelle spalle.

"Che ne so", disse Toni, alzandosi. "Comunque, sembra che sia per me!"

"Chi l'ha lasciato?" chiese Eva al fabbro, porgendogli una tazza di caffè.

Lui soppesò il pacchetto su una mano. "Un ragazzo in motorino. Non ha detto come si chiamava, ma solo che c'era scritto tutto sul foglio."

Toni prese il pacchetto.

"Non è per niente pesante", disse. "Quindi, non è una bomba!"

Il fabbro ringraziò del caffè ed Eva si mise alle spalle della figlia.

"Ma è per me!" protestò Toni.

"Non è detto", ribatté Eva, "*Sorry per questa notte* può anche essere un pensiero per me, per risarcirmi dei danni!"

"Apritelo insieme, e basta!" propose Caro, seduta al tavolo, allungando il collo. Anche il fabbro era curioso e rimase lì. Curioso come tutti gli altri, che si accalcarono intorno a Eva e Toni.

"Tieni!" disse Toni a Theresa, prima di sciogliere il nodo e alzare il coperchio.

"Oh!" esclamò poi saltando indietro, ma chinandosi subito di nuovo.

"Cos'è?" chiese Theresa, che non vedeva niente.

"Oh, che carino!" disse Toni con voce flautata che mise in grande allarme Eva.

"Carino??!!??" ripeté, prendendo il pacchetto dalle mani di Toni. "Fammi vedere!"

La prima cosa che vide fu una lunga coda senza peli. Dallo spavento lasciò cadere il pacchetto, che finì per terra. All'inizio non successe niente, poi dalla scatola sbucò un musetto appuntito con due orecchiette rosa e piccoli occhi a capocchia di spillo.

"Un topo!" affermò Caro, e Lina fece un passo indietro.

"È un ratto!", precisò il fabbro in tono pragmatico. "Un giovane ratto." Si chinò verso il pacchetto. Subito il musetto sparì. "Ha paura!"

"Ci credo, lo fissano tutti!" disse Toni, accovacciandosi.

"Un ratto? Un topo di fogna, o cosa?" Eva si girò verso Thomas. Avrebbe voluto dirgli: "Fai qualcosa!" ma lui stava lì fermo, senza reagire.

"Che carini!" disse di nuovo Toni. "Sono due!"

Eva, senza stare a pensarci su due volte, fece un passo deciso e si inginocchiò vicino a sua figlia. "Due? Come?"

"Guarda!"

In effetti, nel pacchetto c'erano due bestiole impaurite, una sopra l'altra.

"Ma hanno il pelo chiazzato!" disse Eva guardando Toni. "Ho sempre pensato che i ratti fossero solo grigi o marroni!"

A quel punto si accovacciarono tutti, solo il fabbro e Thomas restarono in piedi.

"Sono cavie", disse Thomas. "Una volta venivano liberati dalle gabbie dei laboratori!"

"Oh, poveracci!" Sven si accovacciò vicino a Toni. "Ma perché *Sorry per questa notte*?" chiese.

"Sia come sia, in casa non li voglio!" disse Eva decisa, alzandosi. "Assolutamente!"

"Ma dai!" disse Toni, alzandosi a sua volta con il pacchetto in mano. "E adesso dove andranno a finire queste povere bestiole?"

"Che se le venga a riprendere quell'idiota che le ha portate!"

"Quale idiota?" chiese Sven, rimettendosi in piedi.

Alla fine tutti quanti stavano intorno a Toni.

"Faccene vedere uno!" disse Caro.

Thomas allungò con cautela una mano e tirò fuori i due batuffoli di pelo. Eva vide solo due lunghe code rosa.

"Altrimenti, portiamole in un giardino zoologico!" disse Eva.

"Così se li mangiano?" chiese Toni. "Sono ancora dei cuccioli!"

Tutti fissavano Thomas che aveva un ratto sulla spalla destra e uno sulla sinistra.

Eva rabbrividì dal disgusto. Mai più avrebbe toccato quell'uomo!

"Be', io torno al lavoro", disse il fabbro.

"Non vuole due ratti?" chiese Eva, speranzosa. "Magari da regalare ai suoi bambini..."

"Grazie, abbiamo già i topi", rispose lui. "Ci bastano!"

"Topi?" chiese Eva. "Davvero?"

"Li chiamiamo Gucci e Prada!" decise Toni.

"Gucci e Prada? Tu sei fuori!" Caro si battè un dito sulla tempia. "Semmai Madonna e Brad Pitt!"

"Sono maschio e femmina?" Eva si avvicinò a Thomas. "Come si fa a capirlo?"

"Dal pistolino che uno si porta appresso!" Thomas sollevò una bestiola dal pelo bianco e grigio e la mostrò a Eva. "Un bell'esemplare, tra l'altro, un husky!"

"Macché husky!" disse Eva, cercando Flash. Era accucciato vicino alla gamba del tavolo e non perdeva d'occhio i ratti. "Flash li ammazza se li prende!"

"No, se ci fa l'abitudine", disse Thomas. "Sono giovani tutti e tre, è ancora possibile."

"Mi pugnali alla schiena!" disse Eva.

"Non dico più niente!"

Bussarono di nuovo, e il fabbro fece capolino. "Volevo solo dire che so fare anche le gabbie. I ratti hanno bisogno di molto spazio per giocare. Mi è già capitato di farne!"

"Fuori!" disse Eva.

"Interessante, invece", disse Thomas. "Quanto viene a costare una gabbia del genere?"

"Settecento euro!"

Eva sentì il bisogno di sedersi. Settecento euro per dei ratti, e lei non aveva i soldi per cambiare gli pneumatici e per la macchina ammaccata.

Per il momento Toni andò a prendere una vecchia gabbia in cantina, ci mise dentro una scatola da scarpe per fare una casetta, un rametto cavo e della carta a striscioline. Erano tutti lì intorno alla gabbia: Caro e Lina, Theresa, Maxi, Valerie, Toni e Sven. Eva non aveva più neanche voglia di guardare, tanto ogni sua protesta veniva rintuzzata con la storia horror del futuro da cavie di quelle povere bestiole.

Alla fine tacque del tutto.

"Certo, non mi sei di nessun aiuto!" disse a Thomas. Erano seduti in soggiorno, davanti al tavolino, con un caffè. Eva era ancora sottosopra.

"Perché, dovrei?" rispose lui, sogghignando.

"Io non voglio dei ratti in casa!" esclamò Eva. "Nel giro di poche settimane mi sono già capitati cane e coniglietta. Mi bastano e mi avanzano!"

"Be', prendila in un altro modo..." disse lui. "E cioè: ormai hai già tanti obblighi per i tuoi due animali che una coppietta di piccoli ratti non cambia niente!"

"Ma io odio i ratti!"

"Poi ti affezioni. Sono animali intelligenti e di compagnia."

"Se ho bisogno di compagnia, vado in un locale!"

"E vivono al massimo due anni. Lasciali campare in pace!"

Eva lo squadrò, diffidente. "Mica me li avrai mandati tu, alla fine?"

Thomas scoppiò a ridere. "No! Sono così bene informato solo perché anche la mia vicina ha un ratto. Ma non in gabbia. Arriva appena gli fai un fischio, ed è pulitissimo!"

"Ah... la tua vicina!"

Eva non disse più niente. La storia della vicina non l'aveva convinta già al pronto soccorso. "Vado a farmi un bagno!" disse.

"Posso venire anch'io?"

Eva scoppiò a ridere.

"E poi cosa facciamo?" chiese.

"Mi insegni a giocare a golf!"

L'acqua scorreva e la schiuma minacciava di traboccare dal bordo, ma già nello svestirsi si erano presi, e ora stavano dietro la porta. Thomas aveva sollevato Eva che, appoggiata alla parete, fu attraversata per un attimo dal pensiero delle cosce di lui che dovevano sorreggere tanto peso, ma se ne scordò subito. Era sesso puro, come l'aveva desiderato da tempo: impetuoso, appassionato, diverso. Eva si concentrò solo su se stessa, sulle sue reazioni interne, sui suoi nervi e muscoli, e quando cominciò a vedere prima le stelline, poi tutto rosso per un attimo, sentì dal suo sforzo e dal suo turgore, che anche lui stava venendo. Rimasero così, allacciati uno nell'altra, finché all'improvviso Thomas urlò: "Oh, merda!" e fece un passo. Eva guardò in basso: acqua dappertutto.

"Oh!" disse, staccandosi lentamente da lui, e rimettendo a sua volta i piedi per terra. "È tutto bagnato!"

"Puoi dirlo!" Thomas in un balzo si avvicinò alla vasca da bagno e chiuse i rubinetti. "Signorina, ma dove ha la testa?" chiese, girandosi, ma Eva stava ancora lottando con un attacco di ridarella. Roba da pazzi, anche la vasca che trabocca! A lei, che raccomandava sempre mille volte alle sue figlie di badare ai fornelli, all'acqua e alla luce. Faccende d'altri tempi, ormai, e adesso capitava proprio a lei! C'era da morire dal ridere.

Thomas aveva appena alzato il tappo della vasca e buttato un asciugamano per terra. Si inzuppò subito, e Thomas lo strizzò nella doccia. Eva lo osservò un attimo, prima di mettersi all'opera a sua volta. Era abbronzato e muscoloso, e le piaceva il suo modo di fare. Per lo meno non era il tipo che sta in disparte a strillare: "Aiuto! Acqua in casa, salvatemi!" Perché le veniva in mente Gerold? Era diverso, certo, ma anche lui, quanto a praticità, se la cavava bene.

Probabilmente adesso stava costruendo la casa alla sua nuova famiglia.

Eva prese un asciugamano e cominciò ad asciugare il pavimento. "A cosa serve, allora, lo scarico d'emergenza in una vasca?" chiese.

"È pensato per un'emergenza di poche gocce, mica per un diluvio!" rispose Thomas, strizzando energicamente l'asciugamano. "Ecco! Almeno così si spera che il soffitto di camera tua non resti macchiato!"

Eva non ci aveva neanche pensato.

"Avrai sicuramente un'assicurazione, tu!" disse, ripassando gli angoli. "Responsabilità civile e robe simili?"

"Sì, se *tu* compili il modulo! Con la motivazione precisa e le foto!"

Eva rise, si rialzò e buttò l'asciugamano fradicio nel lavandino. Poi entrò con tutte le cautele nella massa di schiuma della vasca. "È praticamente vuota!" disse in tono di rimprovero.

"La signora è difficile da accontentare!"

Eva voleva togliergli l'idea dalla testa: prima del torneo era assolutamente impossibile che riuscisse a cavarsela sul campo. Il golf era anche una questione di fortuna, ma non solo. Alcune cose era necessario impararle. Come il colpo d'inizio, per esempio. O il colpo con il putter. O come uscire da un bunker di sabbia.

Con un sand wedge, aveva risposto Thomas.

Eva aveva scosso la testa. "Se non mi confessi tutto, non ti insegno proprio niente. O vuoi forse bendarti un piede?"

"Ti confesserò tutto mentre andiamo al golf!"

Erano in camera da letto, e Thomas guardava Eva mentre si vestiva. Ma fino a quel momento più che slip e reggiseno Eva non si era messa, perché ancora non era chiaro cosa avrebbero fatto. Per la prima volta in vita sua Eva era sgattaiolata fuori come una ladra dal bagno per infilarsi in camera sua, sperando che le figlie non venissero di sopra o, ancora peggio, che non avessero visto quello spettacolo! Qual è quella figlia che riesce a reggere la vista delle scappatelle amorose di sua madre?

"D'accordo, mi confessi tutto mentre andiamo al golf!" Eva ci pensò su un attimo. "Quanto durerà la confessione? Voglio dire, ce la fai nel tragitto fino al mio club?"

Comunque fosse, la cosa non funzionava. Non poteva certo presentare come suo partner un principiante della prima ora. Thomas ormai era iscritto, lei però non aveva nessuna voglia di farsi ridere dietro.

"Un'ora basta?" chiese.

"Vuoi una confessione totale?"

"Certo!"

"Allora prenoto due posti al Moulin Rouge!"

"Ok!" Eva prese dall'armadio la sua tenuta da golf. "Per oggi Parigi è un po' troppo distante, ma ti concedo due ore, e invece di andare al mio golf club rimandiamo la sorpresa e andiamo allo Schloss Langenstein. Lì non ci conosce nessuno! È un country club di antica tradizione anglosassone."

"Scozia?"

"Lago di Costanza!"

Eva si godette quel piccolo viaggio a fianco di Thomas. Aveva una guida veloce, ma non incalzante, e teneva la distanza di sicurezza. Eva odiava chi si incollava alla macchina davanti. Piuttosto preferiva mettersi lei al volante. Però non sopportava neanche di avere accanto un uomo titubante, o che sta a sinistra per principio pur andando piano. In quel caso, addio sex appeal. Proprio come con un ballerino goffo.

Thomas voleva raccontarle del Portogallo, ma c'era un tale inferno di traffico che Eva gli disse di rimandare a dopo. Diciotto buche offrivano un'occasione più che buona, e se non bastava neanche quel percorso, c'era sempre il ristorante del golf club. Ammesso che Thomas avesse ancora un po' di fiato.

"D'accordo, niente confessione... tanto sono protestante!"

Il tempo era bello, faceva più caldo dei giorni passati, il cielo era azzurro, solcato solo da qualche nuvoletta. Il tempo ottimale per una scampagnata, pensò Eva, ed esclamò: "Che meraviglia!" appena, da Hegaublick, videro dall'alto il lago di Costanza e i colli vulcanici intorno. Il lago si estendeva argenteo, e sui pinnacoli di roccia troneggiavano le antiche rovine. "È un paesaggio talmente primordiale", disse Eva mentre l'autostrada li conduceva rapidamente verso il basso, "che la sua energia si trasferisce direttamente agli uomini!"

Thomas le lanciò un'occhiata. "Tu di energia ne hai da vendere, per me!" Eva pensò subito che si riferisse al suo peso. Perché non aveva fatto jogging regolarmente?

"Cosa vuoi dire?" chiese.

"Che sei una donna primordialmente energica. Terribilmente pericolosa. Chissà che pozioni magiche prepari di notte per piegare gli uomini al tuo volere!"

"Ma dai!" Eva scoppiò a ridere. "Con te non ho neanche cominciato!"

"Ma già mi sento strano!"

"Perché, cosa non faresti mai?"

"Colazione di mattina con una donna, dopo il sesso!"

"Vedremo!" Eva cominciò a contare sulle dita: "Artemisia, bardana, polverina di giglio, bava di lumacone che striscia a mezzanotte, due gocce di sangue di gufo..."

Thomas agitò una mano. "Temo che a te bastino due wurstel con la senape!"

Due statue di bronzo collocate su un piedistallo slanciato, ai lati della strada, annunciarono la vicinanza del castello. Thomas frenò. "Tu ci sei già venuta?" chiese.

Eva scosse il capo. "Ma ce la caveremo ugualmente! Diciotto buche in fin dei conti sono solo diciotto buche!"

"Aha!"

Thomas svoltò ed entrò piano in un ampio portone che si apriva in un muro chiaro. La ghiaia scricchiolava sotto gli pneumatici.

"Ma si potrà piovere qui dal nulla e pretendere di giocare?" chiese.

"No davvero, caro mio!" Eva sorrise. "Ho prenotato per noi due, così come si conviene!" Diede un'occhiata all'orologio. "Siamo in perfetto orario! Hai guidato da dio!"

"A guidare non ci vuole niente," rispose Thomas, seguendo le indicazioni per il circolo. "Ma per quanto hai intenzione di giocare con me?"

Lei si strinse nelle spalle. "Sono sei chilometri di percorso. Possono anche diventare nove se lanci a casaccio la palla nei dintorni!"

Lui la fissò stupito. “Nove chilometri? Credevo che il golf fosse un passatempo per vecchietti... per gente che ormai non fa più sesso...”

“Non te l’avevo già detto che le due cose possono coesistere?”

“Intendi che si può fare sesso sul campo da golf?” disse Thomas ghignando, mentre parcheggiava. “La cosa mi consola!”

Eva pagò il green fee, il caddymaster diede a Thomas l’attrezzatura necessaria e poi si misero all’opera. “E pensare che il bistrò ha un’aria così invitante!” disse Thomas lanciando un’occhiata di rimpianto alla terrazza piena zeppa di gente.

“Dopo!” disse Eva. “Prima giochiamo un po’ nel campo pratica, poi ci concediamo una sortita sul campo.”

“Ma io posso? Intendo senza la tessera di abilità? Potrei anche aspettarti bevendomi una birretta...”

Eva gli diede uno spintone. “Volevi giocare con me alla festa di primavera, non dimenticartelo. E adesso fammi vedere cosa sai fare!”

Nella halfway-house, un grazioso chiosco dall’aria invitante, alcune persone stavano brindando con lo champagne. Thomas lanciò un’occhiata a Eva, ma lei proseguì imperterrita verso il campo pratica. Per Thomas non era affatto una novità, anche se i giocatori qui non stavano nelle cabine: il tempo era troppo bello.

Eva prese delle palle, mise in mano a Thomas una mazza e disse: "Ecco!"

"Ecco cosa?"

"Comincia!"

Dunque, com'era? Thomas ci pensò su, cercò di ricordarsi le istruzioni di Barry e dispose le mani sull'impugnatura. Eva guardava e annuì.

"Se mi guardi tutto il tempo, non ci riesco!"

"Mica devi fare pipì, bensì impugnare correttamente una mazza", disse Eva, e Thomas si girò un istante.

"Non parlare così!" sibilò.

"Non dimenticare il mignolo e l'indice!"

"Ancora non sono tanto capace!"

"E adesso... swing!"

"Ti odio!"

Thomas alzò la mazza e colpì la palla, che volò via. Thomas si girò, incredulo, verso Eva: "L'ho colpita!" esclamò.

"Cos'altro potevi fare?"

Eva appoggiò la pallina a terra, si mise in posizione, prese un attimo le misure, alzò la mazza e la colpì con slancio, ma insieme con naturalezza. Si sentì un *plong* pieno, segno che la palla era in orbita.

Thomas la seguì con gli occhi.

"È andata molto più lontano della mia!"

"Puoi tentare di nuovo", disse Eva. Piazzò la pallina sul tee, il piccolo supporto bianco che serviva da aiuto per il lancio, e disse: "Go!"

"*Vieni*" mi piace di più!"

"Ascolta un po'!" lo rimproverò lei. "Sul campo da golf non si scherza, è una regola ferrea!"

Lui colpì, la pallina girò su se stessa un paio di volte e si fermò a pochi metri di distanza. Thomas si schermò gli occhi con una mano e fissò il cielo: "Tu la vedi?" gridò. "Là, là, eccola!"

"È un gabbiano", replicò Eva gelida. "Siamo sul lago di Costanza. L'oggetto davanti ai tuoi piedi si chiama pallina!"

Gliene piazzò un'altra sul tee. "Se la colpisci, cominciamo!"

Thomas non la colpì, ed Eva gli diede nuovi consigli, finché si udì di nuovo quel *plong* pieno.

"Meno male, era ora, adesso si comincia sul serio!"

Che il punto di partenza degli uomini fosse più arretrato rispetto alle donne, a Thomas pareva già una vera ingiustizia. Che bisogno c'era di marcare una differenza tra uomo e donna? Nel suo caso, sarebbe stato meglio stare davanti. Ma non c'era verso, Eva lo fece tirare da dietro. Gli passò il legno, ma nel vedere lo sguardo smarrito di Thomas, lo sostituì con un ferro.

"Chi non risica non rosica..."

Thomas fece una smorfia e sorrise.

Eva lo guardò. In realtà non faceva poi una figuraccia così orrenda, benché un vero golfista capisse al volo che era un principiante. Non vedeva l'ora di sentirlo confessare perché aveva cacciato la balla di saper giocare: per pura sbruffoneria? Perché lo scopo giustifica i mezzi? Thomas portò la mazza all'indietro con il braccio sinistro teso e colpì. Pestava ancora troppo, ma la palla schizzò via.

"Bravo!" disse Eva. "E poi la tenuta da golf ti dona!"

Thomas indossava ancora i pantaloni di lino chiaro e la polo che aveva al mattino, ma le piaceva come si muoveva. E le ricordava la vasca da bagno che traboccava.

"Grazie!" rispose Thomas. "E adesso tocca a te!"

Era un pomeriggio assolato, e il campo da golf si mostrava dal suo lato migliore. Non era solo curatissimo, bensì anche in mezzo a prati e boschi di una natura rigogliosa e selvaggia. A Eva piacevano anche le distese di fiori e gli alberi da frutto, e faceva notare in continuazione a Thomas tutto quel rigoglio e quella vegetazione, ma Thomas ci vedeva solo degli ostacoli. "Cosa faccio se la palla mi va a finire in un cespuglio? Non riuscirò certo a tirarla fuori!"

Anche con il putting Thomas ebbe il suo bel daffare. La palla era finalmente lì, sul green, bastava solo darle una spintarella in buca. E invece non aveva la minima intenzione di infilarcisi. Naturalmente Barry gli aveva insegnato come fare: una lievissima spinta, niente colpo secco. E anche la mazza era fatta apposta, ma non le sue mani. Ogni volta colpiva con troppa forza e la palla se ne andava per i fatti suoi. Eva si mostrò molto comprensiva.

"Be', comunque alla quarta buca siamo arrivati. E dietro di noi si sta formando una gran coda... è meglio se proseguiamo!" Con un colpo elegante spedì la pallina ribelle dritta nella buca, la tirò fuori e la mise in mano a Thomas. "Ecco, adesso c'è entrata!"

"Ma non è permesso!" protestò Thomas. "Secondo il regolamento..."

"Tu non potresti neanche stare sul campo!"

"Come?"

"Hai la tessera di abilità? Sei membro di qualche golf club?"

Thomas aggrottò la fronte. "Dov'è la partenza della buca 5?" chiese.

Il percorso era in lieve discesa, e da lì si scorgeva lo Schloss Langenstein.

"Non è una meraviglia?" disse Eva.

"Sarebbe un fantastico hotel!" confermò Thomas, facendo oscillare la sua mazza.

"Macché hotel!" Eva lo guardò. "Che assurdità! È privato! Ci abita il conte Douglas con la sua famiglia!" Fece un ampio gesto con la mano. "È tutto suo, qui intorno!"

"Comunque sarebbe un magnifico hotel!"

"Cosa te ne faresti adesso di un hotel?"

"Ci andrei con te!" Thomas andò vicino allo start maschile con le sferette nere e gialle, piazzò la palla e la guardò con aria di sfida. "Sei una a cui piace frequentare i bar degli hotel, o sbaglio?"

Peccato che non avesse niente in mano da tirargli in testa. Thomas scoppiò a ridere, prese le misure, poi colpì. La palla schizzò alla sinistra di Eva, che rimase a fissare dov'era finita.

"Direzione sbagliata, tecnica giusta!"

"Che sport scemo!" esclamò Thomas. "Ma che bella casa!"

In effetti, l'edificio che sorgeva al limitare del bosco era veramente bello. Sembrava un antico casale ben tenuto.

"Ha il vantaggio che, pur non pagando il giardiniere, qui è tutto tenuto alla perfezione", disse Eva andando allo start femminile. Anche la sua palla andò a sinistra e si fermò addosso a quella di Thomas.

"L'hai fatto apposta!" esclamò Thomas, minacciandola con il dito indice. "Al prossimo tiro devi rompere il vetro di una finestra e dire che vuoi tirare da dentro!"

"Perché?" chiese Eva.

"È una camera da letto!"

"E allora?"

"A quel punto saremmo la prima coppia di golfisti che si imbosca alla buca 5!"

Si tirarono dietro i trolley fino alle palle.

"Che carine, guarda come se ne stanno vicine!" disse Thomas.

"Dura poco!" Eva gli passò la mazza appropriata. "È come nella vita. Pare incredibile come tutto possa cambiare!"

"Posso baciarti?"

Nonostante tutto, procedevano abbastanza spediti, e il paesaggio diventava sempre più incantevole. Il castello scintillava davanti a loro nella luce del tramonto e alla buca 7 Thomas scorse di nuovo l'halfway-house.

"Arriviamo fino lì e poi basta, vero?" chiese. Trascinare il trolley in salita era una faticaccia, e il movimento dello swing gli metteva a dura prova le articolazioni.

Ma Eva aveva visto qualcosa, anche se non ne era del tutto certa. Davanti a loro, alla buca 8, c'era una coppia ancora più lenta di loro. Eppure, immediatamente prima della loro, non c'era nessun'altra prenotazione, l'aveva visto. Quindi quei due erano fuori tempo di venti minuti buoni. La cosa avrebbe di certo consolato Thomas, ma aspettava a dirlo. Quantunque la donna fosse lontana, qualcosa nel suo abbigliamento sui toni del rosa le riusciva familiare.

Quando toccò a loro posizionarsi alla buca 8, si imbatterono nella coppia che stava tornando indietro. E allora la riconobbe: Evelyne! Si allenava di nascosto! Ma tu pensa! Era più ambiziosa di quanto credesse!

Eva diede una mano a Thomas, e intanto rifletteva. Evelyne di sicuro non si accompagnava a un giocatore esperto, quindi lo sforzo non le avrebbe giovato molto. Di certo non era Luis, golfista provetto. Perché mai allora si aggirava per quelle lande remote, nei pressi del lago di Costanza?

"Dov'è il panzer?" sentì chiedere Thomas, e si riscosse. Evelyne e il suo compagno di gioco erano spariti dalla visuale, e Thomas aveva beccato il bunker di sabbia vicino alla buca 8.

"Ah, già!" disse. "Prendi il sand wedge!"

"Il sandwich? In effetti, ho una gran fame!"

"Spiritoso! Adesso devi fare il pitching!"

"Cos'è, si mangia?"

"Vuoi che ti faccia vedere?"

"Per carità, non voglio guastare il rapporto!"

Stava con i piedi sulla sabbia. Davanti a lui, quella cosetta bianca. "Vado!" annunciò.

"Tira, su!"

"Tira, su!", la scimmiottò lui, e tirò. La sabbia schizzò da tutte le parti, ma la pallina sprofondò inesorabilmente. "Non si schioda!" disse.

"Si schioda, eccome!" ribatté Eva. "Devi solo dargliene l'opportunità!"

Thomas riprovò. "Snobba ogni opportunità!"

"E poi adesso tocca a me!" Eva concluse la buca magistralmente e si fermò con la bandierina in mano. Alzò lo sguardo verso l'halfway-house, dove stavano arrivando Evelyne e il suo compagno. Ormai erano troppo distanti per distinguere i particolari.

Guardò Thomas. Il bunker era vuoto, eccezion fatta per i profondi solchi nella sabbia. Thomas aveva in mano un rastrellino e si accingeva a riparare i danni da lui causati.

"Ho sepolto la palla!" disse. "Mi mancavano giusto gli squilli di tromba per un funerale in piena regola!"

Non era tanto questione di una palla sepolta: Thomas non ne voleva affatto una nuova. "Facciamo così: tu avanzi veloce come il vento fino alla buca 9", disse, "e poi ce ne andiamo insieme all'halfway-house, ribattezzata per l'occasione *fullway-house* e ci facciamo una bella birra!"

"E tu ti decidi a confessare tutto: prima ti fai passare per un campione, poi per un giocatore così così, alla fine per una schiappa... la storia mi puzza, è tutta una gran bufala!"

"Niente bufala! Solo un po' di marketing!"

"Pubblicità per te stesso?"

"Sono o non sono un consulente d'azienda? Chi non sa vendersi è spacciato!"

"Ahi!" esclamò Eva. "Adesso capisco allora dove sbaglio!"

"In compenso sai giocare a golf!"

Eva proseguì in un baleno, spinta soprattutto dalla curiosità, perché non voleva rischiare che Evelyne si avviasse già alla buca 10. Thomas le andava dietro e la osservava. Era incredibile. Sembrava impossibile che quella personcina aggraziata colpisse la palla con tanta forza. Con quei pantaloni kaki e la maglietta a righe somigliava piuttosto a una turista in gondola. Eppure era tutta tendini e muscoli, e camminava più spedita di lui.

"Perché hai tutta questa fretta?" le chiese poco prima del green. "Dietro di noi non c'è anima viva!"

"Davanti però sì!"

Thomas non capì, del resto il golf aveva leggi sue proprie.

Evelyne rimase di stucco. Impallidì di colpo, e poi arrossì violentemente.

"Oh, Eva, come mai da queste parti?" disse, facendo un cenno di saluto all'amica. "Che gioia vederti!"

Eva aveva visto benissimo come poco prima, nel putting, quei due si strusciavano a più non posso, ma adesso Evelyne se ne stava lì rigida come uno stoccafisso accanto a quel tale.

"Oh, sì, davvero!" disse Eva melensa, dandole i due bacetti di ordinanza sulle guance. "Streghetta!" sussurrò intanto.

Evelyne si schiarì la voce: "Posso presentarti Oliver Hartmann?"

Eva fece un cenno di saluto e gli diede la mano.

"Ma noi ci conosciamo!" disse Thomas, da dietro, facendo sussultare Evelyne.

"Sì, è vero!" Il compagno di Evelyne gli porse la mano. "Thomas Rau, vero?"

Thomas annuì e salutò Evelyne.

"E lei è Evelyne, una delle mie più vecchie amiche", disse Eva, mordendosi le labbra per non aggiungere: "felicemente sposata". Già... Marito stupendo, figli stupendi, villa stupenda. Il tutto, probabilmente, di una noia mortale. Oliver Hartmann era più alto e più giovane di Luis, e terribilmente più sexy. Anche se, a quanto pareva, non sapeva proprio giocare a golf.

"Beviamo qualcosa?" propose Thomas, con fare disinvolto.

"È lui il tuo nuovo..?" le bisbigliò Evelyne, al che Thomas rispose con uno stentoreo: "Sì! Penso proprio di sì!"

Eva sorrise, senza dir niente.

"Credevo che avessi un cane!" Evelyne la fissava a occhi spalancati.

"Sì, ma nel frattempo siamo in cinque: un cane, una coniglietta, due ratti e io!"

Oliver scoppiò a ridere. Aveva dei denti bianchi abbaglianti, notò Eva. Giusto un po' irregolari. Se Oliver e Thomas avessero fatto un mix dei loro denti, sarebbe venuta fuori una dentatura perfetta!

"Noi siamo solo in due!" disse Oliver, facendo di nuovo arrossire Evelyne.

"Beviamoci su!" propose Thomas.

"Ma noi abbiamo già bevuto", disse Evelyne.

"Non fa niente!" Oliver sogghignò. "Tanto le buche le manco tutte!"

"Oh, mi consolo!" Thomas lanciò un'occhiata a Eva. "Anche lei si trova qui per forza?"

Oliver e Thomas solidarizzarono. Nove buche bastavano e avanzavano. Eva stava chiedendosi se fosse il caso di continuare a giocare con Evelyne, ma quest'ultima le diede una gomitatina. "Sei matta? Chissà cosa si direbbero, questi due!"

"Ma non sarebbe poi male, prima del torneo..."

"Al diavolo il torneo!"

Ah, ma senti un po' che novità! Evelyne, l'ambiziosa Evelyne che aveva l'handicap 13 e puntava sempre a un posticino nel golf club, adesso se ne fregava dell'ultima opportunità di allenarsi prima del torneo? Doveva essersi veramente presa una bella cotta.

Eva osservò Oliver di sottecchi. Certo, era molto più attraente di quel ferro vecchio di Luis, il padre dei suoi figli. E forse, anche a letto rendeva di più. Pensò a Thomas. Il che non era così strano, se Luis somigliava a Gerold. Ma non era soprattutto il gusto della novità a sedurre, più che altro? E che ne era del nuovo amante, quando diventava vecchio? Allora ci voleva un nuovo brivido.

A ragionare così, nessun rapporto può durare in eterno. Quando l'innamoramento svanisce, resta al massimo la confidenza, che esclude la scoperta, la novità. Ma forse non era Evelyne la prima a evadere dalla coppia coniugale, magari seguiva solo la corrente... chi poteva dirlo? Eva era talmente sprofondata nei suoi pensieri che non sentì nemmeno come si erano messi d'accordo gli altri. Ma le bastò un'occhiata per capire che gli uomini si stavano dirigendo a passo deciso verso il bistrò, dove ordinarono subito birra e omelette à la Langenstein con insalata.

Stupefacente come andassero d'accordo, quei due.

"Come mai vi conoscete?" chiese Eva, anche se capiva benissimo che Evelyne non gradiva ulteriori indagini. Evidentemente non si fidava del tutto di lei.

Quel pettegolezzo avrebbe suscitato enorme scalpore al golf club.

"Oliver è direttore di un hotel, ed è tra i miei clienti!" spiegò in fretta e furia Thomas.

"Ah, davvero?" disse Eva. "E cosa se ne fa di un consulente un hotel? Chiede il suo parere sulla scelta delle lenzuola, delle tende o dei posacenere?"

"Non mi credi?"

Eva appoggiò il menu sul tavolo. "Certo che ti credo. Solo che non so immaginarmelo."

"Si tratta di ottenere la massima efficienza nel rapporto personale/clienti... intendo rapporto numerico. Ottimizzazione dell'utilizzo del personale, messa a fuoco delle strategie di marketing... cose così."

"E adesso l'albergo è in ripresa?"

"Certo, ma gli abbiamo anche rimesso a nuovo il bar..." disse Thomas.

"Sei uno cui piace frequentare i bar degli hotel, o sbaglio?" Eva gli lanciò un'occhiatina.

"Almeno lì si conosce gente interessante!" disse Thomas.

"Aha!" A Eva spiaceva non essere al tavolo da sola con lui. "Hai qualcosa da confessare?"

"Ancora?" Thomas sorrise.

"Non siamo tipi dalla confessione facile!" disse Oliver.

"Bene!" Eva fece un cenno a Evelyne. "Allora noi ragazze andiamo in bagno!"

Era proprio come si era immaginata e in effetti, col senno di poi, si capiva benissimo: Evelyne si era fatta ritoccare perché aveva conosciuto Oliver. Con Luis si sarebbe tranquillamente tenuta le sue palpebre a tendina. Del resto Luis non faceva niente per la sua pancia. Ecco perché Evelyne aveva reagito in quel modo quando Eva le aveva riferito il motto di sua figlia: "Acchiappa il maschio!"

Come aveva risposto? "Se non avessi già Luis, ci farei un pensierino!" O forse era stato proprio quel motto a farla decidere?

In ogni caso, si era presa una bella cotta. E le riusciva penoso, disse, andare a letto con Luis. Di lui non le piaceva più niente: era troppo goffo nei movimenti, aveva il respiro pesante, era privo di idee.

"O mamma mia!" disse Eva, davanti al lavandino. "E cosa hai in mente di fare?"

Evelyne si strinse nelle spalle. "Niente! Sto a vedere come vanno le cose."

"E Oliver?"

"Mah! Chi lo sa... forse per lui è un'avventuretta, forse no..."

Hmmm. L'espressione vulnerabile di Evelyne la diceva lunga. Si guardarono negli occhi e si abbracciarono.

"E tu?"

"È troppo presto per dirlo."

Sulla strada del ritorno Thomas sprizzava buon umore. E raccontò la sua spedizione in Portogallo in modo talmente spiritoso che Eva non la finiva più di ridere. La cosa che più le piaceva era che lui stesso si prendesse così simpaticamente in giro.

"Lo vedi", disse Thomas tutto allegro, mentre girava nella sua strada, "per nessuna donna al mondo imparerei a giocare a golf. E mai farò colazione con una donna. E non voglio né animali né bambini. Sono un tipo sensibile, e sto bene solo con me stesso!"

"Magnifico!" esclamò Eva. "Per me è l'ideale! Io non voglio più adattarmi alle esigenze di un uomo, voglio prendere le decisioni da sola, voglio degli animali e non sopporto vedermi davanti a colazione facce con la barba lunga!"

"Bene!" disse Thomas, parcheggiando. "Ti ho già detto che trovo incredibilmente erotiche le vecchie tute da ginnastica?"

"No, ma posso sempre infilarmene subito una!"

Si scambiarono un sorriso.

"Magari a cena?"

Caro e Lina erano in cucina, e stavano preparando una pasta. Lina si era messa dei jeans e una T-shirt di Caro. Eva le sentì scherzare già dall'ingresso.

"Non le ho poi più chiesto niente", bisbigliò rivolta a Thomas. "A furia di vedere ratti stamattina mi sono scordata di mia figlia!"

“Direi che se la cava benissimo senza di te...”

“Ehi, chi si vede!” disse Caro, scorgendoli. “Mangiate un boccone con noi? Lina ha fatto un sugo super piccante, mi fa lacrimare!”

“Veramente, abbiamo già...” disse Eva.

“Oh sì, certo!” la interruppe Thomas, facendole l’occhiolino. “Non volevi parlare con tua figlia?”

“Sì, ma cercavo di evitare l’adipe da pastasciutta, all’inizio del nostro rapporto!”

“All’inizio di che?”

Eva si morse le labbra, passò accanto a Thomas e guardò dentro la pentola.

“Non avete tutte e due il cuore spezzato?”

“Mamma!”

Eva prese un cucchiaino.

“Lo so, non sono per niente diplomatica. Ma non sono proprio capace di girare intorno alle cose, non è da me!” Assaggiò il sugo. “Mmm, che bontà!” Lanciò a Lina un’occhiata di elogio. “Però ho l’impressione che voi due non siate per niente abbacchiate, pur avendo perso il grande amore!”

“Nel pomeriggio ci siamo fatte una bottiglia di vodka, e con ciò il grande amore è sepolto!” disse Lina con un sorriso da modella.

“Una bottiglia intera di vodka?” chiese Thomas, stupefatto. “Ecco perché siete così su di giri!”

“Vodka!” Eva fece una smorfia, ma non disse niente. “E Toni, cos’ha combinato?” chiese, sperando che Toni non avesse partecipato al festino, anche se da lei c’era da aspettarsi di tutto. “Dov’è finita? E Flash?" C'era un silenzio inquietante. "E i ratti?"

Lina indicò con il dito indice il soffitto. "Credo che siano tutti di sopra!"

"Tutti chi?!?"

Eva si rivide la scena della sera prima. Non saranno mica stati di nuovo tutti in camera di Toni!!

Caro sogghignò. "Niente paura. Sono solo Toni, Sven e i loro cocchi!"

"Voglio proprio vedere la scena!"

"E digli che tra dieci minuti è in tavola!"

"Allora io vado a prendere il vino", disse Thomas lanciando un'occhiata a Eva.

Eva non si ricordava più se aveva ancora una bottiglia di rosso buono. Quando aveva fatto la spesa l'ultima volta? Comunque, per gli sfizi di certo soldi non ne aveva.

"Mi spiace, ma ho perso le chiavi della cantina", disse, facendo un gesto di disappunto. "Forse in dispensa però c'è ancora una bottiglia di Trollinger."

"Ok", disse Thomas. "Lo faro decantare. In questa casa a cinque stelle esiste una caraffa di vetro, un colino a maglie sottili e una candela?"

Eva aggrottò la fronte.

"Io vado a vedere Toni. Il cavatappi è nel cassetto!"

Eva bussò, ma la musica era troppo alta. Bussò di nuovo e finalmente riecheggiò un "Sììì?" prolungato, il che stava a significare che sua figlia l'aveva già sentita la prima volta, ma non voleva essere disturbata.

Eva aprì piano la porta. La luce era spenta, ma almeno dieci candele erano accese. Toni e Sven erano seduti per terra davanti al letto su cui troneggiava una montagna di vestiti. Flash era sdraiato accanto a Toni, ma saltò subito su per salutarla, e lo stesso fece Saltarella, più che altro per lo spavento, dato che pisolava tra le zampe anteriori di Flash. Accanto al muro c'era la gabbia aperta, ed Eva si terrorizzò. Oddio, non è che i ratti circolavano liberi per casa? Già si vedeva un'orda di ratti calare giù dalle scale.

"Dove sono Gucci e Prada?" chiese, trattenendo il fiato.

Toni si limitò a indicarsi la pancia. In effetti, lì c'era accovacciato un ratto, che si godeva bellamente la sua razione di carezze. Più che altro si vedeva una lunga coda rosa. L'altro ratto era da Sven.

"Date il mangime ai ratti, lavatevi le mani e venite giù. È pronto tra poco!" disse Eva e aggiunse, indicando il letto: "E domani è domenica e avrai tutto il tempo per mettere a posto la tua camera!"

"Domani?" replicò Toni sdegnata. "Domani, guarda caso, è il compleanno di Theresa, e io di certo non pianto in asso la mia migliore amica!"

"Ho l'impressione che la tua Theresa festeggi il compleanno cinque volte all'anno!"

"E poi devo finire la ricerca e fare la presentazione con power point, e di sicuro non avrò tempo per cazzate come mettere a posto la mia stanza!"

"Ricerca! Power point! Le stai sparando grosse!"
"Chiedi alla signora Funk, se non ci credi!"
"Sia come sia, questi stracci li voglio vedere di nuovo nell'armadio!"
"Ma sono tutti da lavare!"
"Li guarderò io domani con la luce!"
"È pronto!" La voce maschile riecheggiò potente nonostante la musica infernale.
"Sì!" rispose Sven, rimettendo i ratti in gabbia.
Un sorrisetto complice comparve sulle labbra di Toni, che strizzò l'occhio a sua madre.

Durante la cena Eva ebbe modo di constatare che era una vera gioia avere in casa Lina. Aveva un modo di fare così spontaneo, trascinante! In confronto a lei, Caro era chiusa come un'ostrica... ma forse Lina a casa sua, con sua madre, dava la stessa impressione? E anche Toni non era mai stata tanto aperta e chiacchierona.

Caro era riuscita a rintracciare la presunta rivale, e Lina era caduta dalle nuvole. All'inizio non ci voleva credere e aveva sospettato che Caro usasse bieche armi femminili, ma poi aveva capito che non ne sarebbe stata capace, ed erano andate insieme in un bar.

L'incredulità iniziale si era trasformata in rabbia, per entrambe. Ben aveva messo in piedi un'impeccabile doppia vita. Non sarebbe mai caduto in contraddizione, se Caro non si fosse insospettita.

Aveva dato appuntamento a Ben in centro. Lo stesso aveva fatto Lina, ma Ben le aveva detto che doveva incontrare a tutti i costi un compagno di università per scambiarsi delle dispense per un esame importante, e via dicendo. Lina si era mostrata comprensiva, ma si era messa subito in moto per andare da lui. Ben l'aveva vista arrivare e, sapendo che dopo poco sarebbe arrivata anche Caro, aveva cercato di liquidarla in fretta con una scusa. Ma in quel mentre due mani lo avevano circondato da dietro, e la voce di Caro gli aveva detto in tono mellifluo: "Eccomi, tesorino!"

"Ah!" aveva esclamato Lina. "E questa chi sarebbe?"

Ben si era arrampicato sugli specchi. Rosso come un gambero, accampava scuse su scuse e diventava sempre più ridicolo.

"Adesso ci devi una spiegazione!" lo aveva incalzato Lina.

Ben aveva alzato le mani: "Vi amo entrambe!" aveva detto.

"Come no!" aveva risposto Caro. "Comunque, ti vogliamo facilitare la vita..."

"In futuro dovrai fare a meno di noi."

E le due ragazze si erano prese sotto braccio, piantandolo in asso.

Toni ascoltava interessata, Thomas scosse il capo.

"Sant'iddio, senti che roba!" disse. "Neanche due donne si possono più avere!"

Sven sogghignò, ma Toni gli diede subito un buffetto.

"Non farti venire strane idee!"

Le ragazze avevano fatto una quantità robusta di pastasciutta, ma la terrina in centro tavola era quasi vuota.

"E voi cosa avete fatto oggi?" chiese Caro, spazzando via quanto restava.

"Vostra madre si era messa in testa di insegnarmi a giocare a golf..." Thomas aggrottò la fronte. "Ma il risultato è scarso!"

"Sì?" Caro lo guardò. "Dipenderà dalla mazza. Da qualche parte abbiamo ancora il set di mazze da golf nuove di pacca che ci aveva portato il nonno dall'America... ti ricordi? La nonna le ha date a noi, dopo la sua morte."

"Già, è vero!" disse Eva.

"Si mette sempre peggio per me!"

"Ma dove saranno finite?" chiese Toni.

Caro alzò le spalle. "Forse in solaio?"

"Io non ci vado!" dichiarò Toni. "Non c'è neanche una lampadina che si accenda!"

"È proprio un gran lazzarone, il nostro portinaio!" fece Eva, guardando Thomas come se si scusasse.

"Lo so", rispose lui. "Ha perso la chiave della cantina, nascosto il decanter, rovinato la porta, danneggiato le lampadine, caldeggiato la bigamia e ammaccato la carrozzeria di un'innocente auto! Io lo licenzierei!"

Lina sorrise: "Quando uno ha ragione, ha ragione!"

Venti minuti dopo, Thomas ed Eva stavano perlustrando il solaio, alla luce di due torce potenti. Flash li accompagnava, entusiasta. A giudicare dalla sua euforia, lì sopra doveva esserci una colonia molto popolosa di topi.

"Non sarebbe il caso che prendeste un gatto?" disse Thomas, candido. "Potrei procurarvelo domani... in fin dei conti non vi ho ancora fatto un regalo!"

"Guardatene bene!" disse Eva, e tossì. Oddio, si era totalmente dimenticata dei vestiti nei sacchi protettivi di plastica pesante, appesi a una sbarra di ottone sistemata da Gerold quando erano venuti ad abitare lì. Tirò giù una cerniera: ah, eccolo lì il cappotto pesante di lana blu che aveva tanto cercato. Nei suoi momenti più bui si era convinta che Toni lo avesse messo in vendita nel negozio di seconda mano per comprare i regali di Natale. In cuor suo le chiese scusa.

Thomas era avanzato nel bel mezzo del solaio.

"Lo dovresti ristrutturare!" esclamò. "Magari trasformarlo in un appartamentino, collegato alla tua camera da letto... e con una terrazza. Diventerebbe davvero una meraviglia!"

"Sì!" rispose Eva. "Ma se ne parla dopo lunedì, quando avrò vinto sette milioni!"

"Sette che?"

"I sette milioni che sono in palio con il superenalotto!"

"Ne basterebbero cinquecentomila, a occhio e croce!"

"Ah, be', allora va meglio!"

Eva lo seguiva vedendo il fascio di luce traballante della torcia. Santo cielo, pensò, la nonna non buttava via davvero niente. Persino le vecchie fodere del divano ci sono! Vecchie seggiole impagliate, tutte sfondate. Perché aveva tenuto tutta quella roba, invece di buttarla via? Cassettoni, armadi, casse su casse. Alcune con delle scritte, altre senza. E polvere ovunque.

"Con questa luce è impossibile trovare qualcosa", disse Eva. "Però... forse, guarda lì!"

Un sacco di iuta grigio era avvolto intorno a qualcosa che poteva assomigliare a una sacca di mazze da golf. Eva lo sollevò, alzando una gran polvere che la fece di nuovo tossire.

"L'hai trovato?" gridò Thomas.

"Un momento!" Eva fece luce davanti a sé con la torcia. Era una vecchia aspirapolvere Hoover! La nonna andava sempre fierissima delle sue Hoover: era una vera collezionista!

"È un'aspirapolvere!"

"Magnifico!"

"Collezioni anche tu vecchie aspirapolvere? Prendile, te le regalo!"

"No, ma guarda un po' cosa c'è qui!"

"Cosa? la sacca da golf?"

"No, sono finito in una galleria d'arte!"

Eva rimise il sacco di iuta sull'aspirapolvere e si diresse verso l'altra luce della torcia. Thomas si era buttato un vecchio telo sulle spalle e illuminava un vecchio quadro a olio, enorme e orrendo.

"Ah, mi ricordo!" disse Eva. "Era appeso di sotto, in soggiorno, prima della ristrutturazione. Ma è stata già la nonna a eliminarlo, dopo la morte del nonno. L'aveva sempre trovato orrendo, ma non osava dir niente!"

"Ah, com'erano rispettose le donne una volta!"

Lei gli diede una spinta scherzosa. "Dillo, su, ti piace!"

"No, lo trovo orrendo anch'io!"

Thomas tirò via i teli anche dagli altri quadri, appoggiati contro il muro, e li osservò uno dopo l'altro.

"Ma, pur essendo brutti, meritano di essere conservati in un luogo più consono... nessuna tela può resistere agli sbalzi di temperatura e alla polvere. Per non parlare dei colori!"

"Potrei sempre riporli sotto il mio letto, così stanno al calduccio!"

"Mi fai venire un'idea!" disse Thomas rimettendo con cura i teli. "Facciamoci subito una bella doccia!"

"Adesso? Le ragazze sono di sicuro a letto!"

"Non intendevo fare la doccia con le ragazze!"

"Ma di sicuro non vuoi restare fino a colazione, vero?"

"Della colazione non so cosa dirti, quello che è sicuro è che sono allergico alla polvere!"

Thomas era rimasto fedele ai suoi principi, e alle quattro se ne era andato. Eva l'aveva accompagnato alla porta, ma senza tentare in nessun modo di trattenerlo. Anzi. Le andava benissimo, perché sua madre, inaspettatamente, si era annunciata per il "brunch", come aveva detto, e qualsiasi novità in casa sarebbe stata fonte di inesauribili discussioni. Già c'erano Flash e Saltarella. Anche un uomo nuovo sarebbe stato troppo.

Anche se, dopo l'ultima visita di mercoledì che l'aveva tanto depressa, Eva trovava già notevole che sua madre si fosse decisa a venire. L'accompagnava in macchina un vicino, aveva detto. Aveva molta voglia di fargli conoscere sua figlia e la sua famiglia, ammesso che si potesse ancora parlare di famiglia... ma almeno si augurava che le sue nipoti fossero in casa. E dava per scontato che Eva preparasse una colazione come si deve: in fin dei conti non veniva mica tutte le settimane.

Il guaio era che Eva aveva sentito il messaggio in segreteria telefonica troppo tardi. Una rapida ispezione al frigorifero diede esito negativo. L'offerta era più che miserabile. E anche il suo portafogli era al verde. Ma pazienza. Disse alle sue figlie di vestirsi decentemente, di pulirsi le unghie con lo spazzolino e di apparecchiare bene la tavola, perché veniva la nonna con un vicino. E poi andò a comprare il pane fresco, degli affettati e del formaggio, uova e burro. Tornò a casa col fiato corto.

Perché doveva vivere sempre sotto stress?

Pensò a Evelyne. Chissà cosa stava facendo.

Caro aveva apparecchiato la tavola, Toni era fuori con il cane, Eva fece un salto in camera per vedere dov'erano coniglietta e ratti, e si cambiò. Camicia bianca e jeans le sembrava la mise più adatta.

Alle undici suonarono alla porta. Eva si trovò faccia a faccia con Toni, sua madre e uno sconosciuto.

"Ce l'hai anche tu, la chiave!" disse Eva aprendo la porta, ma sua madre protestò: "Non si fa irruzione così in casa d'altri!"

"Ah!" A Eva non importava niente. Ma odiava le discussioni di domenica mattina. Soprattutto adesso, che aveva dormito troppo poco. "Prego, accomodatevi!"

Sua madre indossava un tailleur color fiordaliso che le donava molto. Aveva un'aria allegra e più vivace del solito.

"E questo è Oskar Stephan!" disse, presentando il signore al suo fianco. Sembrava un po' più vecchio di lei, ma era molto ben tenuto, con un completo scuro e una cravatta intonata al tailleur di sua madre.

"Piacere", disse Eva porgendogli la mano.

"Non volevo disturbare", disse lui, "ma sua madre mi ha detto che lei non si formalizza certo!"

"Esatto!" disse Eva, stupefatta. Cosa stava capitando a sua madre?

"Vi decidete a entrare?" disse Toni, che era sempre sulla porta con Flash al guinzaglio.

"E questo è un piccolo segno di ringraziamento da parte mia!" disse il signore.

Eva non aveva neanche notato che teneva un mazzo di fiori nella mano sinistra. Delphinium di un blu luminoso e piccoli girasoli.

"Che belli!" disse, realmente felice.

Delphinium! E poi: quand'era l'ultima volta che aveva ricevuto dei fiori?

Da Gerold mai, questo era poco ma sicuro.

Toni tolse il guinzaglio a Flash che si intrufolò in mezzo a loro, diretto in cucina. E certo: ogni volta che tornava andava subito a controllare che la sua ciotola fosse piena.

"Che bell'animale", disse Oskar, spintonato rudemente da Flash.

"Forse ancora un tantino da addestrare?" obbiettò la madre di Eva.

"È ancora giovane!" osservò il suo accompagnatore, e lei non replicò.

"Bene, entrate!" Eva li precedette per sbloccare la situazione. Mentre Caro salutava la nonna e il suo vicino, cercò un vaso adatto.

Sarà mica stato l'amante di sua madre? Ma non esiste! Mercoledì non c'era nessun elemento in quel senso.

Anche Caro e Toni erano allibite. Avevano spedito tutti gli amici a casa, compreso Sven, perché non volevano turbare la nonna… e adesso, guarda un po'!

Le uova al tegamino sfrigolavano, e Oskar Stephan si dimostrò un tipo affabile.

"Che bella casa!" disse, sistemandosi i grossi occhiali.

"Già, mia figlia ha fatto tanti lavori di ristrutturazione", si affrettò a dire la madre di Eva. "Il soggiorno e la cucina prima erano due stanze separate."

Oskar annuì con aria di approvazione. "E che bel parquet!"

"Sì, di certo meglio della moquette che non si pulisce mai bene!" disse sua madre, ed Eva dovette sedersi. Oddio, avrà preso qualche pasticca?

"Oh, e quello?" chiese Oskar, indicando Saltarella che correva per il prato facendo capriole.

"La nostra coniglietta", spiegò Toni aprendo la porta finestra. Flash si precipitò fuori.

La nonna gridò: "Oh, santo cielo, e adesso?" ma appena vide Flash giocare e scatenarsi con Saltarella si calmò. "Che teneri!" disse, un po' titubante.

Eva le lanciò un'occhiata, ma evidentemente sua madre era diventata un'animalista convinta. Amante dei conigli! Come avrà fatto a spiegarlo al marito, buon'anima, nelle sue preghiere serali?, pensò Eva sogghignando. Poi bevve un sorso di caffè e tornò ai fornelli. Distribuì le uova con lo speck, mise in mezzo alla tavola il sale e il pepe e si sedette.

"Allora? Come va la scuola?" chiese la nonna a Toni.

"Mi sa che mi bocciano."

Era una provocazione tipica di Toni. Voleva sfidare sua nonna, distruggere quell'atmosfera da idillio melenso.

"Poco male!" disse Oskar. "È successo anche a me, eppure mi sono laureato lo stesso!"

"Ah sì, e in cosa?" chiese Caro, che non sapeva ancora che facoltà scegliere.

"È un uomo di scienza, ha un titolo!" disse la nonna con aria sussiegosa.

Aha. Ecco dove voleva arrivare... la moglie del dottore... Ti conosco mascherina! Pensò Eva.

Oskar si schermì: "Non l'ho fatto per il titolo, ma perché ho un debole per i bassifondi!"

"Ah!" Toni lo guardò con gli occhi sgranati, ed Eva sapeva cosa stava pensando: non somiglia molto ad Al Capone.

"Scherzo, voglio dire: per i bassi fondali!"

"Biologo marino?" buttò là Caro.

"Esatto!" disse Oskar.

"Uh, che cosa interessante!" Caro gli si avvicinò. "Cosa si fa di preciso? Ha partecipato a delle spedizioni sulle navi attrezzate per la ricerca? E su un sottomarino? E com'è, sott'acqua?"

Oskar scoppiò a ridere. "È un altro mondo. Ma ci sono tanti modi di fare questo mestiere. Pensa a Hans Hass: in realtà aveva studiato legge, ma poi ha fatto tutt'altro e ha girato spettacolari film subacquei sugli squali. Ha saputo conciliare biologia marina, etologia e cinema."

"Non l'ho mai sentito!" disse Caro.

"Ma di sicuro avrai visto uno dei suoi film, anche se non lo sai. Anche se forse...", sorrise, "è un po' troppo vecchio per te."

"Quanti anni ha?" chiese Toni.

"Dunque... a ottantasei anni ha fatto delle immersioni alle Maldive per studiare le conseguenze dello tsunami sull'ambiente marino!"

"Ancora lo tsunami!" disse Eva, e le sue figlie tacquero.

"Ma se hai voglia di saperne di più", disse Oskar a Caro, "posso farti vedere qualcosa. Il mare è pur sempre uno dei più vasti habitat del pianeta, ricchissimo di specie viventi. E gli oceani hanno molto da offrire, per esempio nel campo delle materie prime, e non tutto è stato ancora scoperto!"

Caro si spingeva sempre più vicino. "Mi sa che mi interessa davvero!"

Eva la guardò. La sua Caro, che spediva sempre avanti la sorellina, quando la situazione si faceva difficile, adesso voleva esplorare i sette mari?

"Per me invece la biologia marina è una roba troppo bagnata!" disse Toni. "Non vado tanto matta per l'acqua. Preferirei fare la direttrice di una catena di hotel. Almeno viaggerei per il mondo e starei negli alberghi più cool!"

"Ma prima devi frequentare la scuola alberghiera", disse Eva. "E di certo ci sarà anche, come materia, il servizio al piano. Puoi già cominciare a fare esercizio in camera tua, rimettendola a posto!"

"Ah ah!" fece Toni. "Spiritosa! Guarda che la mia camera è a postissimo!"

Prima non lo era davvero, pensò Eva, ed era sicura che, se fosse salita, avrebbe contraddetto subito Toni, ma se lo risparmiò. A che pro arrabbiarsi? Era domenica, e non buttava poi tanto male come aveva temuto.

Il tempo si faceva sempre più mite, e quando, alla fine, Eva propose un goccio di prosecco in giardino, sua madre fu subito d'accordo. Le sue figlie si tirarono indietro, sua madre andò a prendere i cuscini per le seggiole e Oskar fece per aiutare Eva a stappare la bottiglia. Era il momento giusto.

"Come vi siete conosciuti?" chiese Eva, quando rimasero soli in cucina.

"Come, sua madre non gliel'ha detto?"

"Finora no!"

Lui avvolse il collo della bottiglia con un tovagliolo e la stappò con un sordo *plop*.

"Sono rimasto vedovo tre anni fa. Non avevamo figli..." sorrise. "Eravamo quella che si dice una coppia moderna, perché era anche lei biologa marina, e per i figli non avevamo tempo." Riempì accuratamente i tre calici che Eva gli porgeva. "Alla fine ce ne siamo pentiti, ma ormai era troppo tardi." Si strinse nelle spalle. "E così ho messo un annuncio..." Oskar le sorrise, e attraverso le lenti i suoi occhi sembravano molto grandi e molto azzurri. Azzurri come il mare.

"Posso dirle cosa ho scritto?"

"Certo, come no? Mi incuriosisce!"

"Vedovo cerca signora allegra e vitale con famiglia anticonformista. Sono finanziariamente indipendente, tollerante, in buona salute e di carattere allegro. Un ragazzo di ottantadue anni con titolo di studio."

Eva trattenne il fiato. "E mia madre le ha risposto?"

"Sì, subito!"

Avrà recepito solo la frase sul titolo di studio, pensò Eva.

"E ieri le ho telefonato e abbiamo capito che abitavamo a tre strade di distanza. Non è incredibile?"

Eva scosse il capo. "In effetti!"

"E nel corso della telefonata le ho chiesto se aveva davvero la fortuna di avere una famiglia anticonformista."

"Aha. E lei cosa ha detto?"

"Che me l'avrebbe dimostrato subito!"

In quel preciso istante sbucò Toni, con i due ratti sulla spalla. "Ho pensato che, se non ha paura degli squali, di sicuro questi non la spaventeranno!"

"Certo che no!" Oskar li osservò da vicino. "Maschio e femmina." Guardò Eva. "Non castrati! È una donna coraggiosa, lei!" Esitò. "Oppure li alleva?"

"Allevare ratti?" a momenti Eva lasciò cadere i calici di prosecco che stava appoggiando sul bel vassoio d'argento di sua nonna.

"Sono ancora giovani! Dei cuccioli!"

"A cinque settimane sono già in grado di riprodursi e la femmina è in calore ogni cinque giorni per sei ore!"

"O santo cielo!" Eva lanciò un'occhiataccia a Prada. "Allora mi tocca cercare subito un veterinario!"

"Non sarà facile. Narcotizzare un animale di piccola taglia è complicato. Ma posso informarmi!"

Eva scoppiò a ridere. Afferrò un calice e bevve un sorso. "Mi scusi", disse, "ma mi ci voleva!"

"Non c'è problema!" rispose lui, rabboccando il prosecco.

"Allora, abbiamo superato il test?"

"Che test?"

"Siamo abbastanza anticonformisti?"

Lui rise a sua volta e levò il calice per brindare. "Non c'è dubbio!" disse. "Se avrò la fortuna di piacere un po' a sua madre, ne sarò davvero contento!"

"Comunque sia, le do già il benvenuto di cuore nella nostra famiglia!" disse Eva, scuotendo il capo. Dunque, sua madre aveva usato lei per accalappiarsi un uomo. Anticonformismo! Proprio quello che sua madre odiava. Roba da morire dal ridere! Ma certo, con un dottore in biologia avrebbe fatto la sua rentrée alla grande in società. Ammesso poi che lui fosse un uomo di mondo... Gli scienziati non se ne stanno rintanati nelle loro stanzucce a studiare?

"Le piace ballare?" gli chiese.

“Sono un ballerino sfegatato!” e gli occhi gli brillarono arguti. “Il che non garantisce probabilmente che io sia anche dotato!”

“Non importa!” disse Eva. Tutto si metteva per il meglio... chissà però se sua madre sarebbe stata in grado di fare un simile cambiamento? Da massaia saputella e limitata e vero fossile a partner illuminata di un uomo colto, aperto e pieno di vita.

Ma non si sentiva dire in continuazione che proprio le donne hanno un'immensa capacità di adattamento quando si tratta dei loro partner? Forse anche lei non aveva fatto altro che adattarsi a suo marito, e invece era tutta diversa?

Ma com'era veramente? Che razza di personalità aveva?

Eva decise di non pensarci più. Le donne oggi erano diverse, non erano più l'ombra fedele del proprio uomo, trasformiste come camaleonti. Eva pensò a Thomas. Nel loro breve rapporto il camaleonte, in effetti, era lui.

“Vogliamo uscire, adesso?” chiese Oskar con il vassoio in mano. Era veramente molto attento e charmant.

“Posso far vedere i ratti alla nonna, o crolla svenuta?” chiese Toni alle loro spalle.

“Glieli facciamo vedere insieme”, propose Oskar. “Le dirò che è una prova di resistenza!”

La prova di resistenza deve ancora venire, pensò Eva. Quanto dura la gestazione nei ratti?

*

Quella sera Eva portò le sue due figlie al ristorante italiano. In settimana il lavoro non le sarebbe mancato. Prima al talk-show e poi, la settimana seguente, un nuovo servizio fotografico in un hotel, stando a quanto aveva accennato Tom. "Stesso protettore?" aveva chiesto Eva, diffidente. Al telefono non poteva vedere la faccia di Tom, che aveva risposto: "Il lavoro è buono, la grana tanta... che problemi ti fai?" Lui ne sapeva di più, Eva ne era certa. Ma aveva anche già detto che il suo lavoro dipendeva dalla presenza di Eva. Era una strana sensazione, avere di colpo un ruolo così decisivo. A ogni buon conto, almeno così poteva pianificare due settimane. E cambiare gli pneumatici, e portare le sue figlie al ristorante.

Thomas era andato con sua madre a festeggiare il settantacinquesimo compleanno di una zia, e Toni aveva appioppato gli animali a Sven. "Una serata tra donne, amore", aveva detto. "Ma Flash è ben contento..."

Le pizze erano buonissime. Quello era il loro ristorante italiano preferito. Il padrone era sempre di ottimo umore e a volte consegnava a domicilio anche una sola pizza, benché il minimo fossero due.

Erano sedute in un grazioso tavolino d'angolo. Eva aveva ordinato per sé una caraffina di lambrusco, le sue figlie bevevano coca cola. Per dessert si concessero uno zabaione. "Abbiamo fatto trenta, facciamo trentuno", disse Eva. Sentivano il cuoco battere gli ingredienti con la frusta per far montare i tuorli, e già avevano l'acquolina in bocca. Eva pensò di sfuggita che doveva rimettersi seriamente a fare jogging, ma poi scacciò via subito il pensiero. A Flash piaceva molto di più giocare a riportarle il bastoncino che non trotterellare da bravo al suo fianco. Non gli andava per niente correre per i boschi su sentieri sovraffollati. Per cui era meglio lasciar perdere.

Caro parlò per quasi tutta la serata di un solo argomento. Era entusiasta dell'incontro con Oskar.

"Mamma, secondo te biologia marina farebbe davvero per me? Non so perché, ma mi suona incredibilmente avventurosa!"

"E lo è di certo. Del resto Oskar si è offerto di aiutarti, e ti potrà dire parecchio sull'argomento!"

"Meno male che la nonna lo ha conosciuto!" Caro passò delicatamente il cucchiaio sulla crema calda e leggera, e la assaporò di gusto. "Mmmm!" Poi alzò lo sguardo. "Secondo te, se lo terrà?"

"Oskar non è mica un cane!" Toni, scuotendo i capelli biondi, le lanciò uno sguardo fiammeggiante. "Ma sarebbe una vera figata! La nonna con il fidanzato!"

"Ah! Già me lo immagino..." Eva sorrise rapita. Innanzitutto, perché lo zabaione era veramente eccellente e strappava sorrisi estasiati, e poi perché a sua madre non poteva capitar di meglio. Non era davvero il tipo che è felice in solitudine. Era una "metà" e aveva bisogno di un'altra "metà" per completarsi.

"Mamma, allora mi piacerebbe fare un corso di sub!"

"Sì, dai!" Toni si mostrò subito entusiasta. "Ai Caraibi! Lì ci sono degli hotel stupendi! Così posso già dare un'occhiata al mio futuro posto di lavoro!"

Eva annuì. "Ottima idea. E io di giorno prendo il sole su una nave per ricerche oceanografiche e di notte dormo in un hotel a cinque stelle!"

Mercoledì, verso mezzogiorno, davanti a casa parcheggiò un furgone. Eva era appena tornata dalla spesa, tutta contenta di aver trovato delle fragole profumate dal negoziante turco, quando suonarono alla porta.

Sarà Toni che rientra prima? Pensò. Bigia o manca di nuovo un professore? Eva si mise in bocca un'altra fragola e aprì. Si trovò davanti Thomas, piantato a gambe larghe, con un sorriso stampato in faccia.

"Eccomi qui!" disse, baciandola.

"Eccoti qui..." ripeté lei, perplessa.

Si erano visti brevemente lunedì sera e Thomas le aveva prospettato una settimana piuttosto piena. Si sarebbero visti alla festa di primavera, quindi, ma in tiro perfetto: smoking e fascia in vita, aveva detto. Purtroppo, però, doveva rinunciare all'idea di giocare con lei... Eva, in effetti, pensava che fosse un po' poco in un'intera settimana, ma si era guardata bene dal dire qualcosa.

“Va benissimo!” si era affrettata a dire. Poi aveva subito chiamato Oskar. Visto che Thomas non aveva tempo per lei, sperava che almeno Oskar lo avesse per sua figlia. E Oskar era venuto il pomeriggio stesso a raccontare la sua vita a Caro, totalmente affascinata. In quell’occasione Eva gli aveva proposto di venire insieme a sua madre alla festa di primavera al golf club. Per lei sarebbe stato il massimo. Farsi vedere nel club del marito con un nuovo cavaliere. Un dottore, un uomo di scienza. Una prospettiva del genere l’avrebbe ringiovanita di vent’anni.

“Ma io non so giocare a golf”, aveva obbiettato Oskar. “O giusto un pochino. In vita mia devo aver tentato almeno dieci volte, ma non ho mai fatto grandi progressi!”

“Nel caso, Caro sarebbe felice di aiutarla... per riconoscenza, diciamo!” Caro si era detta subito d’accordo, e l’affare era stato concluso con un bicchiere di prosecco.

E adesso, ecco Thomas. Che sorpresa!

“Sembri così nervosa”, disse. “Qualcosa non va?”

“Sono solo un po’ irritata. Non avevi detto che... ma entra, dai!”

“Sì, è vero, ma ti ho anche mandato un sms per dirti che passavo verso mezzogiorno. Non l’hai letto?”

Eva scosse il capo e fece una smorfia. Era un classico: la mattina non aveva trovato il suo cellulare, e siccome evidentemente la batteria era scarica, non serviva neanche chiamarlo per farlo suonare.

"Va be'", disse. "Non ne sapevo niente, ma sono contenta lo stesso di vederti!" Lo precedette in cucina. "Vuoi un caffè?"

"Come sei carina!" fece lui.

Eva indossava un abitino estivo a fiori: l'aveva visto in una vetrina e le aveva ricordato gli anni Cinquanta. Leggero e morbido, con la scollatura quadrata e una cintura alta in vita: non poteva lasciarlo lì! Doveva averlo!

"Grazie!" disse.

"Ma faresti meglio a cambiarti, altrimenti magari si rovina con la polvere!"

"Che polvere?" Eva, si fermò davanti ai fornelli e si girò verso di lui. Thomas aveva una polo grigio scura e i jeans. Intorno agli occhi sorridenti piccole rughe di espressione.

"Ah, già! Non hai letto l'sms... Ti avevo scritto che ho trovato un posto asciutto e fresco per conservare i tuoi quadri. Adesso ce li porto, prima che vadano in rovina!"

"Hai dovuto affittare un posto? Io non me lo posso permettere!"

"Non ti preoccupare. Staranno benissimo. E non costa niente!"

"Hmmm!"

Eva ci pensò su, mentre prendeva due tazze dall'armadietto. Perché si dava tanto da fare per quei quadri assurdi?

"Lascia, faccio io." Thomas le prese le tazze di mano. "Preparo un buon cappuccino e tu intanto ti cambi. È quello che si chiama lavoro di squadra. E poi vado!"

"Okay!" Eva andò di sopra e si infilò una vecchia T-shirt e dei jeans. Mentre si cambiava guardò dalla finestra. Era una magnifica giornata primaverile, e il suo giardino stava riempiendosi di fiori. Giacinti, campanule, forsizie... e dal vicino fioriva già il lillà. Una meraviglia. Quel pomeriggio doveva assolutamente rimettere un po' in ordine il giardino, riportare fuori le sdraio e le decorazioni, le torce e le due lampade sferiche che le avevano regalato le sue figlie per il compleanno. Ricominciava la bella stagione!

Di ottimo umore scese d'impeto le scale.

"Vieni giù come una quindicenne!" disse Thomas, ed Eva rise.

"E in effetti, così mi sento!" disse Eva, spalancando la porta finestra. "Guarda!" aggiunse. "La natura si sta risvegliando. Sono così felice!"

"Solo per via della natura?"

"Anche per te. Un pochino!"

Lui sorrise e la abbracciò.

Era una bella fatica destreggiarsi nel solaio con quei quadri così grandi, e poi attraversare tutta la casa.

"Meno male che sono solo tre", disse Eva, quando furono sistemati nel furgone.

Thomas aveva portato apposta delle coperte, in cui avvolse i quadri, assicurandoli con dei tiranti alle pareti del camioncino.

“Quando vedo questi quadri mi sembra di rivivere la mia infanzia”, disse Eva. “ Il più grande era appeso in soggiorno sopra il sofà. E sul sofà spesso c’era mio nonno a fare il pisolino dopo pranzo. Io lo guardavo, osservando le smorfie della sua faccia mentre russava... a ogni sbuffo si copriva tutta di rughe che prima non c’erano.... E poi alzavo gli occhi intimidita a quel grande dipinto con la cornice dorata. Pensavo che la cornice dovesse valere un capitale, finché una volta la nonna mi ha detto che non era d’oro zecchino, bensì di legno intagliato e dorato. Ma io non mi stancavo mai di osservare la scena dipinta, la capanna, le montagne, nella speranza di scoprire qualcosa di nuovo. Una farfalla posata su un fiore. O un nuovo amico del cervo sullo sfondo. Lo desideravo tanto! Mi faceva così pena, tutto solo ai margini del bosco....”

“Oh!” Thomas la abbracciò di nuovo. “La mia bambina. E adesso sei ancora uguale, con la polvere sui capelli e il naso che cola!”

“Ehi, bada a come parli!” disse Eva, dandogli dei pugni per scherzo. “Quand’è che mi inviti a casa tua? Non so neanche dove abiti!”

“Appena riesco a mandare via tutte le donne che ho in casa, ti spedisco una copia della mia carta d’identità. Solo con quella il custode-cerbero ti lascerà passare, e così sarai regina del mio regno!”

“Ok!” Eva rise. “Ma adesso devo cambiarmi e andare. Il mio regno per ora si chiama ancora televisione, e i principi di quel regno sono ossi duri!”

*

La settimana passò in un lampo. Gucci fu castrato e rimesso – anche se, all'inizio, separato da una grata – in gabbia con Prada.

"Poverino!" esclamò Toni.

Ma Sven disse che, comunque, secondo lui era troppo tardi. "O Prada ha una pancia sferica a furia di abbuffarsi?"

In effetti Prada, la snella, aveva un po' di pancetta, ma Eva era dell'idea che era sempre meglio non fasciarsi la testa prima del tempo. "Aspettiamo!" disse. "Mi preoccupa di più il conto della gabbia, che minaccia di essere molto salato!"

"Sul serio!" disse Caro. "Con quei soldi potevamo andare in vacanza in quattro!"

"Con settecento euro? In quattro?" Sven la guardò stupito. "E dove?"

Caro alzò le spalle. "Ungheria... Polonia!"

"Forse al Bärensee", disse Eva ridendo. "O in campeggio al lago di Costanza!"

"Be', niente male!" dichiarò Toni. "E sarebbe un sacco divertente, tutti in tenda!"

"E magari verrebbero anche la nonna e Oskar", aggiunse Caro, suscitando solo risate.

"È vero... a fare le immersioni puoi imparare anche al lago!" disse Sven. "Non è per niente assurdo!"

"Già, e cosa si vede?" chiese Toni.

"Vicino al Teufelstisch forse un paio di pattinatori caduti l'inverno scorso. Pare che la corrente li faccia emergere e sprofondare in continuazione..."

"Che orrore!" Toni gli diede uno spintone. "Io non ci vado!"

"Ma è forte. C'è una corrente fortissima. I sub ne vanno pazzi... c'è un sacco di gente che si immerge lì!"

"Io no di certo!" Caro fece una smorfia. "Davanti a Meeresburg c'è una costa rocciosa. Mi sa che lì è meglio!"

"Sì, e c'è anche un antico castello, e sicuramente qualche svedese in fuga avrà gettato nel lago un forziere pieno d'oro!" Sven ghignò. "Se lo trovi, ci facciamo tutti una bella vacanza ai Caraibi!"

"Perché proprio uno svedese?"

"Be', durante la Guerra dei trent'anni gli svedesi si aggiravano nei paraggi e hanno anche combattuto una battaglia navale contro gli austriaci sul lago, senza contare che l'isola di Mainau è occupata ancora oggi dagli svedesi, vero?"

"E perché?" chiese Toni.

"La nobile famiglia Bernadotte è imparentata con la casa regnante di Svezia. E pure con quella inglese. E vive sull'isola. Credo che l'abbiano conquistata i loro antenati!"

"Accipicchia, quante cose sai!" si meravigliò Eva. "Ma, per la precisione, non hanno conquistato, bensì ereditato l'isola."

Ecco il vantaggio di lavorare in televisione... Quando la contessa Bettina era stata ospite di un talk-show, Eva l'aveva truccata e, chiacchierando, era venuta a sapere quel particolare...

Venerdì, un giorno prima della festa di primavera, telefonò Evelyne. "Con chi giochi domani?" chiese a Eva.

Eva scoppiò a ridere. "Be', come sai, è meglio che non mi presenti neanche con Thomas!"

"Già!" disse Evelyne. "E Luis non vuole giocare con me!"

"Ah!" fece Eva, aspettando il seguito.

"Non so se sospetti qualcosa o se sia semplicemente un momento così. Comunque, mi ha detto che non è dell'umore di far festa!"

"Accidenti!"

Eva, colpita, si sedette sulla poltroncina di cuoio accanto alla finestra del soggiorno. "Racconta!"

"Non è che ci sia molto da raccontare." Seguì un momento di silenzio, ed Eva si immaginò che l'amica si accertasse che nessuno la stesse ascoltando. "Io sono follemente innamorata e non so... forse non riesco a nasconderlo come vorrei."

"*Acchiappa il maschio* è stato un motto fatale per te!"

"Ci puoi giurare!" Evelyne ridacchiò. "Del resto ho sempre seguito ciecamente i tuoi consigli. Sei sempre stata così saggia!"

"Sì... così saggia da sposare Gerold e farmi piantare!"

"Già, ma adesso ti sei rifatta. Thomas è davvero un bel tipo! Dove l'hai rimorchiato?"

"Là dove sottobanco si trovano gli uomini!"

"In un casinò?"

"Sei matta? In un bar! Cosa ci farei io in un casinò?"

"Scherzavo!"

"Ah!"

Ci fu un breve silenzio.

"D'accordo", disse Evelyne, "comunque, Luis è irremovibile. Neanche i ragazzi riescono a fargli cambiare idea. Ma non vuole dire perché."

"Non avrà una storia anche lui?"

"Credi?" Calò di nuovo il silenzio. "Non ci avevo pensato", disse Evelyne dopo un po'. "Non so neanch'io se ne sarei contenta o dispiaciuta!"

"Chissà!"

"Per te è più semplice, sei fortunata!"

Eva si vide davanti la villa favolosa di Evelyne, la piscina, il prosecco, i figli beneducati, le auto di grossa cilindrata, il pianoforte a coda Bechstein... non doveva negarsi niente: vacanze da sogno, sport dispendiosi... e adesso, all'improvviso, la fortunata era lei, Eva?

"Sì, la mia situazione è più semplice, ma non so bene neanch'io come andrà a finire!" disse.

"Ma Thomas..."

"Non so. Da mercoledì scorso gli ho parlato solo una volta... a dire la verità, non lo conosco bene!"

"Ma è eccitante proprio per questo!"

"Già." Eva ci pensò un attimo. "Forse. È una cosa nuova. E tutte le cose nuove sono eccitanti... ma chi può dire se alla fine sono migliori, passata la novità!"

"Non metterti a filosofeggiare, adesso: dimmi solo se vuoi giocare con me."

"Noi due contro tutti?"

"Esatto!"

"Come ai bei tempi?"

"Come ai bei tempi!"

"Magnifico", disse Eva. "Vinceremo!"

Nella notte tra venerdì e sabato scoppiò un furioso temporale, con tanto di fulmini e grandine. Eva si alzò e corse a controllare porte e finestre in tutta la casa. Flash e Saltarella dormivano come sempre in camera di Toni, i ratti erano vispi e si fiutavano attraverso la grata, fatta installare per sicurezza, nell'intento di evitare il peggio per qualche giorno ancora. "Sì, sì", disse Eva, "un po' di pazienza, tra poco avrete molto più spazio. Un vero e proprio campo da gioco per ratti.

Nel frattempo aveva anche letto che i ratti hanno bisogno di rapporti "umani", di qualcuno che passi del tempo con loro. E che dovrebbero andare in giro liberi almeno due ore al giorno. Ma tu guarda, e pensare che solo due settimane prima sveniva alla sola idea di vederne uno!

La porta finestra in cucina era chiusa, la finestra anche, ma infuriava una tale tempesta che Eva era preoccupata per le sue piante. E per il torneo del giorno dopo. Se continuava a diluviare in quel modo, non sarebbe stato tanto piacevole giocare in coppia. Pensò anche alla festa. Aveva già tirato fuori i suoi due abiti da sera e se li era provati, facendosi consigliare dalle sue figlie. Toni li aveva trovati tutti e due orribili, Caro invece aveva scelto quello lilla. L'altro era classico, nero, con le maniche corte, una scollatura profonda e il corpetto lavorato come un bustier. Era vero, era un po' troppo elegante, roba da prima a teatro. Quello lilla invece le donava, si intonava con il suo incarnato, ed era più leggero, più estivo. Eva si avvicinò alla finestra e guardò fuori. La tempesta non accennava a smettere, i rami del vecchio melo si scuotevano freneticamente, e tutto l'albero sembrava piegarsi per il vento. Speriamo che non venga sradicato, pensò Eva... e che non caschi sulla casa! Non riusciva a valutare quanto fosse alto e preferiva non pensarci troppo. Le tornò in mente la volpe che si era intrufolata nel suo giardino. Probabilmente aveva dei cuccioli e aveva urgentemente bisogno di cibo. Era un eterno ciclo: mangiare ed essere mangiati.

In casa faceva freddo. Eva batteva i denti in camicia da notte, e decise di tornare a letto. C'era da sperare che il suo abito non fosse troppo estivo per quella stagione perché, se continuava a piovere, avrebbe di certo fatto freddo e lei sarebbe congelata.

Salì di nuovo al primo piano. I gradini scricchiolavano sotto i suoi piedi nudi. Era una strana sensazione aggirarsi a notte fonda, nel buio, per la propria casa... le cose acquistavano un altro aspetto. Sopra si aprì una porta. Eva si fermò, Toni uscì dalla sua camera. Rimase un attimo immobile nella striscia di luce che usciva dalla stanza, fece un rapido passo indietro e richiuse la porta sbattendola. Eva sentì che girava la chiave.

Eva bussò. "Sono io, Toni. Apri!"

Ci volle un po' prima che Toni aprisse e la fissasse diffidente dallo spiraglio.

"Santo cielo, mamma! Con quella camicia bianca sembravi un fantasma! Pensavo che fosse la bisnonna in visita!"

Dal sollievo scoppiò a ridere e svegliò Flash che attaccò ad abbaiare senza motivo.

"È tutto a posto", disse Eva. "Flash è proprio un bel tipo!"

"Pensi che avrebbe scacciato la bisnonna?"

Eva si strinse nelle spalle.

"Credi che i veri fantasmi si lascino scacciare?"

"Mica sarai un fantasma davvero?!?"

"Stupidina!" Eva si girò. "Adesso torno a letto!"

Eva sentì che Toni chiudeva di nuovo a chiave.

Ormai era sveglia come un grillo, e mentre il vento fischiava e faceva sbattere le imposte, andò a frugare nel cassettone in camera sua, alla ricerca di scialli e foulard. Proprio sul fondo, trovò una pashmina, ampia, leggera, anche se tutta spiegazzata, che le aveva portato Gerold da uno dei suoi tanti viaggi. Era di cashmere finissimo, arancione scuro, ricamato con una miriade di fiorellini blu scuro che ricordavano le violette. Era magnifico, se l'era completamente scordato. Con il suo vestito e il suo colore di capelli era un abbinamento raffinato.

Eva tornò a letto, soddisfatta, ma poco prima di riprendere sonno fece un salto pensando: oddio, che scarpe e che borsa vanno con quel vestito? Non certo nere! Ma tanta scelta non l'aveva... forse però aveva ancora dei sandali alla schiava beige! Magari, domani mattina, avrebbe potuto tingerli in fretta e furia... Toni era maestra in quelle cose. E forse le sue figlie avevano una borsa adatta. Caro comprava spesso accessori originali.

Piena di speranza, si rilassò nuovamente nel suo letto.

Lei e Evelyne dovevano iniziare a giocare di pomeriggio. Eva arrivò presto, per espletare con calma tutte le formalità e bersi in pace un latte macchiato.

L'atmosfera di un torneo di golf l'aveva sempre incantata. Le piaceva immensamente l'agitazione prima dell'inizio, la paura di non riuscire ad avere la meglio sulla palla... sapeva che solo dopo la buca 8 le cose di solito miglioravano. A quel punto sapeva se aveva un vantaggio o no. A volte si sentiva incredibilmente in forma, e ciononostante non giocava bene, altre volte era esattamente il contrario. Troppa ambizione era controindicata, troppo poca anche. Era un gioco con se stessi, e nessuno poteva incolpare nessuno, se non se medesimo, se le cose andavano storte. Era quello l'aspetto più incredibile. Nell'equitazione c'era un cavallo, nel calcio gli altri giocatori, nella vela un partner, insomma qualcuno a cui addossare la colpa del proprio fallimento… mentre nel golf a dettare legge erano le mazze, la palla e la mano. E toccava prendersela con se stessi.

Evelyne era stupenda. Rimessa a nuovo da capo a piedi, un misto tra un'aristocratica inglese e un'artista parigina d'avanguardia. A Eva venne il sospetto che si fosse data alle spese folli prima che tutto andasse a monte e la sua gallina dalle uova d'oro prendesse il volo, ma si guardò bene dal fare domande.

"Beviamoci un goccio di prosecco", disse Evelyne. "Scaccia le nuvole!"

Di scacciare le nuvole non c'era più bisogno, perché il cielo, dapprima coperto, adesso era limpido.

"Brindiamo ai settantadue colpi!" disse Eva, levando il calice.

"Be'…" rispose Evelyne, "diciamo piuttosto: speriamo di superare l'ottava buca! Settantadue colpi me li scordo!"

"Ma noi puntiamo comunque a settantadue", ribatté Eva. "Noi non temiamo i settantadue par!" sorrise. "E sappiamo fare a meno degli uomini!"

"In questo caso, direi piuttosto: *dobbiamo* fare a meno degli uomini!" Evelyne le strizzò l'occhio. "In definitiva, vogliamo vincere!"

"A proposito, e Luis?" chiese Eva. "Se non è in vena di festaggiamenti, cosa farà stasera?"

"Viene lo stesso, figurati!" disse Evelyne sogghignando. "Teme troppo i pettegolezzi!"

Già nel primo fairway Evelyne era senza fiato. Era piuttosto in salita, ma Eva quasi non se ne accorse, e stranamente non era affatto affaticata. La buca 1 par 4 aveva per le signore una distanza di trecentotrentasette metri. Il colpo di inizio di Eva fu talmente perfetto che Eva si augurò di poter fare un birdie.

"E le tue figlie, Denise e Maja, giocano ancora?" chiese.

Evelyne faticava a starle dietro. "Di tanto in tanto", rispose. "Al momento non troppo, ma parteciperanno senz'altro al torneo juniores. E le tue?"

"Caro sta studiando come una matta per la maturità, e Toni prende sempre tutto sottogamba. Ma io sono ben contenta, in questa situazione, di non dover pagare lezioni, greenfee o quote di partecipazione... Da quando è sparito Gerold, stringiamo la cinghia!"

"E cosa intendi fare?"

"Divorziare!"

"Cosa ci guadagni?"

"Non certo soldi, ma uno stato civile. Se Gerold ricompare, almeno ho qualcosa in mano..."

"Porca miseria!" esclamò l'altra. "Perché la vita deve essere sempre così complicata?"

Evelyne si fermò davanti alla palla e lasciò il trolley. Il vento le scompigliava i capelli tinti di rosso. Scelse una mazza e la tirò fuori. "C'è sempre una sfida in corso!" aggiunse. "Adesso con questa qui", e accennò alla palla, "a casa con Luis... Se solo sapessi cosa fare!"

"Colpire bene e lungo", disse secca Eva. Il green si distingueva a malapena ed era su due livelli, ma il secondo colpo di Evelyne risultò perfetto. "Ecco, vedi!" disse Eva, "ce l'hai fatta! E anche a casa troverai una soluzione, vedrai!"

"Le mie figlie non mi perdoneranno mai se distruggo la loro felicità!" disse Evelyne rimettendo il ferro nel trolley e tirandoselo dietro.

"Cos'è la felicità delle tue figlie?" ribatté Eva, mentre camminavano appaiate. "È veramente Luis? Cosa fa Luis con loro? Ci parla? Si informa della scuola, dei loro amici? Si interessa dei loro guai?"

Evelyne inspirò una boccata d'aria. "Di norma arriva tardi a casa, e anche nel weekend è impegnato a teatro. Per non parlare delle tournée... o, di recente, delle riprese di un telefilm."

"Quando le vede, le sue figlie? Durante le ferie?"

Evelyne si strinse nelle spalle.

"Sì, in effetti facciamo dei bei viaggi. I soliti: crociere, Caraibi, sci."

I soliti! Pensò Eva! La sua palla era vicinissima al green. Scelse il pitching wedge, mentre Evelyne rimuoveva la bandiera dalla buca. Concentrati adesso, si disse. Se sei brava, potrai fare a meno del colpo d'approccio, e tu *sei* brava!

E, in effetti, infilò la buca.

"Wow!" gridò Evelyne. La sua palla era rimasta a pochi centimetri da un bunker di sabbia e ora, mentre si avvicinava con la mazza apposita, disse: "Su, bellezza, adesso fai come la palla di Eva!"

Non andò proprio così, ma anche Evelyne, con quattro colpi, infilò la buca.

"Siamo proprio brave!" esclamò Eva, dirigendosi verso la buca 2, che era par 5, per cui avanzarono senza troppe difficoltà. I bunker di sabbia a destra e a sinistra erano insidiosi e anche il green, piccolo e acquattato dietro delle asperità, ma, ciononostante, tutto andò bene. Il prossimo fairway era par 3, e ora entrambe avevano il loro bel daffare con il colpo d'approccio.

"È il green più stramaledettamente difficile di tutto il campo!" imprecò Eva, mentre la palla, vicinissima alla buca, faceva un piccolo gomito e rotolava via. "Malefica!" aggiunse, ma subito se ne pentì, perché un po' superstiziosa lo era. E se la palla si offendeva e si vendicava in tutti gli altri quindici fairway?

Cosa che fece alla buca 5, restando impigliata tra i rami di un albero.

Evelyne scoppiò in una fragorosa risata, era il suo fairway! E in effetti, la buca era par 4 e lei fece un birdie.

"Okay!" disse Eva. "Alla buca 8 farò faville, vedrai!"

Se la cavarono davvero egregiamente. La buca 11 le vide ancora un po' in difficoltà: era di nuovo in salita, Eva tirò molto oltre la buca, e le toccò colpire la palla con il putter due volte prima di infilarla, il che abbassò il suo punteggio, senza peraltro sconvolgerla. Il suo ruolo era quello dell'ospite, e in un simile ruolo non è facile farsi accettare come vincitrice da quelli che giocano regolarmente e si allenano sempre. "Sto diventando come i golfisti della domenica!" disse.

"Che per me sono i più simpatici!" Evelyne le lanciò un bacio con la mano. "E poi non è ancora detto: abbiamo ancora sette buche davanti a noi!"

Alla buca 18 si abbracciarono. Ce l'avevano fatta! "Giusto in tempo!" disse Eva, indicando il cielo che si andava coprendo di nuvoloni scuri. Eva ed Evelyne scapparono al circolo.

"Due birre!" ordinò Evelyne. Poco dopo furono raggiunte da un'orda di soci euforici.

"Dove avete lasciato i vostri partner?" chiese Nils, che faceva parte della direzione e aveva visto le iscrizioni.

"Stanno risparmiando le forze per il gran finale di stasera!" disse Evelyne sorridendo.

"E pensare che Luis ultimamente si allena tanto... avrebbe fatto sicuramente un buon punteggio!" disse Nils.

"Ah sì?" fece Evelyne, aggrottando la fronte. "A me dice sempre che ha tanto da lavorare!"

"Certo, certo", si affrettò a dire Nils. "Gioca a golf con una sua collega, e mentre giocano ripassano il copione del nuovo pezzo teatrale!" La guardò, perplesso. "Non lo sapevi?"

Evelyne scosse il capo. "Forse non sa bene come dirmelo..." scoppiò a ridere. "Non è buffo?" disse, rivolta a Eva. "Chi dei due si sta facendo troppi problemi, lui o io?"

Thomas aveva promesso di passare a prendere Eva alle sette e mezza. Eva si era raccolta i capelli e ora corse dabasso, in abito da sera, per controllare le scarpe nel forno. Toni le aveva tinte, come aveva promesso, ma purtroppo fuori tempo massimo. Erano ancora umide quando Eva era tornata dal golf. Caro le aveva lasciato tre borse da scegliere, che stavano allineate sul tavolo della cucina. Ma una era troppo vivace, l'altra era sfiziosa, ma di plastica, e la terza troppo piccola. Era più che altro un sacchettino, fermato in alto da un cordone. Somigliava alle piccole borse che portavano in vita le dame nel medioevo, forse con dentro i sali, ma non ne era sicura, comunque era di seta color lilla, per cui andava abbastanza bene. Chissà dove l'aveva presa Caro.

Alle sette e venti si infilò i sandali, si diede un po' di gloss sulle labbra e si buttò lo scialle sulle spalle. Ultima occhiata di controllo nello specchio intero in corridoio: tutto ok. Le sue figlie non erano in casa, quindi niente commenti, né negativi né positivi. Caro era in giro con Lina e Toni con Sven e Flash. Solo Saltarella era davanti al frigorifero e la guardava fisso. Ma solo perché, nel cassetto del frigo, c'era il suo trifoglio: "D'accordo, Saltarella, ti do la tua cena!"

Ed Eva le aggiunse anche un pezzo di banana. "Fa' la guardia alla casa!" disse, e in quel momento suonarono alla porta.

Thomas era talmente chic che Eva si sentì quasi un po' provinciale.

"Ma come sei elegante!" disse, e Thomas la abbracciò.

"E tu sarai la regina della serata!" replicò lui baciandola e facendola girare su se stessa. "Sei bellissima!"

Stava chiaramente esagerando, pensò Eva, però era piacevole lo stesso. Lui invece aveva il fisico ideale per portare lo smoking: alto, con le spalle larghe, il viso squadrato e la pelle abbronzata. "Sembri un divo del cinema!" disse Eva. "Luis sarà verde d'invidia!"

"Luis?" chiese Thomas.

"È il marito di Evelyne, ti ricordi? Guarda di non fare confusione..."

Lui rise. "No, certo che no. Anche se in effetti la solidarietà tra uomini dovrebbe impedirmi di prestarmi a simili giochetti!"

"Ma anche Oliver è un uomo!"

Thomas le tenne la porta. "Adesso non andiamo troppo per il sottile."

"Aha", disse Eva.

"E perché mai dovrebbe essere verde d'invidia?" chiese Thomas, mentre scendevano i tre scalini della soglia.

"Perché fa l'attore e non tollera altri dèi accanto a sé!"

"Se ne vedranno delle belle!" disse Thomas aprendole la portiera.

"In che senso?"

"Quando Oliver uscirà allo scoperto!"

Il vento gonfiava l'abito di Eva quando arrivarono al golf club, ma non faceva così freddo come temeva. L'acquazzone violento che si era scatenato dopo la partita aveva lasciato pozzanghere dappertutto, ed Eva dovette fare molta attenzione a non finirci dentro. A bagno nell'acqua, temeva, la tintura delle sue scarpe si sarebbe sciolta.

I primi ospiti erano già arrivati, giravano calici di prosecco ed Eva si guardò attorno. "Adesso ti presento a tutti", disse rivolta a Thomas che, invece del prosecco, aveva preferito una birra.

"Con comodo", disse lui, "tanto la serata è ancora lunga."

In una sala attigua c'erano i tavoli, apparecchiati fastosamente, ma tutti si ritrovavano nel vero e proprio salone del circolo, per ammirare le mise delle signore, brindare all'inizio della stagione golfistica e scambiarsi le ultime novità. Eva aspettava Evelyne. Sperava tanto che non avesse litigato con il marito. A volte Evelyne tirava troppo la corda, e poi erano guai. Se per caso aveva rinfacciato a Luis di giocare a golf con una collega, potevano facilmente essere trascesi.

Thomas infilò in bocca a Eva un salatino caldo che era appena transitato su un vassoio d'argento. "Da leccarsi i baffi!" disse girandosi verso il giovane cameriere, nel tentativo di acchiapparne un altro. In quel momento il tono di voce si abbassò nella sala, segno che era entrato qualcuno che calamitava l'attenzione generale.

"Evelyne e Oliver", sussurrò Thomas, e si beccò una gomitata nel fianco da Eva.

"Psst!" gli fece lei, sentendo che le veniva il batticuore.

Thomas, avvantaggiato dalla sua altezza, riusciva a vedere al di sopra delle teste, e poi si chinò verso di lei: "Una coppia anziana", disse. "Forse dei soci onorari, o gente del genere. Peccato! Un piccolo scandalo avrebbe movimentato un po' la scena!"

"Ci sei già tu, come scandalo", disse Eva, sorridendogli beffarda. "Cosa credi, sarai l'argomento di accanite conversazioni per settimane!"

Thomas annuì. "E certo... la vedova nera. Ne ha appena fatto fuori uno con lo tsunami, e avanti il prossimo! Chissà cosa gli capiterà, a questo!"

"Innanzitutto dovrà sorbirsi una premiazione noiosissima!" Eva lo trascinò verso il piccolo palco, su cui stava un tavolino con le coppe e il pulpito con il microfono. Altri ospiti si assieparono accanto a lei, ed Eva scorse una coppia avvicinarsi, tra due ali di folla.

"Mamma!" esclamò, e rimase a bocca aperta. Sua madre indossava, in contrasto con i capelli bianchi molto ben acconciati, un flessuoso abito da sera rosso fiamma di chiffon, con le ampie maniche che accompagnavano svolazzando il suo incedere. Teneva la mano sinistra graziosamente appoggiata sul braccio di Oskar, che camminava diritto, con aria distinta. Entrambi le sorrisero appena la videro.

"Eva, che bella sorpresa!"

"Mamma!"

Era una cosa inaudita! Oskar l'aveva presa in parola ed era venuto con sua madre, ma non solo: evidentemente erano andati entrambi a fare compere per l'occasione! Incredibile!

"Vi presento Thomas Rau", disse Eva, e Thomas si conquistò subito sua madre inchinandosi in un galante baciamano.

"Mia madre, il dottor Oskar Stephan", aggiunse.

"Piacere", disse sua madre.

"Il piacere è mio", replicò Thomas e cercò di nuovo di avvistare il cameriere. "Una birra anche per lei?" chiese a Oskar, che accettò subito. Il cameriere si avvicinò con le due birre fendendo la folla, e nella sua scia comparve anche Luis, seguito da Evelyne, che roteava gli occhi ancora prima di aprire bocca. Luis afferrò uno dei due boccali. "Birra!" disse. "Ne ho terribilmente bisogno! Ora che Evelyne ha completato il suo make-up, io sono sempre morto di sete!"

Thomas non disse niente e offrì la seconda birra a Oskar.

Si presentarono a vicenda. Evelyne continuava a sgranare gli occhi. "Tua madre ha un amante?" chiese a voce più alta del previsto, ma tutti finsero di non aver sentito.

Era veramente incredibile come le cose potessero cambiare di colpo. Fino a due settimane prima regnava la normalità assoluta. Sua madre era sepolta viva nei suoi riti e nei suoi ricordi, lei teneva viva la memoria di Gerold per le sue figlie ed Evelyne era l'angelo del focolare.

E adesso, tutti insieme, fornivano materiale per migliaia di succulenti pettegolezzi!

"Vogliate prestarmi un attimo di attenzione..."

Aha. Nils aveva voglia di sbrigare in fretta le formalità della serata. E così fece, nel suo solito stile brillante. Per Evelyne, notoriamente ambiziosa, ci fu una menzione: era arrivata seconda, insieme a Eva. Davanti a loro c'era solo la coppia dei campioni del club, che ricevette una magnum di champagne. Ci furono lodi e menzioni fino alla decima coppia, e Nils non si stancava di dire che quello non era il campionato vero e proprio, bensì solo una piccola apertura di stagione, quantunque molti giocassero già da parecchio. Dopo di che, si prese il suo bravo applauso e scese dal palco per far posto agli orchestrali e ai loro strumenti.

Seguì "un assaggio di danza", come veniva chiamato, perché a breve sarebbe stato aperto il buffet. Thomas invitò subito Eva, e così aprirono le danze con un walzer lento. Dopo poco, tutta la pista da ballo era gremita. Eva era felice: Thomas, almeno in quello, non aveva mentito. Ballava veramente bene.

"Hai fatto anche un corso last-minute di danza?" gli chiese. Era così facile sentirsi tutt'uno con lui, e mettere i piedi nel posto giusto. Guidava così bene, che ben presto Eva non dovette più preoccuparsi dei passi, e si mise semplicemente a fluttuare a mezz'aria. Era un uomo che rapiva il cuore, fuor di dubbio. Speriamo che non vada a finire male, pensò Eva. Ma deve avere di certo anche lui qualche scheletro nell'armadio, altrimenti sarebbe davvero un sogno. E i sogni possono anche trasformarsi in incubi...

Lampeggiò qualcosa di rosso. Oskar aveva invitato sua madre alla prossima danza, un foxtrott. Era uno spettacolo. Eva rimase a guardare. Uno stile perfetto, da vecchia scuola. Mi sa che adesso mia madre perde la testa, pensò Eva, perché non l'aveva mai vista così esaltata – ma lo sarà stata sul serio? Forse era troppo vecchia... L'amore nella terza età... be', perché no?

Si strinse a Thomas.

"Attenta, non ti innamorare!" disse lui, "lo sai che non faccio mai colazione con una donna!"

"Eppure da noi l'hai già fatta, quella volta che hai portato il fabbro!"

"Non vale. Sai benissimo cosa intendo!"

La festa prese un ritmo allegro e trascinante. Verso mezzanotte, Evelyne ed Eva si ritirarono in un angolo con un calice di prosecco, a fare le pulci agli abiti da sera delle dame, divertendosi un mondo.

"Annette ha comprato l'abito apposta per stasera, ha ancora il cartellino attaccato!" sussurrò Evelyne.

"È vero!" disse Eva scoppiando a ridere.

"Invece per l'abituccio nero del marito è stata di manica stretta!"

"Sei una snob pazzesca!"

Risero entrambe.

"Il tuo vestito, invece, è veramente splendido!"

Evelyne indossava un abitino sbracciato color caffè, con il giro manica e la scollatura rifiniti di bianco, il corpetto attillato, una cintura e una gonna ampia e frusciante.

"Basta venire con me in centro!"

"Nella tua boutique preferita? Caso mai mi faccio prestare qualcosa da te!"

Evelyne le porse la mano. "Affare fatto!"

"Hai detto qualcosa a Luis sul fatto che gioca a golf con la sua collega?"

Evelyne fece una smorfia. "Non intendo calare troppo presto il mio asso! Lo tirerò fuori il giorno in cui Luis mi sbatterà in faccia Oliver!"

"Wow!" Eva levò il calice. "Gioco rischioso!"

"Già!" Evelyne brindò. "Alla vita!"

Eva bevve un lungo sorso. Si sentiva già un po' brilla, ma in modo piacevole. Era sveglissima, e aperta a ogni novità.

"In una notte così ci si sente pronte a tutto!" disse.

"Anche a fare un ballo con me?"

Eva si girò. Davanti a lei c'era Oskar.

"Ma certo!" disse, appoggiando il bicchiere e alzandosi.

"La mia deliziosa dama mi è stata appena rapita da un affascinante giovane..."

"Oh!" Eva guardò la sala. In effetti, Thomas stava ballando il walzer con sua madre, il cui abito vorticava al ritmo della musica. Era uno spettacolo grandioso. Doveva dirglielo: lo scalpore suscitato dalla sua fantastica apparizione le avrebbe fatto senz'altro piacere.

"Bella coppia!" disse. "Bella quasi quanto voi due!"

Oskar le sorrise. "Grazie, molto gentile!"

Aspettarono il momento buono, poi si infilarono tra i ballerini. Oskar era un po' più rigido di Thomas, ballava come un perfetto maestro di danza, ma senza grande slancio. Eppure Eva si divertì.

"Lo conosce da molto, il suo Thomas?" le chiese Oskar, quando la musica si trasformò in un blues.

"No, perché?" Eva lo guardò.

Lui sorrise, ma gli occhi dietro le spesse lenti restarono seri.

Eva si allarmò.

"Perché? Cosa c'è?"

"Be'... senza volerlo, prima, benché – lo confesso – non sia una cosa da farsi, ho ascoltato una conversazione tra due signori che parlavano di lui. Evidentemente lo conoscevano bene..."

Eva trattenne il fiato. Stava per essere scoperto lo scheletro nell'armadio? Non ne voleva sapere niente!

"Sì?" disse, titubante, inciampando nel suo piede. Lui la sorresse, finché riprese il ritmo. Perché all'improvviso Eva trovava assordante e fastidiosa la tromba?

"Insomma, per farla breve", Oskar la guardò con aria compassionevole, "uno dei due sosteneva che sia un piccolo imbroglione."

"Un piccolo imbroglione?" ripeté Eva, moscia. In effetti ci stava con la storia che aveva detto di saper giocare a golf... ma era un motivo sufficiente per definirlo un imbroglione? E, se lo era, cosa poteva volere da lei?

"Chi è stato a dirlo?"

Oskar si guardò attorno. "Uno dei due è già andato a casa, è venuto a prenderlo la moglie... per questo non ho potuto sentire di più." Si strinse nelle spalle. "L'altro... Un momento, c'è ancora tanta gente!"

Era vero. La sala era ancora gremita, e rimbombava non solo di musica, ma anche di voci. I quattro dell'orchestrina erano veramente bravi: suonavano pezzi per tutti i gusti, classici, moderni, lenti, ritmati. Ma adesso le ultime note si smorzarono e Nils saltò sul palco e afferrò il microfono. Annunciò gli ultimi tre giri di danza, suscitando veementi protestе. Nils però insistette, dicendo che nella sala attigua stava per essere servita la cena di mezzanotte.

Thomas si unì a loro con la madre di Eva. "Non so come, ma io ho di nuovo fame!" disse.

Eva era imbarazzatissima. Cercò Oskar con gli occhi, e lui le fece l'occhiolino.

"Prenda tempo!" le disse poi.

"Come, prenda tempo?" disse Thomas. "Poi finisce tutto. E dal profumo direi che sta per essere portato in tavola un ottimo gulasch piccante!"

In quel momento Oskar tirò Eva per una manica, facendo un cenno verso un signore brizzolato sui sessanta. Eva annuì, senza dire niente. Reiner Kleinrath, gallerista. Cosa c'entrava con Thomas? Doveva forse chiederglielo?

Ma sarebbe stato demenziale. Mi scusi, signor Kleinrath, ma perché definisce l'uomo che amo un piccolo imbroglione?

Impossibile!

E poi, non esageriamo!

L'uomo *che amo*? Meglio non essere troppo precipitosi. Per cosa avrebbe dovuto amarlo? Fino a quel momento solo per faccende superficiali: il sesso, il suo modo di trattare la gente, la sua disponibilità... Ma non sono motivi sufficienti per parlare di amore, ci vuole qualcosa in più...

Una colazione insieme, per esempio.

Eva lo guardò. Lui le sorrise e la prese sotto braccio.

"Che ne diresti di un piatto di gulasch?"

"Non sai ancora se ci sia davvero... Magari è una pastina in brodo!"

"A Stoccarda!" terminò lui alzando un sopracciglio.

"Sia come sia", disse Oskar alle loro spalle. "A me pare un'ottima idea. Gulasch e birra!"

Eva tornò a casa alle due. Thomas aveva chiamato un taxi. La madre di Eva e Oskar erano stati accompagnati per primi alle loro rispettive case, e quando restarono soli sul sedile posteriore, Thomas le chiese: "Qualcosa non va? Sei così riservata!"

Era vero, se ne accorgeva anche lei, ma il giudizio di Kleinrath le pesava addosso e le guastava l'umore. Non voleva assolutamente perdere la testa per un uomo che non valeva niente.

Non valeva niente?

Parlava come sua madre. Eppure, era più forte di lei.

"Non mi sento tanto bene", disse, sentendosi un'imbecille. Aveva sempre deriso quelle che fanno il numero dell'emicrania, e adesso le mancava poco.

"Hai qualche dolore?" Thomas sembrava seriamente preoccupato.

"Stasera ho già preso un paio di aspirine", mentì lei. "Mi sa che covo l'influenza. Ho un po' caldo, un po' freddo." Quello, almeno, era vero. La sua circolazione era impazzita, dopo aver sentito quella stupida frase.

"Posso fare qualcosa per te? Impacchi caldi? Tè con il rum? Misurarti la febbre?"

Eva scoppiò a ridere. "Misurarmi la febbre... buona idea!" disse. "No, a parte gli scherzi: ho solo bisogno di riposare un po'!"

"Strano", commentò lui. "In casa tua c'è sempre una tale pace!"

Eva dormì male, svegliandosi in continuazione, benché, in realtà, non ne avesse motivo. Le sue figlie erano in casa, gli animali erano nutriti, per la gabbia dei ratti non doveva preoccuparsi: sua madre si era detta disponibile a contribuire, anche se i ratti le facevano orrore. Di certo dipendeva dal suo nuovo ruolo di moglie di un dottore in biologia. Inoltre per la settimana entrante lo stipendio era assicurato, e in televisione l'avevano nuovamente cercata. Quindi poteva solo essere la storia di Thomas a toglierle la pace.

Ma se era così importante da rovinarle il sonno, cosa avrebbe fatto il giorno dopo? E il giorno dopo ancora? E in generale? Doveva semplicemente parlargliene? Forse era la cosa migliore.

A quel pensiero, si addormentò.

Passò la domenica praticamente a letto: innanzitutto pioveva, e le piaceva coccolarsi la sua piccola depressione. E poi le sue figlie erano sempre gentilissime appena lei mostrava segni di debolezza. Le portarono a letto a più riprese tè e torte varie, e persino Flash si mise accanto a lei a fissarla con i suoi occhioni, senza osare scodinzolare troppo forte.

"Ci pensate voi a Saltarella e a Prada e Gucci?"

"Certo, mamma!" rispose Toni, piazzata a gambe larghe davanti alla porta. "E pensa un po': Prada ha fatto nove topolini, mamma! Cariniiiiissimi!"

"Oh, no!"

Eva si nascose sotto le coperte.

"Scheeeerzo!"

Eva sbucò di nuovo fuori. "Non si fanno scherzi del genere!"

"Be', potrebbe benissimo essere!"

"Vale per molte cose", disse Eva, e pensò a Thomas.

E quel pensiero l'accompagnò tutto il giorno.

Verso sera, Eva si disse: accidenti, quell'uomo mi porterà alla tomba! Finirò per chiamare davvero quel Kleinrath.

"Vuoi una pizza?" si sentì gridare da sotto. "Casereccia!"

"Sì!" rispose Eva, decisa a tornare tra i vivi. "E portatemi su il telefono e l'elenco!"

Miracolo, successe davvero: arrivò Caro con un vassoio, su cui aveva impilato tutto, compreso un bicchiere di vino rosso.

"Contro la malinconia!" disse.

"Come?"

"So cosa provi", disse Caro. "Forse l'ho ereditato da te. Ma lasciatelo dire: poi passa!"

"Oh!" Eva si mise seduta sul letto. "Grazie mille!"

Galleria Kleinrath. La trovò facilmente. Ma non c'era nessun numero privato. Provò lo stesso. Attaccò la segreteria telefonica. Eva chiuse la comunicazione. Avrebbe dovuto chiedere a Thomas. Aveva già chiamato due volte, e lei l'aveva evitato con delle scuse sceme.

Era una gran raccontaballe. Ma come faceva a chiedergli se era vero quello che aveva detto Kleinrath?

Non voleva innamorarsi di un piccolo imbroglione!

Eva si tirò la coperta sugli occhi e sperò che la notte le portasse consiglio.

Il mattino dopo c'era il cielo azzurro e quando Eva si mise davanti alla porta finestra della cucina con la tazza di caffè, vide le rondini volare basse intorno alla casa. Era un preannuncio di brutto tempo, ma per il momento era ancora sereno, e non si vedeva neanche una nuvola.

"Si prospetta una giornata meravigliosa!" disse ad alta voce, preparando la merenda d'ordinanza per le figlie. Poi andò di sopra a svegliare per la terza volta Toni. "Toni!" gridò, picchiando il pugno sulla porta.

"Sono sveglia!"

"Non basta, devi anche alzarti!"

"Sono già alzata."

Naturalmente, era una balla clamorosa.

"Se entro cinque minuti non sei in piedi, non ce la fai!"

Come possono essere diversi i figli! Chissà come sarebbe stato un terzo... Meglio non pensarci. Fantascienza pura.

Chissà se Gerold era di nuovo padre? Possibilissimo. Vita nuova, famiglia nuova. E vissero felici e contenti.

"Toni!"

Quanta energia buttata ogni mattina in quella lotta quotidiana! Finalmente sentì la porta di Toni che si apriva. Okay, adesso cominciava davvero la giornata. Flash scese di volata dalle scale, seguito a ruota da Saltarella.

Eva aprì la porta finestra e preparò il mangime, anche per i due ratti, benché dormissero ancora della grossa. Poi toccava a lei spicciarsi, anche perché non conosceva l'hotel Amélie a Bad Cannstatt, e doveva cercarlo sulla mappa. Sapeva solo che era una catena di quattro alberghi, di proprietà di una famiglia. "Gli altri due sono a Leonberg e a Göppingen, le aveva detto Tom. "E se abbiamo un po' di fortuna, avranno bisogno anche loro di brochure pubblicitarie e siti su internet..."

Un po' di fortuna? Era fortunata, lei? Non sapeva. Ma sapeva di essere infelice! E Thomas nella sua ultima telefonata aveva detto solo: "A presto."

A presto può voler dire tutto o niente. Ma lei cosa voleva? Chi lo sa!

No, di una cosa era certa: *qualcosa* voleva!

Aveva appuntamento con Tom alle dieci. Ed era molto più a suo agio della prima volta. L'hotel Amélie era in procinto di essere inaugurato, e già da fuori era molto diverso dal primo. Mentre quello in città era luminoso e moderno – tutto di cristallo e acciaio – questo, pur essendo a sua volta imponente, aveva un'aria country e familiare, con i suoi tavolini all'aperto e le decorazioni artistiche sui muri.

Eva era curiosa di vedere i modelli. A quel posto non si addicevano né un Charly né una Mirjam, né un'Isabella o uno Yanek. Lì la direzione aveva di certo pensato a ragazzi in costumi tradizionali, o una cosa del genere.

Eva parcheggiò la sua Golf, prese il bauletto dei trucchi e si infilò nella grande porta scorrevole, ignorando il cartello CHIUSO. L'interno era già perfettamente arredato, in stile molto lussuoso, con spessi tappeti, vecchie credenze rustiche e antichi bauli. Le pareti erano dipinte in colori pastello e i soffitti rivestiti di pannelli di legno. Avrebbe potuto anche essere un grande albergo di una località sciistica austriaca.

Alla reception c'era già un'impiegata, ed Eva stava per presentarsi quando sentì una voce alle sue spalle:

"Che bello rivederla!"

Eva si girò e vide Gabriela Zell.

"Oh!" disse sorpresa. "La signora Zell! È responsabile di tutti gli hotel?

L'executive manager indossava una camicia stravagante con dei pantaloni attillati. Le porse la mano.

"Di tutti sarebbe un po' troppo!" disse ridendo. "Solo dei nostri. E oggi, naturalmente, è questo quello che ci importa di più. È stato rimesso a nuovo e vorremmo che nella pubblicità risaltasse in tutto il suo splendore!"

Eva annuì. "È veramente magnifico... stavo giusto pensando che mi ricorda un albergo di qualche località sciistica austriaca!"

Gabriela rise. "Detto *inter nos*... abbiamo scopiazzato proprio da lì!" Le mise un braccio intorno alle spalle. "Venga, Tom è già al bar e sta preparando le luci per il primo shooting. Vorrei farle conoscere una persona!"

Eva la seguì. E anche se quel giorno si era vestita in modo classico, in confronto a Gabriela si sentiva una borghesuccia. Non era certo vestita all'ultimo grido, era evidente. Le sue camicette avevano sempre una sfumatura celestina o rosata, invece Gabriela ne indossava una a righe bianche e blu che le stava a pennello, e faceva uno strano effetto non finito... penzolavano fili dalle cuciture, i polsini erano di stoffa indiana e persino i bottoni avevano un'aria orientale. Quella camicetta colpiva incredibilmente l'occhio.

Eva era immersa nei suoi pensieri, e quando Gabriela aprì una porta lei la precedette nella stanza a occhi bassi e li rialzò solo quando fu dentro. Allora le cadde letteralmente il bauletto dei trucchi di mano.

"Come è possibile?" balbettò.

Aveva davanti il quadro della sua infanzia. Non c'erano dubbi. Sulla parete dipinta di un elegante rosa antico era appeso il quadro di sua nonna, illuminato in maniera magistrale.

Non riuscì a spiccicare parola e si girò verso Gabriela. E così vide anche gli altri due: a decorare ogni parete c'era un dipinto preso dal suo solaio.

"Non capisco!" disse, cercando di calmarsi.

"È solo una prova, e vogliamo il suo consenso", disse Gabriela ridendo di cuore. "Del resto avrei potuto immaginarmi che lei non ne sapeva niente!"

"Esatto!" Eva la guardò. "Non ne so proprio niente, anzi, non ci capisco un'acca. Come mai i miei quadri sono finiti qui?"

"Glielo spiegherà meglio mio fratello!"

"Suo fratello?"

"Sì. Sei guarita?" Quella voce Eva l'avrebbe riconosciuta ovunque.

Si girò: sulla porta c'era Thomas, con un completo grigio chiaro e una camicia color salmone, sbottonata.

"Suo fratello?" ripetè Eva.

"Thomas le si avvicinò a grandi passi. "Sì! Gabriela è mia sorella. Gabriela Rau in Zell. Non si fidava del mio gusto, e ha tramato questa piccola congiura alle mie spalle."

"Ah, la raccomandazione speciale..." azzardò Eva.

Gabriela annuì.

"Potremmo sederci?" chiese Eva. "Mi tremano le gambe, ma non per l'influenza!"

Gabriela fece un piccolo gesto con la mano. "Questa sala diventerà una specie di caffè viennese", disse. "Con diversi tipi scelti di caffè e alta pasticceria. I mobili devono ancora arrivare..."

Eva sorrise debolmente. "Invece i quadri ci sono già!" disse.

"Sì, ma dobbiamo ancora discuterne insieme. Naturalmente, si adatterebbero in modo meraviglioso a questo ambiente, perché uno rappresenta una veduta antica di un quartiere della città vicina, e l'altro è una gradevole scena campestre che raffigura il raccolto."

Eva annuì.

"E poi anche perché, naturalmente, Walter Hämmerle è un pittore di fama internazionale, molto ricercato. E lei lo teneva nascosto in solaio!"

"Cosa?" Eva pensò di avere capito male.

"Sì, ma ne parliamo più tardi!" Gabriela si avviò decisa, seguita da Thomas che aveva passato un braccio intorno alla vita di Eva. Gabriela ordinò alla reception tre cappuccini e indicò un tavolino nel foyer, in un angolo appartato.

"Penso che, per quello che abbiamo da dirci, vada benissimo."

A Eva venne in mente che aveva lasciato il suo bauletto dei trucchi nell'altra stanza, ma non era più molto importante.

"Dunque, procediamo con ordine", attaccò, dopo che si furono seduti. "Allora tu non sei affatto un consulente aziendale..."

"Sì, invece, ma lavoro per la nostra azienda. I nostri genitori hanno costruito questi alberghi e nostra madre – che, tra l'altro, si chiama Amélie – ce li ha intestati. Quindi si poneva la questione: subentrare o vendere? E visto che Gabriela lavorava comunque nel settore, la decisione è stata facile."

"E siccome Thomas era così pazzo di lei, volevo vederla di persona. In fin dei conti sono la sorella maggiore, e mio fratello in vita sua ne ha già combinate parecchie!"

"Pazzo di me?" ripeté Eva.

"Sì, il che non gli capita spesso. E poi quel viaggio assurdo per imparare a giocare a golf... Ero veramente preoccupata!"

Thomas le strinse forte la mano, ed Eva scoppiò a ridere. "Mi ha mentito spudoratamente!"

"Voleva semplicemente fare lo spaccone per ... be', diciamo per convincerla. E poi è rimasto irretito nelle sue stesse menzogne!" Gabriela si strinse nelle spalle.

Eva la guardò. "Ma cosa c'entrano i quadri? Non capisco!"

"Thomas ha riconosciuto al volo che erano preziosi. Lì, contro quella parete scrostata del suo solaio. Me lo ha detto e abbiamo convenuto di farle una proposta concreta."

"Ah, davvero?" arrivò il cappuccino ed Eva ne bevve un lungo sorso per l'eccitazione, e poi le toccò pulirsi la schiuma con il dorso della mano.

"Sì, all'inizio avevamo incaricato un gallerista di trovarci qualcosa di adatto, ma non è riuscito a trovare niente, e ci ha proposto dei quadri assurdi a prezzi altrettanto assurdi. Quando l'ho chiamato per dirgli che poteva sospendere le ricerche perché avevamo trovato tre Hämmerle in un solaio è diventato verde di rabbia, sostenendo che non esistono Hämmerle di questo formato e di questa qualità, e che quindi erano di sicuro dei falsi."

"Ah!" Eva ascoltava rapita.

Gabriela proseguì: "Sì, lo abbiamo invitato a dare un parere su questi tre Hämmerle, ma il suo convincimento era talmente radicato che si è rifiutato di venire!"

Eva respirò a pieni polmoni. "Ah, finalmente adesso capisco! Era Reiner Kleinrath, vero?"

"Esatto!" Thomas la guardò stupito. "E tu come lo sai?"

"L'altro ieri, parlando con un tale, ti ha definito un "piccolo imbroglione"... Oskar ha sentito!"

"Piccolo imbroglione?" Thomas raddrizzò la schiena. "Ma se sono alto quasi uno e novanta!" Scosse il capo. "Che razza di idiota!"

"È proprio da lui!" intervenne Gabriela, sospirando. "Non è capace di perdere, era così anche a scuola!"

"Era per questo che ti sei data malata?" le chiese Thomas. "Credevi che avessi rubato i tuoi quadri?"

"No, non capivo bene! Non capivo proprio!"

"E veniamo ora alla nostra offerta!" Gabriela le poggiò una mano sul braccio. "Mi ascolti bene: se non è d'accordo, Thomas le riporterà subito i quadri in solaio!"

"Okay!" Eva annuì e non riuscì a nascondere un sorriso. Chi se ne frega dei quadri, pensò. La vita era magnifica. Kleinrath, punto sul vivo, andava in giro a sparlare di Thomas. Doveva dirlo subito a Oskar. Tutto era tornato a posto!

"Mi ascolta?" chiese Gabriela.

Eva si riscosse, ma il sorriso le restò stampato sulle labbra.

"Hämmerle è molto quotato. E di suoi quadri di questo formato ce ne sono pochi sul mercato, specie in numero di tre, tanti da costituire un gruppo. A una prima valutazione il quadro con la capanna può valere cinquantamila euro e gli altri due, più piccoli, quarantamila ciascuno. La nostra proposta è questa: intendiamo acquistare o noleggiare da lei tutti e tre i dipinti."

Eva sulle prime non reagì. Chinò solo il capo. "Può ripetere?" disse con un fil di voce.

Gabriela ripeté la sua offerta.

"Non è uno scherzo, vero? Non è sotto l'effetto di alcol o droghe?" chiese Eva, sillabando ogni parola.

"Macché!" Gabriela si ravviò i capelli biondo miele. "Ma c'è una clausola!"

"E sarebbe?" Eva la osservò attentamente. Non riusciva a capacitarsi.

"Se mai volesse invitarmi a casa sua, deve avere mille riguardi per me. Dopo tutto quello che mi ha raccontato mio fratello, rischio di essere colta da una crisi di nervi già sulla soglia!"

"Ah!" Eva si chinò un po'. "E perché?"

"Be'... troppi adolescenti, cani, conigli, ratti e altre bestie feroci tutti insieme! Le confesso che ho vissuto metà della mia esistenza in un algido grattacielo a New York, e non riesco a essere molto flessibile!"

Eva scoppiò a ridere. "Possiamo sempre vederci da Thomas, lì c'è solo una ferocissima vicina armata di annaffiatoio, mi dicono!"

"È innocua!" disse Gabriela e Thomas annuì.

"Bene!" Eva riflettè un attimo. "Cominceremo da mia figlia maggiore... penso che non si corrano rischi.... E poi, forse, dal cane..."

"Ah, andiamo bene!" disse Gabriela. "È il cane che ha morso quel povero ragazzo..."

"È molto ben informata!" la interruppe Eva.

"Baratto informazioni con inviti a pranzo", disse Gabriela. "Funziona sempre, con gli uomini!"

"Cosa dici!" protestò Thomas.

"Buono a sapersi!" disse Eva prendendogli una mano. "Comunque, è veramente incredibile! Se lo sapesse mio nonno!" sospirò. "Andava così fiero dei suoi quadri!"

"E a ragione!" Gabriela si alzò. "I modelli arrivano alle undici, avete ancora un po' di tempo!"

Si girò un'ultima volta verso Eva. "Sono felice che mio fratello abbia avuto tanto buon gusto. Spero che gli voglia un po' bene anche lei, vero?"

"Gabriela!" Thomas la allontanò con un gesto della mano. "Le sorelle maggiori possono essere molto peggio di una madre!" esclamò.

"Sono ancora tramortita!" disse Eva. "Non sai cosa significhi tutto questo per me! All'improvviso mi sento leggerissima, liberata da tutte le preoccupazioni!" Scosse il capo. "Ma siete proprio sicuri, avete tutti questi soldi?"

Thomas scoppiò a ridere. "Sono i soldi dell'azienda, mica i miei! E mia sorella sa benissimo quello che fa. Acquista al prezzo giusto!"

Eva fece un profondo respiro. "È una cosa incredibile!"

"Però devo dirti un'altra cosa..."

"Sì?" Eva per un attimo temette di sentire: "Pesce d'aprile!" benché ormai fosse già maggio avanzato.

"Da noi lavorano anche degli ottimi direttori. Uno lo conosci anche tu... ma è stato veramente un caso!"

Eva fece un sorriso arguto. "Non può essere vero..." disse.

Anche Thomas sorrise. "Sì, invece!"

"Oliver?"

"Oliver Hartmann! È stato davvero un caso pazzesco. Che sta ancora una volta a dimostrare come è piccolo il mondo!"

Ecco perché si erano intesi così bene! Non c'era da stupirsi... Eva pensò a Evelyne, ma non disse niente.

Thomas la prese per mano. "Vieni, voglio farti vedere una cosa!" disse alzandosi e tirandosela dietro.

"Ancora? Per oggi, temo, la mia capacità di assimilare novità è esaurita!"

"Oh!" disse lui, conducendola verso una piccola porta a due battenti. "Adesso devi chiudere gli occhi!"

"Aha!" esclamò Eva, ravviandosi i capelli. "Non ne sono capace, inciampo sempre!"

"Tentiamo la sorte!"

Eva chiuse gli occhi e lo sentì aprire la porta.

"Se mi prometti di non metterti a strillare, adesso puoi riaprirli!"

Strillare? Eva si immaginò un coccodrillo e spalancò gli occhi. Davanti a lei, nella penombra di una saletta, stava un tavolo rotondo sontuosamente apparecchiato. Sulla tovaglia bianca che toccava terra brillava l'argenteria, e su un grande candelabro ardevano le candele. Eva restò quasi impietrita, mentre Thomas, dopo essersi avvicinato a una delle finestre, tirava su le tende. Poi si girò verso di lei.

"Non strilli?"

Eva scosse il capo.

"E non vuoi scappare via?"

Eva scosse di nuovo il capo.

"Allora posso invitarti alla nostra prima colazione a due?"

Narrativa Kowalski

Lorenzo Beccati, *Il mistero degli Incurabili*
Michael Koryta, *Le oscure verità del passato*
Stephanie Calman, *Confessioni di una donna incasinata*
Jenny Eclair, *Una vacanza per nove, amanti esclusi*
John T. Parker, *Il gioco della Tarantola*
Salvo Scibilia, *Le maleparole*
Francesca Ferrando, *Belle anime porche*
Alex Barclay, *Il sorriso dell'Ospite*
Anne-Sophie Brasme, *La mia migliore amica*
Douglas Lindsay, *Il monastero dei lunghi coltelli*
Susan Hill, *Omicidi sulla collina*
Don Lee, *La luna lontana e il profumo del tè*
Lucia Ingrosso, *A nozze col delitto*
Peter James, *In rete*
Tish Cohen, *Una canzone per Lucinda*
Larry Doyle, *I love you Beth Cooper*
Lorenzo Beccati, *Il guaritore di maiali*
Maurizio Milani, *Del perché l'economia africana non è mai decollata*
Alex Barclay, *Luce nera*
Danny King, *Diario di un topo d'appartamenti*
James P. Othmer, *L'uomo che vendeva il futuro*
Shari Goldhagen, *Famiglie e altri imprevisti*
Alexa Hennig von Lange, *Il mio primo amore*
Michael Koryta, *L'ultima notte di Wayne*
Nina Killham, *Peccati di gola*
Lynne Truss, *Una vita non basta*
Peter James, *Al buio*
Steve Martin, *Un cuore timido*
Douglas Lindsay, *La bottega degli errori*
Stephanie Calman, *Confessioni di una mamma imbranata*
Claudio Camarca, *Nel nome di dio*

Mark Gatiss, *Il club Vesuvio*
Michael Crow, *Pioggia rossa*
Toby Clements, *Il codice Stravinci*
Roberto Grassi, *La ricreazione è finita*
Danny King, *Diario di un pornografo*
Lorenzo Beccati, *Il santo che annusava i treni*
Gino & Michele, *Quella volta ho volato*
Alexa Hennig von Lange, *Sono troppo fortunata!*
Lorenzo Beccati, *Il barbiere di Maciste*

Se ti è piaciuto questo libro leggi anche

"Semplicemente spassoso...
una replica a tutte le critiche
alle donne che hanno
gettato alle ortiche
i manuali della mamma
perfetta e si barcamenano
allegramente."

You

Quando si è una buona mamma? Cosa significa essere una donna adulta? E soprattutto come riuscire a essere contemporaneamente donna, mamma e moglie? Dopo essersi dichiarata "una mamma imbranata", Stephanie Calman confessa anche di essere "una donna incasinata". Con il suo inconfondibile *sense of humour* la Calman racconta aneddoti di una vita sempre sull'orlo di una crisi di nervi, contraddittorie prove di maturità, ricordi della sua infanzia, incredibili equilibrismi per vivere il temerario ruolo di mamma, figlia, moglie e amica. Un libro sincero e molto, molto consolatorio, che parla dritto al cuore di tutte le donne.

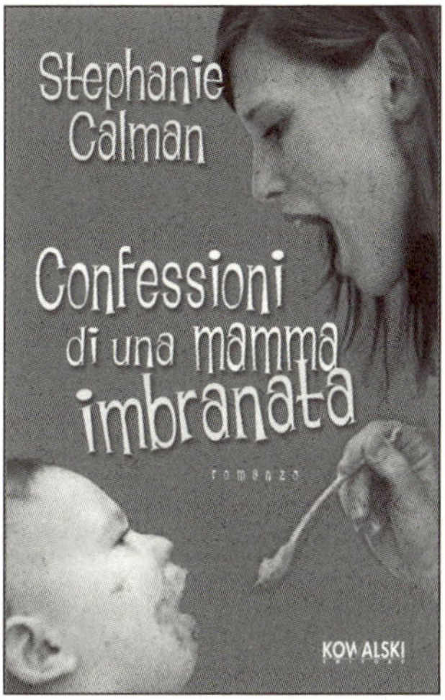

"Un vero antidoto
ai mille manuali
per diventare
una mamma perfetta."
The Sunday Telegraph

Ci sono mamme belle e sempre pettinate, che alla fine della giornata, dopo aver diretto un consiglio di amministrazione, sono ancora profumate e sorridenti mentre preparano il centrifugato di verdure biologiche e sfornano la torta al cioccolato per i loro bimbi, belli e leccatissimi, che dicono sempre "grazie" e "per favore". E poi ci sono le altre. Quelle che si sentono stanche e inadeguate, che rimpinzano i loro figli di hamburger surgelati, merendine confezionate e cartoni animati, che non hanno voglia di portarli ai giardinetti per non dover parlare con le altre mamme (quelle perfette). Stephanie Calman racconta con tenerezza e spietata ironia i primi anni da madre di una donna come tante: trentatré anni, una convivenza iniziata quasi per caso ("Magari questi pantaloni/libri/cd li lascio da te per qualche giorno..."), un ritardo, la Grande Svolta. La gravidanza, che la riempie di paure ("E se poi mi diventa avvocato? O ultrà?") e alla fine l'arrivo di Lawrence, che comporta tanti momenti di gioco e di assoluta gioia, ma anche tantissimi di puro delirio...

"Sincero e divertente, con un retrogusto al vetriolo."
Glamour

"Favoloso palazzo antico con piscina e spiaggia privata", promette il depliant. Da Londra due famiglie si preparano a partire per una favolosa vacanza sulla costa campana: quella di Guy, pubblicitario, avvenente fedifrago, sposato con la grassa Alice, "un budda domestico", e quella di Joe, fotografo, che ha da tempo abbandonato i sogni di gloria per dedicarsi a squallidi servizi di cucina. Joe ha una nuova moglie, Nora, e anche una nuova figlia (fulva come non lo sono né lui né sua madre), mentre l'ex moglie tradita Hals, rimasta a Londra, fa shopping e lo infama nel suo nuovo romanzo: *Diario di una divorziata*. Quarantenni, bambini al seguito, amanti esclusi, l'allegra compagnia immagina già di sorseggiare aperitivi all'ombra di un porticato di marmo mentre l'aroma degli alberi di agrumi inebria l'atmosfera. Ma... tra mal d'aereo, incontri imprevisti, dissenteria, incidenti di ogni genere – non ultimo la sparizione di una figlia – il viaggio in Italia non sarà proprio un idillio...

"Questo romanzo
è più crudele e coraggioso
di *Memorie di una geisha*."
Publishers Weekly

Lisa Countryman è una ragazza bellissima. Ha sangue giapponese e nero insieme, e una storia drammatica: adottata a quattro anni da una famiglia americana, sente che l'incertezza delle sue origini le ha segnato la vita, e a ventitré anni decide di andare alla ricerca della sua vera madre e della sua stessa identità. Il Giappone si rivela una terra più difficile di quella che ha lasciato, e a lei ancora più estranea. Ma Lisa non resiste al fascino di una cultura capace di osannare la bellezza e la seduzione, alle tentazioni di una città ipermoderna dove le geishe, come un tempo, sono accolte come regine dai più arroganti uomini di potere. Lisa cercava la Verità, la Bontà, la Bellezza. Ma troverà la morte, sprofondando nel precipizio della sua stessa ingenuità, dell'attrazione irresistibile che le fa sbattere le lievi ali su una luce artificiale destinata a bruciarla. E ci vorranno molti anni, e molte altre danze di seduzione e potere, perché un uomo – anche lui alla ricerca di se stesso – riesca a fare giustizia sulla piccola storia di una ragazzina troppo fragile, troppo sola, troppo bella.

Prossimamente

"Habana negra
è un romanzo di grande magnetismo
che mescola sesso, tradimento,
vendetta, politica e magia nera...
Personaggi dalle vite senza freno,
sempre al limite del precipizio."
ABC

L'Avana, anni Venti. Caridad, bella e sensuale ballerina di rumba, si esibisce in piccoli teatri. Dapprima amante di Richard Davis, un americano che vive a Cuba e che la lascerà per tornare dalla moglie Angelina, si legherà poi a Sidney Logan, amico di Richard, sull'isola per una breve vacanza. Offesa nei sentimenti da Richard e desiderosa di unire a sé Sidney, Caridad ricorre alla magia nera. Ma lo fa guidata da rabbia e violenza e i suoi sortilegi finiranno per ritorcersi contro di lei. Anni dopo, al termine della Seconda guerra mondiale, Max Higher, un giovane ricco e bello che vive a Chicago, conosce Patricia, figlia di Caridad e Sidney. Come sua madre, anche Patricia balla nei night club e si accompagna a uomini potenti. Come sua madre, Patricia è destinata a una vita amorosa infelice e distruttiva. Fino al trasferimento della coppia all'Avana dove si consumerà il loro tragico destino.

Prossimamente

Un manuale per avvicinarsi al matrimonio con la dovuta preparazione, senza ansie e completamente padroni di un rinnovato galateo che fonde sentimento, buon senso e un pizzico di humour. *Lo sposo – Manuale d'istruzioni* si rivolge agli aspiranti mariti, quelli che sentendo tintinnare le fedi dei loro amici contro i boccali di birra hanno colto il segnale come un invito a lanciarsi nella grande avventura. Dal fidanzamento ai preparativi, dagli incontri ufficiali con i suoceri, alla festa di addio al celibato. Dalla lista degli invitati, fino all'imperdibile ripasso del video del sì. Un manuale tecnico, dettagliatissimo, senza tabù, che accompagna gli sposi direttamente all'altare, senza esitazioni e con grande aplomb.

Prossimamente

India Knight

Pazza per lo shopping

I vostri cappellini da matrimonio, le carte da lettere e le borse – *tutte* le vostre innumerevoli borse – non sono oggetti qualsiasi, ma hanno una lunga storia? Siete tra quelle che non si perderebbero l'ultima vetrina del viale neanche con l'emicrania, affronterebbero sveglie proibitive per il più ricercato mercatino delle pulci, compilano da anni una lista delle pasticcerie ed entrano in certi negozi per gratificare la cordialità dei commessi? India Knight sa come vi sentite quando trovate il cartello "chiuso" e può essere una grande compagna, capace di condividere la gioia pura dello shopping. Ha tantissime cose da raccontarvi e una miniera, anzi una gioielleria di ricercatissimi indirizzi per fare compere fantastiche a Londra, Parigi, Bruxelles, o semplicemente, e comodamente, online.